三叉路ゲーム

麻野 涼
ASANO Ryo

文芸社文庫

目次

三叉路ゲーム

プロローグ——ホームレス

日付が変わる頃から雨は雪に変わっていた。八王子駅前では気象予報士が寒そうにマイクを握り、明け方にかけて大雪になる可能性があると伝えていた。

その夜は八王子市郊外を流れる浅川周辺のコンビニエンスストアを張り込んでみるつもりだった。浅川は多摩川の支流の一つだ。

午前二時を過ぎると、コンビニの駐車場に次々とタクシーが入ってくる。最終電車から降りてきた乗客を乗せた帰りだ。運転手はコンビニで温かい飲み物を購入し、車内でそれを飲むとリクライニングシートを倒した。一、二時間の仮眠を取るのだろう。

天気予報の通り、雪は本格的に降り出した。フロントガラスに雪が積もり始め、外がよく見えない。男はワイパーのスイッチを入れた。雪が弾《はじ》き飛ばされ、外の様子が見やすくなる。しかし、数分もすると積もった雪で外が見えない。ワイパーのスイッチを入れたままにした。

歩道を歩く人はいない。行き交う車の量も少なくなった。男は時計を見た。午前二時半になる。そろそろ違うコンビニに車を移動させようかと思った。昨年の暮れから、そして年が明けても男は夜になると、福生《ふっさ》市、立川市、日野市のコンビニを回った。

こんなこともあると、愛車のホンダフィットはスタッドレスに交換してある。しかし、運転には細心の注意を払う必要がある。

二月に入り、八王子市内のコンビニを回るようになった。移動させようとサイドブレーキを外した。ギアをパーキングからドライブに入れた。台車を押しながら歩道を歩いてくる人影が見えた。カラスが生ゴミをついばむのを防ぐネットが台車の荷台を覆い、その下には空き缶がビニール袋に詰め込まれていた。

男はギアをパーキングに戻し、サイドブレーキを引いた。

「オッサンか……、ホントにホームレスしているのかよ」

車内で驚きの声を上げた。

ホームレスはダウンのロングコートをはおり、その下には何枚ものセーターを重ね着していた。ジーンズを穿《は》き、スニーカーはサイズが合わないのか踵《かかと》を踏みつぶして履いている。頭にはすでに雪が積もっていたが、払おうともせずにコンビニのゴミ箱にまっすぐ向かっていく。

ホームレスは空き缶のゴミ箱から缶を取り出して、ビニール袋の中に放り込んでいく。すべてを袋に入れると、再び台車を押して移動を始めた。コンビニの灯《あか》りでホームレスの顔を見た。

白髪もヒゲも伸び放題ではっきりと顔を確かめられない。エンジンを切り、車を降りた。ホームレスは歩道に出ると、今度は近くの自動販売機に向かって台車を押した。

男はホームレスの横に並んで歩いた。雪が顔にあたり、寒さで呂律《ろれつ》が回らない。

「オッサンだろう？」

ホームレスは一瞬男を見たが、何ごともなかったかのように台車を押し続けた。

「いつまでこんな生活をする気だ」

ホームレスが足を止め、男を睨《にら》みつけた。

「大きなお世話だ」

ホームレスはボソッと呟《つぶや》くとすぐに歩き始めた。自動販売機横に置かれたゴミ箱から缶を取り出し、ビニール袋に押し込んでいく。

「悔しくないのか」

ホームレスは黙ったまま作業を続ける。

「死んだ奥さんに申し訳ないと思わないのか」

車内にコートを残してきてしまった。寒さに背広の襟《えり》を立てた。

「放っておいてくれ」

「オッサンはそれでいいかも知れないが、俺たちの気持ちはそれではすまないんだよ」

男の声は耳に届いているはずだが、ホームレスは黙々と空き缶を拾い続けた。

「俺たちも調べ直した」

ホームレスの手が止まった。そして男の顔を見つめた。

「オッサンの言う通りだったよ」男が言った。

「すべてが遅すぎる」

自動販売機の微《かす》かな灯りを頼りに、男はホームレスの顔を覗《のぞ》き込んだ。垢《あか》で汚れ、ヒゲだらけの顔、そして精気を失った瞳。

「悪かった。無駄だったみたいだな」

頭の上に積もった雪を払い、コンビニの駐車場に戻ろうとした。

滑らないように歩道に積もり出した雪を静かに踏みしめながら男は歩いた。台車が揺れ空き缶のぶつかり合う音が後ろから追ってくる。それでも男は止めてある車に急いだ。

フィットのドアを開けて車に乗り込もうとした。

「調べ直したって、どういうことだ」

「オッサンには関係ないことだ。忘れてくれ」

運転席に座りドアを閉めた。

ホームレスは台車のハンドルを離し、ドアのところに歩み寄ってきた。男はパワーウィンドウを下げた。

「話を聞きたい」

ホームレスがすがるような目で男を見た。

コンビニの駐車場は歩道に向かって微かに傾斜していた。雪のせいか、空き缶の重量のためなのか台車が勝手にゆっくりと動き出した。台車のハンドル部分に、古くなりいくつもの穴が開いたカバンがナイロンの紐《ひも》でくくりつけられていた。台車が歩道と車道を隔てている縁石《えんせき》にぶつかり、空き缶を周囲に散乱させながら転倒した。同時にカバンからコピー用紙の束が飛び出した。

ホームレスは台車に駆け寄り、雪にぬれたコピー用紙を慌てて集め始めた。男も車から降りてコピー用紙を集めるのを手伝った。

コピーの分厚い束は黒い紐で綴《と》じられていた。男はその一つを拾い上げ、歩道の街灯でコピーの文字を拾い読みした。ホームレスがコピー用紙に付いた雪を手で払いのけながら、カバンにしまっていく。

男はコピーの束をホームレスに渡しながら言った。

「もう一度聞く。オッサン、このままでホントに何の悔いもないのか」

ホームレスは男に言った。

「明るくなったら北野下水処理場前の浅川の河川敷に来てくれ」

ホームレスは散乱した空き缶を元に戻し、降りしきる雪の中に消えていった。

1 誘拐事件発生

青梅警察署刑事課の神保原一徹《じんぼはらいってつ》警部補と伊勢崎帆奈《いせざきはんな》巡査部長に出動命令が出た。母と子供二人で青梅鉄道公園を訪れ、ミニSLに乗っていたわずかな時間に小学校二年生の女の子の姿が見えなくなってしまったと、母親が110番通報してきた。

青梅鉄道公園には、新橋と横浜間を日本で最初に走ったイギリス製の「3号機関車」、大正時代を代表する国産蒸気機関車、さらには「デゴイチ」と呼ばれる日本を代表するD51形蒸気機関車、旧国鉄最後の蒸気機関車E10形などの実物が展示されている。

青梅駅の北側に位置し、青梅丘陵に設けられた鉄道公園で、永山公園に隣接している。青梅丘陵全体に陸上競技場、テニスコート、野球場、体育館が点在し、総合運動場となっている。

青梅丘陵のさらに北側は山深い森林地帯で、埼玉県飯能《はんのう》市に連なっている。

青梅警察署に配属されたばかりの頃、まだ新人の伊勢崎の運転には苛立《いらだ》ったが、今では交通量の多い通りでも車両を両脇に寄せて、目的地までかなりのスピードで急行できるようになった。青梅警察署から十分ほどで鉄道公園に着いた。

駐車場にパトカーを止め、記念館受付に走った。

「通報者はどなたですか」

伊勢崎が聞いた。

「私です。山本と申します。ご迷惑をおかけします。ちょっと目を離した隙《すき》に娘の美奈代の姿が見えなくなってしまいました。まだ近くにいると思います……」

母親の山本紀子の顔は真っ青で、落ち着いて話をしているが唇が震えている。

「お嬢さんがいなくなってしまったということですが、どのような経緯で」

神保原の聴取を遮《さえぎ》るように紀子が言った。

「もしかしたら誘拐事件かもしれません。私たちは午前十一時五分頃にこの公園に着きました。それから三十分ほどSLを見学し、ミニSLに乗車してからお昼ご飯にしようと思い、娘は乗りたくないと言うので、私と長男の光喜がミニSLに乗りました。一周するのに三分くらいかかったと思います。乗り終えたら娘が見えなくなっていたんです」

「お嬢さんが見えなくなったのは午前十一時三十五分から三十八分くらいの間、一周したところでいなくなっていたということですね」

神保原が確認する。

「そうです。犯人が遠くに行かないうちに非常線を張っていただくように青梅署にお願いしてください」

　もし事件ならば、犯人の逃亡を防ぐために緊急配備をして、不審車両を片っ端から検問にかけて調べるのが鉄則だ。そのセオリー通りの動きを求めてくる紀子に、神保原が尋ねた。

「警察関係の方でしょうか」

「申し遅れました。夫は国立《くにたち》署交通課所属の山本幸太です」

　神保原は山本幸太とはそれほど親しくはなかったが、三多摩地区の年末年始の警備、警戒にあたる合同会議で何度か顔を合わせたことはある。

「防犯カメラはどこに設置されているのでしょうか」

　防犯カメラは鉄道公園の出入口と記念館、そして展示されているＳＬ、新幹線と戦前車両の車内だった。

「今、入園から先ほどまでの防犯カメラをお母さんと一緒にチェックしましたが、お嬢さんが公園を出ていくところは映っていませんでした。ミニＳＬのチケット売り場で三人の姿が確認されていますが、それを最後にお嬢さんの姿はどのカメラにも捕捉されていません」

　鉄道公園の伊東園長が神保原に伝えた。

「お嬢さんの特徴は？」

神保原が山本紀子に尋ねる。

「ピンクのショートパンツに同じ色の半袖のTシャツ、その上にデニムのジャケットを着ています。髪は肩まで伸ばしていました」

紀子は的確に娘の着ているもの、容貌《ようぼう》の特徴を神保原に伝えた。

神保原は時計を見た。午後十二時十分を指していた。

「青梅署に連絡して非常線を張るように指示しろ」

伊勢崎が駐車場に走った。事件発生が全パトカーに無線で伝えられた。

「園内を案内してくれ」

神保原は美奈代の姿が見えなくなった場所に案内するように伊東園長を促した。伊東園長を先頭に、神保原、紀子がつづいた。来園者はまばらだが、目撃者がいるかもしれない。

「事情を説明して、退園を少し待ってもらうようにしてくれ」

神保原が伊東に指示を出した。伊東は携帯電話で出口を封鎖するように職員に指示している。

ミニSL乗り場まで走った。鉄道公園の南側は住宅地に接しているが、三方はすべて緑の木々が生い茂る丘陵地帯だ。鉄道公園全体がフェンスで囲まれているわけではない。

森の中に入られてしまうと、木々と生い茂る葉々で中は見通しが利かない。

神保原は鉄道公園と森との境を注視しながら園内を回ってみることにした。伊東園長と紀子が後から不安げな表情でついてくる。木々や雑草が生い茂り、森の中に立ち入ったのであれば、その形跡が残されるはずだ。

間もなく背後から荒い呼吸音が聞こえてきた。振り返ると、伊勢崎が走って近づいてくる。

「本署へ連絡しました」

「それで」

「国道四一一号線、都道五号、二八、二九、三一、四五、五三、六三号線の各所で緊急配備、検問を強化してもらうように手配しました。青梅署管内だけではなく、あきる野警察署、羽村署、埼玉県警飯能署にも協力を要請しました」

誘拐事件と断定できる根拠があるわけではない。しかし、車を使った誘拐事件なら、発生からまだ間もない。緊急配備をしいた幹線道路は青梅から東西南北方向に延びる道路で、検問にひっかかる可能性が高い。

神保原は報告を聞き、その先を急いだ。しばらくすると、小枝が折れ、森の奥に向かって人が入ったような跡が見られた。枝の折れ具合から大人なら身を屈《かが》めていただろう。子供が枝を除《よ》けながら進んでいった跡のようにも見える。

伊勢崎が神保原に目で合図を送ってくる。神保原は無言で頷いた。伊勢崎は身を屈めて森の中に分け入った。

七、八メートル進んだところで伊勢崎が神保原を呼んだ。神保原も森の中に入った。雑草や茨《いばら》、背丈ほどの灌木《かんぼく》が茂っているが、伊勢崎が立っている場所は、雑草は茂っているものの、灌木はなく空に向かって真っすぐに杉木立《こだち》が伸びている。まだ梅雨入りはしていないのに、太陽の光は木立に遮られ、地表には届かない。

「先輩、あれを見てください」

伊勢崎が指差す方向にピンク色のハンカチが見えた。

「山本さん、来てくれますか」

神保原は後ろを振り返りながら大声で紀子を呼んだ。

紀子がトンネル状になった雑草と茨の道を走り寄ってくる。

「あのハンカチに見覚えありますか」

神保原の問いかけに紀子の唇は紫色に変わり、今にも貧血で倒れそうだ。

「しっかりしてください」

神保原が脇から支える。

ハンカチはピンクに見えたが、キティの絵柄が描かれていた。

「美奈代のものです。先日、サンリオピューロランドに行った時に買ってあげたものに間違いないと思います」

伊勢崎はジャケットのポケットから袋を取り出し、封を切り中から新しいビニール手袋を取り出した。その手袋をはめ、ハンカチを拾い上げた。

「他の臭《にお》いが付かないように注意しろよ」

「わかっています」

「俺は奥に入ってみる。お前は山狩りができるように機捜と警察犬を呼んで。それと地元消防団を招集してもらってくれ」

紀子は祈るように両手を重ねているが、その手がワナワナと震えている。

神保原は一人になると、森の中に深く分け入った。森の中は落ち葉が堆積《たいせき》し、人が歩いたような形跡は見られない。ハンカチを発見した場所を起点に東西に百メートル幅で往復を繰り返しながら、神保原は北に向かって歩き始めた。

十分もすると、けたたましいサイレンの音が接近してくるのが聞こえてきた。青梅警察署の署員だけでは捜索に当然限界がある。近隣警察署の捜査員も駆り出されているだろう。

時計を見た。午後一時を回ろうとしていた。なだらかとはいえ、この傾斜地を一人で小学校二年生が歩いて森の中に入っていったとは到底思えない。

さらに午後一時二十分、神保原の携帯電話が鳴った。

「捜査員十二人が今、現場に到着しました」

伊勢崎が状況を連絡してきた。

「こちらに向かっていますが、あと二十分くらいかかりそうです」

「警察犬はどうした」

「捜査員をハンカチの発見現場に入れてくれ」

頬《ほお》に冷たいものが落ちた。

「雨かよ」

天気予報では帰宅時間頃から雨が降り出すという予報だった。落ち葉を叩《たた》く雨の音が森に響く。大粒の雨だ。雨で美奈代のにおいが流されてしまう前に、警察犬を導入して青梅丘陵一帯を捜索したい。

ハンカチの発見現場に戻ると、捜査員が待機していた。神保原は十二人を東西方向に横一列に配置し、北に向かって美奈代の形跡が残されていないか、捜索するように指示した。神保原も伊勢崎も加わり、捜索が開始された。

午後二時、警察犬が鉄道公園に到着した。雨は本降りになっていた。神保原と伊勢崎は捜索の列を離れ、公園に戻った。三頭の警察犬が待機していた。警察犬を指揮するのは鑑識課だ。

伊勢崎がハンカチを保管してあるビニール袋を鑑識課の捜査員に渡した。三頭の犬にハンカチのにおいを嗅《か》がせた。

「発見現場はこちらです」

伊勢崎が現場に警察犬と鑑識課の捜査員を導いた。三頭の犬は一斉に北上した。捜索中の捜査員の列を追い越し、さらに北上する。その後ろを神保原と伊勢崎が追った。三頭の警察犬はすべて同じ方向を向いて、山の斜面を駆け上がっていく。

しかし、雨の勢いがさらに強まった。斜面の土や落ち葉の上を雨水が流れ始めた。鑑識課捜査員の表情が険しくなる。

一時間もすると警察犬の動きが止まってしまった。雨でにおいが流されてしまったのだろう。警察犬は撤収するしかなかった。

神保原は現場を捜査員に任せ、伊勢崎とともに山本紀子と長男をパトカーに乗せて青梅警察署に戻った。

山本紀子は今にも倒れるのではないかと思えるほど激しい衰弱ぶりだ。神保原は二階にある来客用の部屋に二人を通すように伊勢崎に指示した。応接室といっても、センターテーブルを挟んでスプリングが折れているようなソファが、向き合うように置かれただけの部屋だ。おまけにしみついたタバコの臭いが充満している。

少しでも休ませてやりたいところだが、一刻も早く美奈代を発見するためには、山本紀子から事情を聴取する必要がある。

神保原は、警察署前に設置されている自動販売機で、冷たいジュースと缶コーヒーを三つ買うと、二階の応接室に急いだ。

応接室に入ると、センターテーブルの上にコーヒーを置き、ジュースを光喜に手渡した。「ありがとうございます」光喜はコクリと頭を下げた。

両親の躾がしっかりしている家庭の子供だと思った。

「君は何年生になるんだ」

「小学校六年です。妹は小学校二年生です」

事態は理解している様子だ。年齢の割には大人びた印象を受ける。

神保原は伊勢原の隣に座り、プルトップを引き抜き、喉を鳴らしながらコーヒーを飲んだ。

「私たちもいただきましょう」

伊勢原が山本紀子にも勧めた。

山本は光喜と一緒に座っている。青ざめた表情をしている母親の顔を見て、光喜は缶コーヒーのプルトップを引き抜き、母親に渡した。

聞き取れないような声で「遠慮なくいただきます」と言って、二口ほど飲んだが、すぐにテーブルに戻した。コーヒーなど落ち着いて飲んでいる気分ではないのだろう。

「捜索隊は今も娘さんの行方を捜しているが、いなくなった時の状況を詳しく聞かせてくれ」

応接室で聴取をすることにした。伊勢原に聴取内容を筆記させた。

「今日は光喜が希望していた青梅鉄道公園を訪れる約束になっていたんです」

不安と緊張で声がかすれるのだろう。山本は缶コーヒーを手に取り、半分ほど飲んで続けた。

「でも、朝から美奈代は公園に行くのを嫌がっていました」

「どうして？」

山本の説明によると、ピクニックに訪れる場所は、光喜、美奈代の希望を交互にかなえていたようだ。京王線府中駅の近くに建てられたマンションを購入し、そこで暮らしていた。３ＬＤＫという間取りで、もう少し広いマンションを購入したかったが、夫の給与に占めるローンの支払いの比率も大きく、月々の支出をかなり節約しなければならなかった。

京王線沿線には外国人にも人気のある高尾山《たかおさん》、多摩動物公園、サンリオピューロランド、よみうりランドなどがある。春休みは美奈代が行きたいといっていたサンリオピューロランドを訪れた。

「今日は光喜の番でした。でも娘は行きたくないと朝から不機嫌でした。本当はディズニーランドに行きたがっているのはわかっているのですが、ずっと先延ばしになっていて……」

山本は言葉を濁した。

警察官の給料では、子供の望むところすべてに連れて行くのは無理だ。神保原にもそうした事情は詳しく聞かなくてもわかる。

それで六月最初の日曜日は、ぐずついた天気だったが、青梅鉄道公園を訪れたようだ。青梅鉄道公園は駅から徒歩なら十五分くらいかかる。

「坂が多く二十分くらいかかってしまったと思います。それでも午前十一時過ぎには着いていました」

山本が入園してからの様子を語り始めた。

光喜は入園するなり、D51機関車に走り寄った。それまでは本でしか知らなかった機関車が目の前に展示され、運転室にも入れるようになっていた。

しかし、心配していた通り美奈代はSLにはいっさい興味を示さなかった。SLの運転席に誘っても、乗ろうともしなかった。鉄道公園内には来園者も少なく、光喜は好きなSL機関車に好きなだけ乗り、運転席に座り運転ハンドルやブレーキハンドルを操作していた。

その間、紀子は美奈代と二人で運転室から光喜が降りてくるまで、ただ待っているしかなかった。美奈代にも一緒に運転室に乗ってみようと誘ってみるが、美奈代はまったく興味を示さなかった。

鉄道公園内をミニSLが走っている。客車も連結され、一車両には二人用の座席が二つ備えられている。その客車に乗り、ミニSLに揺られて一周三分程度の旅を楽しむことができる。

「後で乗りましょうね」

紀子が美奈代に声をかけても、首を横に振り、まったく関心がなさそうだ。

結婚する時から、できることなら子供は二人くらいほしいと、紀子も思っていた。

しかし、実際子育てになると、二人の育児がいかに大変かを思い知らされる。男の子と女の子では、三歳になる頃からまったく異なるものに興味を示し始める。東京ディズニーランドのようにいくつもの乗り物があるアミューズメントパークなら、どちらか片方があきてしまうということもないだろうが、鉄道公園のような場所では、女の子が喜ぶようなアミューズメントは何もない。

「次は美奈代が行きたい場所に連れて行くからね」

こう言ってなだめたものの、美奈代にとっては退屈な時間なのだろう。何をするでもなく、母親にくっ付いてそばから離れない。

光喜は運転席に座ると、順番を待つ子供もいないせいか、しばらくは離れようとしない。

青梅鉄道公園は光喜からずっと行きたいと言われていた場所でもある。光喜は、自分の知識をひけらかしたいのか、ＳＬの運転室に来るように紀子に何度も催促していたが、美奈代を一人にすることができずに運転室には入らなかった。

「そろそろ次のＳＬを見てみない」

紀子が声をかけると、ようやく動き出す始末だ。公園内にはＳＬが八両、電気機関車一両、戦前の通勤電車一両、そして開通当時の新幹線の先頭車両一台が展示されている。その他にも明治時代に北海道を走ったＳＬ弁慶号《べんけいごう》を模した「ミニＳＬ弁慶号」が客を乗せ、直線コースを二往復している。光喜にとってはいくら時間があっても足りないくらいなのだろう。

ＳＬを三両見終えたところで、光喜はミニＳＬ弁慶号に興味があったのだろうが、美奈代をいつまでも放っておくこともできずに紀子が誘った。

「お母さん、ミニＳＬに乗ってみたいな」

三人はミニＳＬ乗り場に向かった。乗り物自体は幼稚園児が遊園地で乗るような類《たぐ》いのものだ。ミニＳＬなら美奈代も関心を示すだろうと紀子は思った。

「私、乗りたくない」

「そんなこと言わずに三人で乗りましょう」

紀子がいくら誘っても、美奈代は乗ろうとはしなかった。自分で乗りたいと言った手前、紀子は気が進まなかったがSLに乗ることにした。

「乗り終わったらご飯にしましょう」

紀子が言うと、

「新幹線の中で昼ご飯を食べたらいいよ」

光喜が言った。昼食には家でサンドウィッチを作ってきた。

ミニSLが走るコースからは、ミニSLのホームが見渡せる。美奈代を一人残しておいても大丈夫だろうと思った。

「お兄ちゃんと乗ってくるから、ここで待っていなさいね」

美奈代はコクリと頷《うなず》いた。

ミニSLの乗客は少なく、席はまだいくつも空いていた。一緒に乗ればいいと思うが、美奈代は父親の性格に似たのか、一度言い出したら、なかなかその主張を曲げなかった。せっかくのピクニックに来たのに、叱《しか》っても仕方ないと思い、二人でミニSLに乗車した。

紀子が美奈代に向かって手を振ると、美奈代も笑いながら手を振って返してよこした。ミニSLの運転手は汽笛を鳴らし、ミニSLを出発させた。

出発して最初のカーブを左回りに曲がった。後ろを振り返ると、美奈代が微笑みながら手を振っていた。隣の座席に座っている光喜が話しかけてくる。

「さっき見たミニSLは弁慶号っていうんだよ。弁慶号っていうのは、アメリカから輸入したSLで、明治時代に北海道を走ったんだ」

光喜の話に耳を傾けた。本当はミニSL弁慶号に光喜は乗りたかったようだ。

「もう一両輸入した蒸気機関車があって、そっちは義経《よしつね》号っていう名前が付いたんだ」

「そうなんだ」

紀子も大きな声で答えた。

ミニSLはもう一度左にカーブした。左手にはミニSLのホームが見える。懸命に説明を続ける光喜の話を聞いた。その一方で美奈代が気になる。ホームに目をやると、美奈代の姿が消えていた。

「まったく美奈代ったら、どこに行ったのよ……」

ミニSLは直線コースを走り、もう一度左に曲がった。ホームもその周辺も見渡せる。しかし、美奈代の姿がない。

「どこへ行ったのかしら」

ミニSLはもう一周してホームに入った。停車すると、紀子は客車から降りて、ホームの前に立ち周囲を見回した。美奈代がいない。

「美奈代、どこにいるの」

紀子は大きな声で呼んだ。

「新幹線かもしれない」光喜が言った。

新幹線の車内には自由に出入りができる。

ミニSLの走行コースに隣接するように展示されている新幹線に二人は走った。しかし、新幹線の車内にも美奈代はいなかった。

「クモハ40かな……」

戦前の通勤電車にも乗り降りできるようになっている。光喜がまっさきに新幹線を降りて、クモハ40に走った。

紀子があずき色に塗られた古い型の電車に近づくと、電車から降りてきた光喜が、

「ここにもいないよ」と言った。

鉄道公園の出入口正面には記念館が立っている。一階には実物の八十分の一の大きさの模型鉄道パノラマ、大型精密鉄道車両模型などが展示されている。二階には青梅鉄道公園の展示車両を紹介するコーナーがあり、屋上は展望台になっている。

紀子は光喜と一緒に記念館の中をくまなく探したが、美奈代は見つからなかった。

紀子は記念館の中にある青梅鉄道公園の事務所に駆け込み、アナウンスを流してもら

うことにした。

「府中から来られた山本美奈代さん、お母様とお兄さんが記念館で待っています。記念館においで下さい」

アナウンスは四、五回繰り返された。しかし、美奈代は現れなかった。鉄道公園のスタッフが園内を探してみると申し出てくれたが、紀子は捜索を依頼する一方ですぐに110番通報した。

日頃、夫からは身の危険を感じたり、異変が生じたりした時は迷わず110番通報するように言われていた。美奈代の姿が見えなくなって二十分が経過していた。美奈代が事件に巻き込まれたかどうかはわからない。しかし、万が一そうであれば通報は一刻も早い方がいい。夫は交通課に所属する警察官だが、轢《ひ》き逃げ事件は通報が一分でも一秒でも早い方が事件の早期解決に結びつくと、聞かされていた。非常線を張り、犯人の逃走経路を狭めることにつながるからだ。

鉄道公園のスタッフが園内を隅々まで探してくれたが、美奈代はどこにもいなかった。鉄道公園の受付スタッフに紀子が尋ねた。

「娘は小学校二年生ですが、それくらいの女の子が鉄道公園から出ていくのを見ませんでしたか」

受付スタッフは来園者のチケットをチェックしているが、退園者をいちいち見ているわけではなかった。

「多分いなかったと思います。まだ時間がお昼前で、来たばかりで退園する方はいなかったような気がします」

受付のスタッフの記憶は極めてあやふやなものだった。

五分もしないうちにパトカーのサイレンが聞こえてきた。紀子は待っているのももどかしく感じられ、鉄道公園の出入口に走った。

話し終えると、山本は捜索状況が気になるのか、神保原に尋ねた。

「娘の手掛かりは何かつかめたのでしょうか」

山本紀子を事情聴取している間にも、青梅鉄道公園では捜索が続けられていた。

地元の消防団が捜索に加わったのは午後四時近かった。残された捜索可能な時間は二時間程度だ。

それでもその日の捜索は午後七時まで継続されたが、美奈代は発見できなかった。

ハンカチ以外の遺留品も発見されなかった。

緊急配備をしいたが、美奈代と思われる小学生を乗せた車も検問には引っかからなかった。

2 手紙

雨は夜半まで降りつづいた。青梅丘陵の山林に迷い込んで抜け出すことができなくなったのであれば、体力を消耗している可能性が極めて高い。

翌朝、さらに捜査員を増やし五十人体制で、日の出とともに捜索が開始されることになった。

その晩は神保原も伊勢崎も青梅警察署に泊まり込んだ。国立警察署交通課の山本幸太も捜索に加わることになり、朝まだ明けやらぬ頃に青梅警察署に姿を見せた。山本は青梅警察署に着くと、小菅《こすげ》署長、そして神保原、伊勢崎に昨日の捜査の礼を言いにやってきた。

「娘の件でご迷惑をおかけして申し訳ありません。緊急配備、日没ギリギリまでの捜索に心より感謝しております」

背筋をまっすぐ伸ばし、身体を正確に四十五度に折って山本が言った。

「日の出と同時に捜索を再開します。午前中にはお嬢さんを探しあてましょう」小菅署長が答えた。

山本美奈代は誘拐なのか、あるいは山中に迷い込んでしまったのか、まだはっきりはしていなかった。緊急配備をしいたにもかかわらず、不審車両は発見されなかった。小菅は山中に迷い込んでしまった可能性が高いだろうと見ていた。

顔を上げた山本幸太の眼は睡眠不足のためだろう、赤く充血していた。

「奥さんのご様子はどうだね」神保原が聞いた。

事情聴取を終えた時の山本紀子は憔悴《しょうすい》しきっていた。それでも捜索を打ち切り、濡れた身体で戻ってきた捜査員、地元消防団員一人ひとりに律儀《りちぎ》に頭を下げていた。

「妻は家で待機しています」

誘拐事件の可能性もあり、府中警察署は山本の家に捜査員を常駐させ、犯人からの電話が入った時には瞬時に対応できるような態勢を取っていた。その日も捜査員だけではなく地元消防団員が捜索に加わり、総勢百人で捜索が再開されることになった。

午前四時頃には周囲は闇《やみ》から群青《ぐんじょう》色の夜明けに変わる。午前四時半には青梅鉄道公園の駐車場に、神保原、伊勢崎、そして山本も移動した。羽村、府中、福生、立川の各市の警察署から応援の捜査員が続々と集結し、消防団員も消防団の法被《はっぴ》を着込んで集合した。

鉄道公園の南側には新興住宅街が広がるが、三方はすべて山深い森林で、その中の一部が整地され、野球場、陸上競技場、テニスコート、体育館などの施設が設けられている。神保原は百人の捜査員、消防団員を三つに分け、その日は青梅丘陵全体を捜索するように指示した。小学校二年生の女子が一人で青梅丘陵を抜け出し、青梅市から埼玉県飯能市に連なる山深い山中にまで迷い込むとは考えにくい。

日の出とともに気温は上がり始めている。一晩雨は降りつづいたが、風はそれほど吹いていなかった。青梅丘陵に迷い込んでいるなら、大きな木の根元に身を隠せば、少しは雨から身を守れる。それくらいの知識は小学校二年生ともなればあるだろう。午前中には身柄を保護し、親の元に返してやりたいと神保原は思った。

午前五時一斉捜索が再開された。昨日とは違って捜査員の数も多く、捜索範囲も格段と広くなっている。神保原も誘拐事件の可能性は低いだろうと考えていた。子供の予想外の行動に、本人も予期していなかった事態に陥《おちい》り、どこかで発見されるのを待ちわびているだろうと想像した。森の中は大木も多く、雨をしのぐ場所はある。

しかし、捜索から一時間が経過し、二時間が経過しても、美奈代どころか遺留品も何一つとして発見できなかった。捜索から四時間が経過し、青梅丘陵はほぼ捜索を終了してしまった。

さらに範囲を広げ、飯能市まで広がっている山中に捜索隊を送るかどうか、その判断を下さなければならない事態になっていた。山中に踏み入るには、捜索隊の装備を揃《そろ》え直す必要が出てくる。一度捜索隊を青梅鉄道公園に再集結させ、態勢を整えてから捜索することになった。装備に時間がかかり、再出発は午後になってしまった。その矢先だった。

小菅署長から緊急連絡が入った。

「捜索隊を解散させ、署に戻れ」

「どうしたのですか」

「山本の自宅にさきほど脅迫状が届いたと、府中署から連絡が入った」

「わかりました」

神保原は捜索隊を解散させ、山本幸太を連れて、青梅警察署に戻ることにした。

運転席に伊勢崎が座り、エンジンをかけた。後部座席に神保原と山本が座った。パトカーが出発するのと同時に神保原が言った。

「青梅署に捜査本部が設置されるそうです」

その一言で山本はすべてを悟り、唇を噛《か》みしめた。

「脅迫状がご自宅に届いたそうです」

「そうでしたか」

山本は落ち着こうとしたのか、大きな深呼吸を一つした。

青梅警察署に戻ると同時に、神保原は署長室に呼ばれた。

「犯人からの要求は何ですか？」

署長に聞いた。

子供の誘拐は身代金目的か、性的ないたずら目的のどちらかだ。脅迫状が速達で送り付けられたところをみると、金目当ての可能性が高い。

「今のところ何もない」

「エッ、どういうことですか」

「これを見てみろ」

小菅署長はパソコンのモニター画面を神保原に向けた。神保原は署長の机に近づき、モニター画面を見た。府中警察署から送信されてきた脅迫状の画像データだ。

〈美奈代は預かっている〉

Ａ４用紙にたった一行だけ記されていた。

「今、鑑識課が封筒、便箋《びんせん》に付着している指紋を調べたが、便箋からは指紋はまったく検出されていないようだ」

封筒からはいくつかの指紋が検出されてはいるが、日本郵便職員のもので、犯人逮捕には結びつかないだろう。

「私の勘だが、この誘拐事件は計画的な犯行だろうと思う」

小菅署長がモニター画面を元に戻し、マウスを操作しながら、封筒の画像を読み込み、モニターに表示した。

〈府中市府中町〇〇番地パレス府中二〇一号　山本幸太様〉

封筒もプリンターで印字されている。

小菅署長が画像を拡大した。

「問題の消印だ」

封筒に押された消印は、新潟県上越《じょうえつ》市の諏訪《すわ》郵便局になっている。日付は六月二日、時間帯は「12－18」、つまり正午から午後六時に諏訪郵便局管内のポストに投函されたことになる。

「事件発生直後に投函されていることになりますよね」

「誘拐直後に車で移動すれば、移動できない距離ではないが、腑《ふ》に落ちない」

小菅署長が訝《いぶか》るような様子で言った。

青梅鉄道公園から上越市まで五時間程度で移動するには高速道路を使うか、あるいは北陸新幹線を使うしかない。誘拐した小学校二年生を連れて新幹線を使って上越市まで行くというのは、犯人にしてみれば、逮捕してくださいといわんばかりの行動になる。人の目に触れるし、各駅には防犯カメラが設置され、追跡はたやすい。

車で拉致《らち》し、高速道路を使って移動するという方法も考えられる。圏央道の青梅インターから入り、鶴ヶ島ＪＣＴで関越道に乗り換え、さらに藤岡ＪＣＴで上信越道に入る。上越ＪＣＴで北陸道を新潟方面に向かい上越インターで降りれば、四時間程度で上越市に到着することも可能だ。そのルートにも小菅署長は合点《がってん》がいかない様子だ。

犯行直後、青梅鉄道公園から圏央道に入るには、あきる野、日の出、青梅インター、どのインターチェンジを使ってもさほど時間の差はない。捜査の目をそらすために埼玉県の入間《いるま》、狭山日高インターから入ったとしても、鶴ヶ島JCTは通過するし、藤岡JCTを経由する。

犯行時間直後に青梅周辺のインターから入り、鶴ヶ島、藤岡JCT、上越JCTを通過して上越インターで降りた車をNシステムで割り出せば、犯人の車両はすぐに浮かび上がってくる。

「単独犯ではなく、複数の人間が関与していると思って捜査を進めるべきだな」

「そうですね。わざわざ諏訪郵便局管内から投函したのは、警察の目をそちらに向けようとする犯人グループの策略かもしれませんね」

「本庁から捜査本部長として、竹中警部が来るから、うまくやってくれ」

小菅署長は、神保原の性格を見抜いているのだろう。本部長、本庁一課の刑事らと歩調を合わせて捜査をしてくれと予《あらかじ》め釘を刺しておきたかったようだ。

「わかりました」神保原が答えた。

青梅警察署三階にある大会議室に「山本美奈代誘拐事件合同捜査本部」が置かれた。

捜査本部に、本庁から派遣されてきた捜査第一課の刑事二十人、立川、福生、あきる野、府中、飯能の各警察署の刑事各二人合計十人、そして青梅署六人、総勢三十六人の刑事で事件解決にあたることになった。

立川警察署から派遣されてきた刑事は児玉透警部補で、もう一人はまだ三十代そこそこの桜岡大輔巡査部長だった。

児玉は神保原のかつての同僚であり、同期入庁だ。妻子とは別居し、一人で小さなマンションを借りて生活している。二人の子供がいて、長男は独立し、長女は大学三年生。長女が自立するまでは世間体を考えて、離婚を控えている。

家庭は崩壊している。原因は児玉が仕事一途《いちず》で家庭を顧《かえり》みなかったことだ。父親としては失格、仕事だけが人生。そうした生き方が神保原一徹と合致したのか、いつしか二人は親友というほどではないにしろ、飲み仲間という関係を続けている。

児玉は刑事事件一筋で、捜査には鋭い嗅覚《きゅうかく》を持ち、神保原は捜査に行きづまると、児玉の助言を仰いだ。それに対して児玉は的確な助言を与えてくれる。

午後三時、青梅警察署三階にある大会議室に捜査員全員が集まり、最初の合同会議が開催された。捜査本部長は竹中武雄警視庁警部だ。東京大学法学部卒業のキャリア組だ。年齢的には神保原より十歳ほど若い。それほど現場の場数を踏んでいるとは思えない。

竹中捜査本部長は紺のスーツに濃紺のネクタイ、糊《のり》のきいた真っ白なワイシャツ姿で三階の大会議室に現れた。最前列に三人が座れる会議用デスクが置かれ、その机の前に竹中本部長が立った。

すでに会議室に集まっていた捜査員は敬礼をし、竹中を迎えた。捜査員を席につかせると、青いフレームの眼鏡をかけ直し言った。

「誘拐されたのは、国立警察署交通課所属の山本警部補のお嬢さん、七歳。今のところ金銭の要求はないが、これは警察に対する重大な挑戦だ。全力を挙げ、早期全面解決に向けて、捜査にあたってほしい」

竹中本部長の挨拶は短いものだったが、警察の威信にかかわっていると、犯人逮捕への意気込みが伝わってくる。

「事件発生から現在に至るまでの経緯は、青梅署の神保原に説明してもらう」

竹中本部長が退いた後、会議室の大型モニターを背にして神保原が立った。

「事件発生は昨日、六月二日午前十一時三十五分から三十八分の間だと思われます。場所は青梅鉄道公園内のミニSL乗り場付近。伊勢崎、地図を出して」

刑事課に異動になってまだ間もない伊勢崎がパソコンを操作し、大型モニターに青梅市の地図が映し出された。

「JR青梅駅の北側、ここに青梅鉄道公園があります。次に公園内の見取り図です」

鉄道公園内の記念館、SLなどの展示物の位置、ミニSLの周回コースを示す画面にモニターが切り替わる。

「母親の山本紀子は、長男の光喜と一緒にミニSLに乗りました。これは一周するのに約三分間で二周します。その間、長女の美奈代はこの辺りに立ち、母親と兄がミニSLに乗るのを眺めていたようです。一周した時には、すでに美奈代の姿は見えなくなっていました」

姿が見えなくなった直後に母親、そして青梅鉄道公園スタッフによって、美奈代の捜索が行なわれた。しかし、美奈代は発見に至らず、山本紀子からの110番通報があったのは、午前十一時五十八分。

午後十二時十分頃、神保原と伊勢崎が青梅鉄道公園に到着、その五分後には緊急配備体制がしかれた。モニター画面には再び青梅市地図が示され、検問が行なわれた幹線道路が示された。

「午後十二時二十分頃、公園の北部で」

と、神保原が言ったところで、伊勢崎は公園見取り図にモニター画面を切り替えた。

「この辺り、ここから先はこんもりと茂った森ですが、ここから五、六メートルほど雑草をかき分けて入ったところで、美奈代が所持していたハンカチが発見されました」

神保原はその後も、青梅丘陵一帯を捜索した様子を説明した。日没まで捜索したが美奈代発見には至らず、翌朝日の出と同時に、前日に捜索できなかった青梅丘陵全域の捜索を開始した。しかし、それでも美奈代発見には至らず、遺留品も見つけることはできなかった。

　捜索範囲を広げようとしている頃、山本幸太宅に犯人から速達の手紙が届いた。その手紙の消印、文面がモニターに示された。

「なお、事件発生直後に、緊急配備がしかれましたが、その時の状況は各署の担当者に説明してもらいます」

　神保原の説明が終わると、青梅、あきる野、飯能の各警察署の担当者が緊急配備の場所、検問の様子を説明した。

　結局、山本美奈代を乗せた車は検問にはかからなかった。犯人の逃走経路は不明のままだった。

　再び竹中本部長が正面に立った。

「一班は中町が指揮し、上越市に行って、投函された諏訪郵便局管内のポスト付近の防犯カメラに犯人、美奈代を乗せた不審車両が映っていないかを徹底的に捜査してほしい」

　中町は竹中が信頼している刑事のようだ。三十代後半といったところだろうか。警視庁から捜査本部に配属された刑事の中に定年間際と思われるものがいた。

「二班は圏央道、関越、上信越道に犯行時間帯直後に上越市方面に向かった車を徹底的に捜査してほしい。磯田さん他三名は山本幸太宅につめて、犯人からの連絡に備えてください」

立川、福生、あきる野、府中、飯能の各警察署の刑事は地元で美奈代と思われる女子児童、不審車両の目撃情報がないか、所轄管内を徹底的に捜査することになった。青梅警察署の刑事は、誘拐現場周辺の聞き込みと、不審車両の目撃情報を探る役目を課せられた。

会議が終了すると、捜査員が一斉に飛び出していった。竹中本部長は周囲を見渡し、神保原が会議室の後ろの方の席に座っているのがわかると、足早に歩み寄ってきた。

「マスコミと報道協定を結び、誘拐報道が流れないように取り決めをしてくれますか」

「わかりました」神保原が答えると、今度は本庁から来ているベテラン刑事のところに歩み寄った。

「磯田さん、山本幸太の家で犯人が接触してきたら、よろしくお願いします。私の方でも、すでに確認は取っているのですが、磯田さんにも直接本人から身辺に問題がないか、聞き出してもらえますか」

磯田は「わかりました」と頷いた。

神保原のところに児玉が近づいてきた。

「あの刑事は磯田吉兵衛といって、なかなかのやり手だ。磯田が来ているのは、竹中本部長のお目付け役だな」

児玉が神保原の横で呟く。

山本美奈代誘拐の背景に、父親幸太への個人的な恨みがあるのかもしれない。金、あるいは女がらみでトラブルを抱えていないかどうか、竹中本部長は国立警察署や前任地での評判をすでに確認ずみなのだろう。それでも念のためにベテラン刑事の磯田に直接本人に確かめさせるつもりのようだ。

「竹中本部長にとっては初めて経験する大きなヤマだろう。張りきり具合が半端じゃねえな」

児玉が会議室から出ていく竹中の後ろ姿を見送りながら言った。

「それにしてはどうなんだ、十人も上越市に捜査員を送って」

「まあ、マニュアル通りの捜査だな。犯人の最新の動きがそこにあるのだから、上越市諏訪郵便局管内の不審車両を徹底的に捜査するのは当然だろう」児玉が答えた。

「小菅署長は、高速道路の車の流れ、あるいは新幹線の防犯カメラを調べつくしても、そこから犯人につながる情報は得られないのではと言ってたが……」

「俺もそう思う」児玉が平然とした顔で言った。

神保原は思わず児玉の顔を覗き込むようにして見つめた。

「何で、竹中に意見を言わねえのかってか……。皆の前で意見を言えば、さあ、これから手柄を立てるぞって意気込んでいる捜査本部長を怒らせ、恥をかかせるだけ。それでは捜査が遅れるし、やりにくくなるからだよ」

竹中本部長の指示通り捜査に動く気など最初からまったくないのが、児玉の言葉の端々《はしばし》から伝わってくる。

「桜岡、立川駅より先はどうせ俺たちにおはちが回ってくる。そこで先回りして防犯カメラをチェックしておいてくれ」

児玉は武蔵野線と埼京線が交錯する武蔵浦和、武蔵野線と京浜東北線の乗換駅南浦和、大宮駅の新幹線ホームと高崎方面に向かう在来線ホームの防犯カメラをチェックするように指示した。

「四ヶ所に山本美奈代らしき女の子が映っていなければ、鉄道を使って移動した可能性は低くなる。多分無駄足になると思うが、頼む」

児玉は鉄道を使って犯人たちが移動しているとは考えていなかった。

「お前さんのところにも、幹線道路以外の道路についても不審車両を洗い出せって、ヤツから命令が出るぞ」

児玉が神保原に助言した。児玉は竹中本部長を新米刑事程度にしか思っていないようだ。

神保原は、伊勢崎と他の四人の青梅警察署捜査員に、緊急配備から漏れてしまった青梅鉄道公園周辺の道路で、不審車両を見かけていなかったか、小学校二年生の女子を目撃した者はいないか、聞き込み捜査を指示した。

「悪いが俺を鉄道公園に連れていってくれ」児玉が神保原に頼んだ。

神保原は児玉を連れて公園に向かった。受付を通り、山本紀子が証言したコース通りにSLを見学し、ミニSL乗り場に向かった。

母親と光喜がミニSLに乗っている間、美奈代が待機していた正確な場所に児玉は立った。

ミニSLが発車するまで、児玉はその場を離れようとはしなかった。ミニSLの位置を確認しながら、児玉は何度も自分の腕時計を見た。

「あの狭い客車に乗ってだ、美奈代の位置が完全に死角に入って見えなくなる時間は一分足らずだ」

児玉は周囲の風景をじっと眺めていた。

「美奈代は何年生っていったっけ」

「小学校二年生だ、それがどうかしたか」

「二年生なら走れば一分以内には、あの森の中に駆け込むことはできるな……」

「それはできるだろうけど、ここで待っていなさいと母親から言われているんだ。日曜日に二人の子供を連れて遊びに来る子供思いの母親を無視して、森の中に入り込むなんていうことはしないだろう」

「そうだよな。となると大人が強引に抱きかかえてあの森の中にでも入り込まなければ、美奈代が突然姿を消すなんてありえねえな」

「大人が連れ去ろうと強引に抱きかかえれば、悲鳴だってあげるだろうし、抵抗する女の子を一分以内にあの森の中に引っ張り込むのは無理がある。それにいくら入園者が少ないといっても、それだけのことをすれば必ず誰かに目撃されるはずだ」

児玉はハンカチが落ちていた場所に案内してほしいと言った。その場所に向かった。美奈代が待機していた場所からハンカチが落ちていた場所まで、確かに小学校二年生なら走れば、一分以内に十分に到達できる距離だ。しかし、大人が抱きかかえるか、背負って走ったとすれば、一分以上はかかると思われる距離だ。

森に入っていく部分だけが、獣道のように草や灌木が倒され、小さなトンネルのようになっていた。身を屈めて児玉がそのトンネルに入っていった。五、六メートル先は、杉木立が空に向かって伸びているが、雑草もなく歩きやすい空間が広がっていた。

「これはかなり土地勘のある、しかも計画的な犯行だな」

児玉が言った。

3　ユーチューブ

磯田吉兵衛が府中警察署の逢坂源と小田切洋子が常駐している山本幸太のマンションにやってきた。目的は小田切にも想像がつく。

山本幸太も非常時で、国立警察署交通課の勤務シフトから外されていた。警察官という立場もあり、醜態は見せられないと気持は張りつめているのだろう。意外なほど冷静だ。

山本紀子も警察官の妻として毅然《きぜん》と振る舞っている。しかし、誘拐されたのは小学校二年生の長女だ。内心は不安と怯《おび》えで押し潰《つぶ》されそうになっているのではないかと、小田切は思った。

山本宅の固定電話、山本幸太、紀子の携帯電話は着信があればすぐに録音できるようにデジタル録音機が設置された。固定電話も逆探知できるようにしてある。携帯電話にかかってきた電話は、着信があった時点で、相手の発信基地は特定できる。発信基地周辺に犯人が潜んでいることになる。

しかし、犯人グループは手紙で、しかも東京から離れている上越市諏訪郵便局管内のポストに投函するというやり方で、連絡を取ってきた。その方がはるかに居場所の特定が困難になる。それを見ても犯人グループは一筋縄ではいかない連中だとわかる。

逢坂と小田切は無言のままソファに座り、いつかかってくるかわからない犯人からの電話を待っている。二人の前に座る山本幸太も腕を組み、瞑想する僧侶のように微動だにしない。その横に着いたばかりの磯田が腰を下ろした。

「おい、いいかな」

磯田の声に無言で山本幸太が頷く。

「早速で悪いが聞かせてくれ」磯田は見損なったプロ野球の勝敗結果を聞くような口調だ。

「なんなりと」山本幸太も何を聞かれるのか十分に承知している様子だ。

「金銭関係でのトラブルは」

「何もありません」

「では、女房以外の女との関係は？」

「付き合っている女はいません」

「風俗はどうなんだ」

「月に一度、ストレスを発散するために」

「金は？」

「もちろん自分の金で」

暴力団が刑事を籠絡《ろうらく》する手段は、金に女と相場は決まっている。警察情報を取りたくて暴力団が接近してくるのは刑事課だけではない。どんな些細《ささい》な情報でも収集したい時は、交通課の警察官にも接近してくる。しかし、山本幸太の身辺にはそうした薄汚れた関係はなさそうだ。

「職務上で最近トラブルを抱えていることは」

「娘の誘拐に結びつくようなケースはまったく思いつきません」

警察官は職務上、もちろん感謝される場合も多々あるが、どちらかと言えば怨みを買うことの方が多い。小田切自身もこれまでの経験を通してそう思う。怨まれているケースを一つひとつ気にしていたら、捜査などできなくなってしまう。それは山本幸太も同じだろう。

「最近、逃亡していた犯人を追いつめて逮捕したという案件はなかったかね」

「ありません」

「では、いまだに逮捕に至っていない事件を抱えてはいないか」

「それもありません」

轢き逃げ事件など、轢き逃げをした方が悪いに決まっている。しかし、自分の身内を逮捕された家族の中には逆怨みして、警察官にその怒りを向けてくる者もいる。逆に犯人の逮捕に至らず、警察にその苛立ちが向けられることも当然ある。それほど警察官は因果な職業なのだ。

だからといって警察官の家族をターゲットにした誘拐事件など、前代未聞だ。磯田と山本幸太のやり取りを聞いていたが、犯人に結びつく情報は何も得られなかった。

山本幸太からの聴取が終わると、磯田が小田切に言った。

「ヨメさんは君に頼む」

予想もしていなかった。そんな大役を急に振られるなんて……。何の準備もしていない。逃げ出したい気持だ。しかし、小田切は「わかりました」と答えた。そう答えるしかない。それが警察組織なのだ。

紀子は寝室に閉じこもったままだ。小田切は控えめにノックし、少しドアを開いた。

「二人だけで少し話がしたいのですが……」

紀子は一瞬怪訝《けげん》な顔をして小田切を見た。山本幸太には、小田切が何を聴取しようとしているのかがわかっている。

「美奈代の部屋を使ってください」

背中から山本幸太の声が追ってきた。美奈代の部屋は四畳半ほどの広さで、机とベッドが隣り合わせに置かれ、ベッドにはキティのシーツがかけられている。部屋はきれいに整頓《せいとん》されていた。

小田切は美奈代の机から椅子《いす》を引き出し、そこに座った。紀子はベッドの縁に腰を下ろした。

紀子は何を聞かれるのか、不安そうな表情を浮かべた。

「まず犯人についてですが、このマンションの住民、あるいは子供の学校関係の知り合いとの間で、人間関係を巡るトラブルは起きてはいないでしょうか」

「住民ともトラブルなんて起きていないし、学校関係でもＰＴＡ役員をしているわけでもありません。近所のお母さんたちと、買い物の帰りに会った時、立ち話をする程度、いさかいを抱えているということもありません」

紀子は小田切の質問の主旨をすぐに理解したのだろう。

「イヤな質問で気を悪くするかもしれませんが、お答えください」

紀子は緊張のためか、唇をかみしめた。

「これまでの恋愛経験の中で、ストーカー行為に及んだ男性はいなかったでしょうか」

「そうした方とのお付き合いはまったくありません」

二人は共通の友人を介して知り合い、二年ほど交際して紀子は幸太と結婚したようだ。結婚する時に、警察官という仕事はいつ署から呼び出されるかわからない仕事で、サラリーマンのように妻や子供のために休日を過ごすということがなかなかできない職業だと、紀子は告げられた。

その頃、大学を卒業して三年目で、市役所に勤務していた。父親もやはり地方公務員だった。地道にささやかな喜びに満足して暮らすのが幸福への近道だと考えているようだ。

夫の幸太からは、「子育ては君に一任するから頼む」と言われ、「わかりました」と答え、夫が職務を理由に、運動会にも授業参観日にも欠席しても文句一つ言ったことはないと語った。紀子からはまさに良妻賢母という印象を受ける。

紀子は事実を述べているだろうと、小田切は判断した。小田切が紀子を睨みつけても、動揺することもなく冷静で、彼女の眼が一瞬たりとも泳ぐことはない。

「これまでの男性関係で、相手から異様な執着心とか、怨みを持たれた経験は」

小田切は執拗に質問をつづけた。

「ありません」

紀子の口調からは冷静に対応しようとしているのがうかがえる。しかし、激しく苛立っているのが小田切に向ける視線の鋭さから感じられる。その視線に動揺していたのはむしろ小田切の方だった。

小田切が本当に聞き出さなければならないのは、紀子に夫以外に肉体関係を持つ男、つまり不倫相手がいるのかどうかだ。それを質す言葉が出てこない。

「立ち入ったことをお尋ねしますが、二人の間にセックスは……」

遠回しに聞くことしかできない。

「質問の主旨が理解できないのですが」

口ごもりながら小田切が質問を重ねようとした時だ。

インターホンが鳴った。紀子は小田切を無視して、部屋を飛び出した。追うようにして小田切も部屋を出た。紀子がキッチンにあるインターホンを取った。

「わかりました」

と答えて、玄関に足早に向かった。

ドアを開けると郵便局員が立っていた。

「速達です」

「奥さん、待ってくれ」磯田が制止したが、紀子は開封してしまった。

〈美奈代が寂しがっている。ユーチューブを立ち上げ、動画をアップして娘を慰めてやってほしい。生きて再会したいのなら、手紙到着後六時間以内に実行すること。タイトルは『青梅鉄道公園の美奈代へ』にすること〉

紀子は手紙を読むと、それを夫に渡した。磯田がそれを奪うようにして読み始めた。

紀子は寝室に入ると、中から鍵を閉めてしまった。小田切の聴取に、それまでじっと耐えていたが、手紙を読みタガが外れてしまったのかもしれない。

「パソコンはどこにあるんだね」

異変を察して磯田が山本幸太に聞いた。

「私はハッカー対策に国立署に置いてあるパソコンを使用し、家ではいっさい使用していません」

「奥さんは？」

「寝室にノート型パソコンがあります」

「パソコンに詳しいのか」

いつも温厚な磯田の声が荒々しい。小田切は不安にかられ、身の置き所がなかった。

「結婚前は市役所に勤務していました。広報課でＨＰの書き換えなどを担当していたようです」

動画をアップすることなど簡単にできるだろう。脅迫状には六時間以内と時間の猶予を与えていた。

「奥さんに少し待ってもらってくれ」

磯田は山本幸太に妻を制止するように求めた。

「やってみますが……」

山本自身も妻を制止するのには乗り気ではないのだろう。当然だ。自分の娘の命がかかっているのだ。

山本が部屋に入るのと同時に紀子の泣き叫ぶ声がリビングにまで響いた。

「何を言っているんですか、あなたは。美奈代の命がかかっているというのに……」

山本幸太の押し殺した声が聞こえてくる。懸命に説得しているのだろう。動画を上げれば犯人側の土俵に乗ることになり、今後の捜査に大きな影響、支障が出てくるのは明白だ。それがわかるから山本幸太は警察官の立場というよりも、冷静な判断を下しているのだろう。

「私は警察が何を言っても動画を作って、美奈代を返すように犯人に伝えます。警察の言う通りになんかなりませんよ。私が不倫しているなんて思い込んでいる警察に任せられるわけがないでしょう」

紀子の尖《とが》った声が聞こえてきた。その声は夫に向けられたというよりも、小田切を非難しているようにも思える。

結局、山本幸太は妻の説得に失敗し、寝室から出てきた。磯田の顔を見ると、すまなそうに首を横に振った。

「俺と直接話をさせてもらえるか」

山本幸太が頷き、磯田を寝室のドアの前に導いた。ドアを少し開け、首だけを中に入れた。その後ろに一晩中雨に打たれた犬のように悄然としている小田切が立った。

「磯田さんが話をしたいとおっしゃっているんだが……」

返事は何も戻ってこない。

「奥さん、少しいいかな」

磯田がドアの外から声をかけた。

「お話しするようなことは何もありません」

「入るよ」

その後から小田切も続いた。

紀子と三人だけで話をすることにした。紀子の目は真っ赤に充血していた。

寝室にはダブルベッド、化粧台、そして小さなパソコンラックが部屋の片隅に置かれ、磯田が入っても、紀子はパソコンのキーボードを打ったまま、磯田にも小田切にも視線をやろうとはしなかった。

「動画の件だが立ち上げれば、犯人の思うつぼだ。少し待ってもらえないか」

紀子からは何の反応もない。キーボードを叩きつけるように打つ音が紀子の強い拒絶の意志を表していた。それでも磯田は話しつづけた。

「犯人グループはここの住所を知っていた。亭主やあなたの携帯電話番号も調べ上げている可能性もある。それでも電話して来ないで、手紙を送りつけてきている。居場所を絞り込ませないで有利に交渉を進めようとしているからだ」

磯田はユーチューブ開設を思いとどまってほしいと頼む理由を説明した。

キーボードを叩く音が止まった。紀子が磯田の方を向いた。

「犯人がどこにいても私には関係ありません。犯人が誰で、逮捕されようがどうしようが、そんなことはどうでもいいんです。美奈代が無事に戻ってくればそれでいいんです。犯人がお金を要求するのなら、このマンションを売って、貯金を差し出し、それでも足りなければ親、親戚から借金をしてでも、美奈代を連れ戻します。警察は犯人との連絡を妨害するようなことを言いますが、私は犯人と連絡を取りたいんです」

紀子は犯人グループの思惑を十分承知の上で動画をアップするつもりなのだ。止めるように説得は続けるにしても、動画アップを前提に捜査をどう展開するか、それを考えなければならない。

「奥さん、犯人グループは六時間以内と言ってきている。開設するにしても、そのギリギリの時間までは待ってくれ」

紀子は何の返事もしなかった。

小田切は肝心なことを山本紀子から聞き出すことができなかった。

殺人、殺人未遂など大事件の捜査に加わった経験はない。これまでに担当したのはせいぜい傷害事件、傷害未遂事件だ。別れ話から男性が女性を殴り、傷害を負わせたとか、女性が夫以外の男性と関係を持ち、三角関係がこじれて暴力事件に発展したとか、そうした痴情のもつれから起きた傷害事件は担当した。

女性からの事情聴取を命じられる機会が多かった。女性同士で、男の刑事が聞くよりも相手も話しやすくなる。上司はそう考えて女性の聴取は小田切に任せる。しかし、小田切自身は女性相手の聴取は苦手だった。

特に色恋沙汰が関係した事件の聴取は、気が重くなる。山本紀子からの聴取もそうだった。

誘拐現場を見終えて、神保原と児玉は捜査本部に戻った。

府中市にある山本幸太のマンションに常駐し、誘拐犯からの連絡に備えていた府中警察署刑事課の逢坂源刑事から、竹中本部長宛に連絡が入った。事件発生から二日目の六月三日夕方、犯人からその日二通目の速達が届いたという知らせだ。

竹中本部長は上越市に向かった捜査班と電話中だった。神保原が代わって受話器を取った。

「今、紀子さんが開封し、読んだところですが、一刻も早く捜査本部に伝えた方がいいと思いまして……」

逢坂が文面を読み上げた。

犯人グループの目的はどこにあるのか。ユーチューブ上で「美奈代を返して」と親が叫ぶ動画がアップされれば、誘拐事件が発生したことが瞬時に世間に知れわたってしまう。犯人グループが「青梅鉄道公園の美奈代へ」のURLを、いくつもある闇サイトに貼《は》り付ければ、拡散は一瞬だ。闇サイトには薬物や拳銃の密売、恐喝や脅迫の請負などの違法な告知が掲載されている。誘拐事件の情報は、闇サイトから飛び出して広まり拡散を防ぐことは事実上不可能になる。

報道協定を結んだ意味などまったくない。

「封筒、便箋は青梅署鑑識課に届くように手配しました。便箋、封筒の画像データはすぐに送信します」

メールで画像が送られてきた。

消印は新潟県十日町市千手《せんじゅ》郵便局で、日付は六月二日、投函された時間帯は上越市諏訪郵便局管内で投函された最初の手紙同様「12－18」で、正午から午後六時になっている。

神保原は逢坂刑事からの連絡内容を竹中本部長に伝えた。

「地図を出してくれ」

神保原は捜査本部のパソコンを起動させ、捜査本部の大型モニターに上越市の地図を表示した。

「十日町市千手郵便局との位置関係はどうなるんだ」

神保原が地図を縮小し、上越市と十日町市をカーソルで指し示した。

「東に直線距離で五十キロといったところでしょう」

地図を見ながら神保原が言った。

「諏訪郵便局管内で投函し、その足で十日町に向かった可能性もあるな」

竹中本部長がひとりごとのように言った。

「そうでしょうか」神保原は疑問を滲《にじ》ませながら答えた。

竹中は少し驚いた様子で神保原の顔を見て言った。

「君はどう考えているのかね」

「あの公園から小学校二年生の女の子を強引に誘拐するのは、単独犯では無理です。事件発生と同時に投函したとすれば、すでに上越市に仲間がいたとも考えられます。十日町市千手郵便局管内から投函された手紙に関しても、別の仲間がいて今日の午後届くように意識的に投函したことも……」

「私が犯人に翻弄《ほんろう》されているとでも……」

「いいえ、そうは言っていません。脅迫状が送られてきた場所が特定できる以上、その周辺地域を捜査するのは定石通りだと思います」

と、神保原は答えたが、内心では警察を混乱させようと画策する犯人グループの思惑通りに、竹中本部長は捜査を展開していると思った。

上越市諏訪郵便局管内のポストに投函された最初の手紙も、高速道路あるいは新幹線を使って移動すれば、青梅鉄道公園から四、五時間程度で移動できる距離だ。上越市から十日町市へも、車で一、二時間あれば十分に移動が可能だ。しかし、最初から決めていた場所で投函したのではないだろうか。

警察の捜査を上越市から十日町市にまで拡大させるために、わざわざ異なる地域で投函しているとしか思えない。

そもそも警察に連絡を取りたければ、メールを使って青梅警察署に送信してくるだろう。その方が居場所を突き止められるまでには時間がかかる。海外のドメインを使用すれば、さらに時間がかかる。

犯人は山本美奈代の自宅宛に手紙を送付している。少なくとも犯人は山本家の現住所を知っていることになる。誘拐前に事前に十分な準備をしていたのだろう。しかし、山本紀子、光喜、美奈代が青梅鉄道公園に出かけるという情報を予め知るのは不可能だ。とすればかなり前から山本一家は犯人グループに見張られ、青梅鉄道公園のピクニックを好機と見て、誘拐を実行に移したのではないだろうか。神保原にはそう思えてならない。

それを進言しても、竹中本部長は検討もしないだろう。額に「余計なことを言うな」と書いてあるような表情を浮かべている。

「美奈代を人質にしたまま、犯人が青梅丘陵に潜んでいる可能性はないのだろうね」

竹中本部長が確かめるように神保原に聞いた。

「青梅丘陵に潜んでいる可能性は極めて低いと思います」

「であるならば、青梅鉄道公園からどのようにして犯人と美奈代は姿を消したのか、どの方面に向かって移動したのかを明らかにする必要がある。逃走経路を一刻も早く明らかにしてくれ」

竹中は捜査手法を批判されたとでも思ったのだろう。自分の任務を着実にこなしてくれればいいのだと言わんばかりに、強い口調で神保原に言った。

「わかりました」

神保原はそれ以上、竹中本部長と話す必要もないと思い、その場から離れた。竹中のところには上越市に派遣された捜査員や、青梅市周辺の聞き込みを行っている捜査員から次々に連絡が入ってきた。

報告を聞いている竹中本部長は何度も頷きながら、捜査を継続するように指示を出していた。しかし、次第に声を荒らげ、最後は会議室に響くように怒鳴る口調に変わった。

児玉が神保原に近寄ってくる。

「本部長は早くも苛立ち始めているな。あんな若いヤツにこんな難事件を任すのがそもそも無理なんだ」

児玉が突き放すように言った。

竹中本部長の声はさらにヒートアップしていった。

「だから動画なんか作らせるなって、俺は命令しているんだ」

竹中本部長のこの一言で、相手は山本幸太の自宅に常駐している府中警察署の逢坂刑事だとわかった。

「何だ、動画っていうのは」

事情のわからない児玉が神保原に確かめる。神保原が二通目の脅迫文を伝えた。

山本夫婦にしてみれば、犯人の要求に応えなければ、美奈代にどんな危害が及ぶかわからない。父親の山本幸太は交通課に所属しているとはいえ警察官だ。犯人の要求には応じるべきではないと考えるだろう。

しかし、それは警察官としての判断だ。父親という立場に立てば、そんなことは言ってはいられないだろう。まして母親の紀子にしてみれば、一瞬目を離した隙に美奈代を誘拐されているのだ。犯人の要求に応えてユーチューブを立ち上げ、美奈代にメッセージを送りたいと考えるのは当然だ。

竹中本部長の怒鳴り声は、それを止《や》めさせろと、逢坂刑事に指示しているのだろう。しかし、自分の娘の命が危機にさらされているのだ。動画を制作するなと止める権限など警察にはない。

動画のアップを阻止しても、最悪の事態を迎えれば警察は世間からの非難を免《まぬか》れない。動画が公開されてしまえば、誘拐事件の発生が明らかになり、捜査に支障をきたす。事件解決を遅らせる事態になっても厳しい批判にさらされる。どちらの道を選択しても批判は覚悟するしかないのだ。

「逢坂は板挟みだな」

児玉は逢坂に同情した。山本の自宅には小田切洋子巡査部長も一緒に常駐している。小田切は三十代の女性刑事で、母親の紀子を精神的にサポートする役目を負って常駐を命じられている。

犯人側の意図は明確にはわからないが、美奈代誘拐事件を公開捜査に切り替えさせるために動画を要求しているのではないだろうか。母親の顔、場合によっては両親の顔を美奈代に見せるように求められれば、それに応じるしかないだろう。しかし、事件が公になれば、美奈代を連れて移動することは困難になる。それにもかかわらず犯人グループは動画を要求している。

「すでに美奈代が殺されているという可能性はないのだろうか」

神保原は脳裡によぎる不安を口にした。同じことを児玉も考えているのだろう。

「美奈代誘拐の動機、目的が何一つわかっていないから、なんとも言えねえが、怨《うら》みによる犯行なら、山中に埋められていても、不思議じゃねえよな」

犯人グループと美奈代が一緒に行動していることを前提に、捜査は進めている。犯人が利用しそうな駅の防犯カメラをチェックするのは、不審な子供連れはいないかを見るためだ。

　高速道路の車の流れをチェックするのも、青梅近辺のインターから上越インターに向かう車の車内に、小学校二年生の女子が乗っている車を発見するためだ。美奈代と思われる女子が乗っていなければ、青梅近辺のインターから上越インターに向かう車両、上越市諏訪郵便局管内から十日町市千手郵便局管内に向かった車両が割り出せたとしても、それが不審車両ということにはならない。

4　ロッカーキー

六月四日、三通目の速達が山本幸太に届けられ、それが青梅警察署に転送されてきた。すぐに鑑識に回った。神保原もビニール袋に保管されている現物をみたが、封筒の大きさも、印字のフォント、サイズもすでに届けられている脅迫状とまったく同じだ。

府中警察署の逢坂源と小田切洋子の二人の刑事は山本幸太のマンションに詰め、交替で仮眠を取ったり、打ち合わせのために府中警察署に戻ったりする以外は、常に二人で犯人グループからの接触に備えている。

本庁の磯田はリビングのソファで数時間の仮眠を取っただけで、それ以外はいっさい外出していなかった。

三通目には便箋は入っていなかった。ロッカーのキーがボール紙に挟まれていたという。

消印は長野県飯山市秋津郵便局で、日付は三日で時刻は「8―12」、午前八時から十二時の間に投函されていた。

ボール紙には『新宿西口ロッカー』と封筒に印字されている同じフォント、サイズで印刷されていた。

犯人グループは移動しているのか、あるいは移動していると思わせるためにそうしているのか不明だが、捜査本部は秋津郵便局管内から投函された三通目の手紙に混乱した。限られた捜査員で、新潟県、長野県を移動する犯人グループの割り出しに時間をかけているわけにはいかない。それに犯人グループが美奈代を連れて移動しているとは限らない。捜査を混乱させるためにやっている可能性の方が高いだろう。

三通目の手紙が捜査本部に届くのと同時に、竹中本部長は磯田に電話した。

「上越市、十日町市、飯山市に捜査員各二人を配置し、後は捜査本部に戻します」

竹中本部長の声は沈んでいる。犯人グループが捜査を混乱させるために、手の込んだ速達を送りつけてきていると判断したのだろう。

「新宿西口のロッカーキーのようですが、磯田さんと逢坂で、山本をつけて一緒に新宿に行ってください」

磯田が逢坂刑事、そして山本と三人で新宿駅に向かうことになった。どこで犯人グループから見張られているかもわからない。山本の後を磯田と逢坂は別々になって追跡する。

捜査本部からは、神保原と伊勢崎の二人も磯田、逢坂の後方支援にあたるように、竹中本部長に命じられた。

神保原、伊勢崎は青梅警察署のパトカーで府中駅に急行した。捜査本部から山本幸太の状況が逐次報告されてくる。

府中のマンションを出る山本幸太に警察無線が渡され、耳にイヤホーンが挿入された。捜査本部からの連絡はすべてイヤホーンから伝えられる。小型マイクとGPSも装着され、万が一山本の携帯電話にかかってきても、山本の音声を小型マイクが拾い、同時にGPSが山本の居場所を常に表示する。

神保原、伊勢崎の二人が京王線府中駅に到着すると、山本幸太が府中駅のマンションを出たと報告が入った。四人の刑事が府中駅で乗降客にまぎれながら、山本の到着を待った。

山本が府中駅に着き、改札口でICカードをかざして駅構内に入った。すでに磯田と逢坂は上り線ホームに入っている。

山本がエスカレーターで上がっていく。神保原は山本の十メートル後ろにつけた。伊勢崎が階段を駆け上がった。上り線ホームに上がった山本は新宿方面に少し歩いた。山本は四号車最前方のドアから乗り込むことになっている。山本が列に並んだ。

一つドアを挟んだ後方ドアから磯田が乗り込み、神保原は四号車の最後尾のドアから乗ることにした。三号車に逢坂と伊勢崎が乗ることになった。

神保原はショルダーバッグを肩にかけ、文庫本と折りたたみ傘を手に持った。走りやすいようにジーンズに淡いブルーのポロシャツを着た。

梅雨入り宣言が出されたばかりで、今にも雨が降り出しそうな曇り空だ。異様に蒸し暑い。夕方から雨になるという天気予報だった。

四番線に各駅停車の新宿行きが入線してきた。各駅停車の電車から特急電車に乗り換える乗客が降りてきて、三番線ホームに並んでいる乗客の後ろに並ぶ。神保原は文庫本に目を落としながら、降りてきた乗客に目をやる。怪しげな乗客は見当たらない。

磯田、逢坂、伊勢崎も乗客に溶け込み、山本にそれとなく視線をやり、周囲を観察している。

三番線に特急新宿行きが入ってきた。昼間ということもあって、降りる客もまばらで、乗車する客もそれほど多くない。山本が四号車最前方のドアから乗った。思いやりゾーンの優先席は空いていた。山本はそこに座った。

神保原は四号車最後尾の優先席に座った。磯田は椅子には座らずに、山本から少し離れた場所で吊り革につかまりながら車窓に目をやっていた。

神保原が座った席からは対角線上に山本が見えるが、山本の動きは磯田に任せ、神保原の役目は四号車の車両内に山本に対して異様な視線を向けている乗客がいないかどうかを確認することだ。

特急新宿行きが発車した。三号車に乗り込んだ逢坂と伊勢崎は、おそらく四号車との連結部分に近い席から、山本の動向を探っているに違いない。府中を出ると次は調布だ。車内に目立った動きはない。

山本だけは、外の風景に目をやったり、近くの乗客を見たり、落ち着きがない。無理もない。長女が誘拐され、安否は不明のままだ。新宿西口のロッカーのキーが送られてきたが、その中に何が保管されているのか、気が気ではないはずだ。

特急電車は調布、明大前を過ぎ、次は終点の新宿駅だ。電車は笹塚駅を過ぎると、高架線から地下を走るようになる。新宿まではあと五、六分はかかるが、山本は座っていられないのか、席を立ちドアの近くに立った。

新宿駅に着くと、山本は真っ先に降り、階段を上り西口地下に設置されたロッカーに向かった。ロッカーの周辺で誘拐犯が山本の到着を見張っているかもしれない。四人の刑事もそれぞれが距離を置き、山本を見守る。新宿西口地下は人通りが多く、どこに犯人グループがいるのか、いないのかも見当がつかない。

山本はロッカーキーの番号を見ながら、ロッカーを探している様子だ。すぐにロッカーを見つけ出し、キーを挿入しようとしている。

〈おかしい。同じ番号のロッカーは空で、キーが差し込まれたままになっている〉

山本の声がイヤホーンから聞こえてくる。山本はキーの番号とロッカーを確認しているが間違ってはいないようだ。

山本はロッカーのドアに書かれている管理会社の電話番号を見ているようだ。ズボンのポケットから携帯電話を取り出し、管理会社に電話を入れているのだろう。

〈ロッカーから荷物を取り出そうとしたけど、同じ番号のロッカーなのに空の状態になっている。荷物はどうなっているんだ〉

山本の尖った怒鳴り声が聞こえてきた。

〈荷物はそっちの事務所に保管してあるんだな。これから受け取りに行く。場所は新宿地下街にあるのか〉

山本は管理会社に向かった。

ロッカーの保管期間は通常は三日間だ。それを過ぎると管理会社によって荷物は引き出され、一週間から十日間ほど保管した後、処分されてしまう。

山本に送られてきたキーナンバーのロッカーに保管されていた荷物は、三日間を過ぎ管理事務所に移管された。ロッカーはシリンダーそのものが他のものに交換されていたのだろう。

ロッカーが並ぶ西口地下広場から、山本は丸ノ内線新宿駅に急いだ。地下街は西口広場から新宿三丁目までつながっている。山本は人通りの多い地下通路を走って管理会社の事務所に向かった。

神保原も、そして磯田、逢坂、伊勢崎もそれぞれが一定の間隔を空けて、山本を追跡した。地下街にある管理会社に山本は入った。中での会話がイヤホーンから聞こえてくる。

〈さきほど電話したものだけど〉

〈ロッカーのキーと免許証か身分証明書はお持ちでしょうか〉

〈急いでいるんだ〉

山本の苛立つ声が聞こえる。警察手帳を提示しているのだろう。

〈すぐにお持ちします〉

一分もしないで〈これです〉という管理会社職員の声。〈重いですよ〉

〈スーツケースかよ〉

山本が驚き、怯えた様子の口調だ。開閉するボタンを押す音がした。スーツケースには鍵はかかっていなかったようだ。

〈ブロックが入っていたんですか、道理で重いはずだ〉

管理会社職員の声がした。

しばらく山本の声も職員の声も聞こえなくなった。

〈荷物はしばらく保管しておいてくれ〉

山本が管理会社職員に頼んだ。管理会社のドアから山本が飛び出してきた。荒い呼吸音と一緒に山本の報告が流れてくる。

〈トランクの中身はブロックと携帯電話、携帯はおそらくトバシ携帯。電源をＯＮに

するとメールの新規作成欄に未送信のメールが残されていた。「東京駅に来い」と書かれていた。これから向かう〉

オレオレ詐欺や闇金融の取り立てに使用されることを承知で、携帯電話を高額で売却する心ない人間がいるのだ。それがトバシ携帯で、しばしば犯罪に利用される。

イヤホーンから竹中本部長の指令が聞こえた。

〈伊勢崎は管理会社から聴取、スーツケースの確保。他三名は山本を引き続き追跡〉

山本はJR改札口に入り、中央線上りホームに駆け上がった。すぐに東京行きの電車が入ってくる。山本は空席に座ると、すぐに携帯電話の操作を始めた。

〈トバシ携帯の電話番号　090－○○○○－△△△△〉

所有者を洗い出してくれという山本からのメッセージだ。おそらくトバシ携帯はGPS機能が設定され、山本の動きは犯人グループによって把握されているだろう。犯人グループからの連絡や要求はそのトバシ携帯に送られてくるに違いない。

竹中本部長からの連絡が入る。

〈伊勢崎がロッカー管理会社に急行、スーツケースを確保した。ロッカーに保管されたのは事件発生の二日前、五月三十一日だ。三日の午前中に管理会社の倉庫に移されている〉

犯人グループは用意周到に誘拐を実行に移しているのは明らかだ。

中央線の車両の中は、肌寒さを感じるくらいに冷房が効いている。京王線と同じように山本と同じ車両に磯田と神保原、隣の車両に逢坂が乗り、山本の追跡を継続している。山本は四ツ谷駅を過ぎた頃から何か瞑想《めいそう》しているように目をつぶり始めた。苛立つ気持ちを鎮めようとしているのかもしれない。誘拐された娘の安否が気になって仕方ないのだろう。


神保原は大学を卒業し、警視庁に採用された。

父親は中学校の教員で、母親は専業主婦、三つ年上の姉がいた。姉も中学の教員になり、高校の教師と結婚し、二人の子供をもうけたが、教師の仕事が好きなようで、結婚した後も教壇に立ち続けていた。

姉の紹介で神保原は、高校の社会科教師と会った。見合いとかしこまったものではなく、姉の家に呼ばれた時に大石純子に引き合わせてもらった。二人は相性がよほどよかったのか、一年後には結婚していた。教育者一家で育ったという家庭環境が似ていたのが大きく影響していたのかもしれない。

結婚した当初、妻の純子は神保原の仕事に理解を示した。仕事で帰宅が遅くなろうが、署内で徹夜して、帰宅しなくても文句一つ言わなかった。

結婚から三年して長女の友希恵《ゆきえ》が生まれた。

その頃から純子は神保原に育児にも少しは気を遣ってほしいと言い出した。よちよち歩きを始めた友希恵と一緒に過ごす時間を作ってほしいと懇願された。しかし、刑事課に属して一つの事件にかかわれば、夜も昼もない生活になる。

なんとか時間を作って本人は早く帰宅できたと思っても、その頃すでに友希恵は寝ていて、今度は眠ったばかりなのに起こすなと注意された。今から思うと亀裂《きれつ》はこの頃から生じていたのだろう。それに神保原はまったく気づかなかった。

友希恵が幼稚園の年長クラスになると、純子は警察官を辞めて違う職業についてほしいと口にした。神保原はそれなりに事件を解決に導き、その実力も評価され、順調に昇進もしてきた。同期の警察官の中でも五本の指に入るスピードで昇進してきたのだ。

友希恵のことを考えると、転職して普通のサラリーマンの生活を送る方がいいのではと思った時もある。しかし、警察官を辞めて再就職するとなると、それまでの経験を活かそうとすれば職種は限られていた。いわゆる警備会社に再就職するくらいしか思い浮かばなかった。

警備会社への再就職は、定年後とほとんどの警察官がそう思っていた。

「少し時間をくれ」

神保原は純子にそう答えたが、実際には転職など何も考えていなかった。そのうち純子が諦めるだろうと安易に考えていた。それが純子にも伝わったのだろう。

「刑事というお仕事が大切で、あなたがそれに誇りをもっていらっしゃるのはわかります。しかし、そのお仕事で家族が犠牲になるかもしれないと考えたことは一度もないでしょう」

純子は暴力団ふうの男に時々監視されているような気がすると言い出したのだ。幼稚園の送り迎えや、買い物の帰りに、数人の男が入れ替わりで、純子に鋭い視線を投げつけてくる。その視線が不気味だと訴えてきた。

「気のせいだろう」

そう答えて神保原は純子の話に耳を貸そうとしなかった。

夫婦仲は完全に破綻していた。友希恵が幼稚園の卒園式を目前にした頃、二人は別居し、小学校に入学して間もなく二人は離婚した。

ちょうどその頃、神保原は大きな事件の捜査に加わっていた。このまま生活を続けていても決して友希恵にいい影響は与えない。純子なら神保原がいなくても、友希恵を育ててくれるという思いもあった。

離婚した年の瀬、一人で大晦日《おおみそか》を迎えた。担当している事件で、黒幕の正体をつかみ、大物が逮捕できるというところまで進展していた。年が明ければきっといいことがあるだろうと、心密《ひそ》かに期待し、神保原は除夜の鐘の音を聞いた。

御用始めの日だった。神保原は署長室に呼ばれた。そこで純子と友希恵が何者かによって殺された事実を知らされた。

犯人は間もなく自首してきた。純子を尾行し、宅配便を装って部屋に侵入し、純子に乱暴したが騒がれたので絞殺した、友希恵には顔を見られたので逮捕を恐れて殺害したと自供した。

「取り返しのつかないことをしてしまった」

犯人は警視庁に自首してきたのだ。

徹底的に犯人の背後関係に捜査のメスが入った。しかし、神保原が追っていた事件との関係は探り出せなかった。

神保原は自分に殺人犯の取調べをさせてほしいと訴えたが、受け入れられるはずもなかった。結局、殺人事件として送検された。起訴され、裁判が開かれたが、実質的な審理に入る頃、犯人は死亡した。大腸がんで、肝臓、肺にまで転移していた。

神保原は自分が追っている暴力団組長によって、純子と友希恵は殺されたと思った。純子のアパートで遺品を整理すると、純子の日記が出てきた。それには不審者に付け回される様子が記されていた。しかし、何もかもが手遅れだった。

さらに逮捕間近だと思われていた大物も結局逮捕には至らなかった。上層部で何があったのか、どのような判断を下したのか、神保原にはわからなかった。

神保原はいずれ警察を去る時が訪れるだろうと、その時に確信した。しかし、それは純子と友希恵を死に追いやった黒幕を暴き出し、私刑を執行した後だ。

二人が殺された後、神保原の捜査方法も取調べも、それまでのものとはまったく変わってしまった。拷問まがいの取調べを平然と行なうようになった。

神保原の変節を多くの刑事が非難したが、同期の児玉だけは共感を示した。

「妻子をヤクザモンに殺されて、以前と同じ顔で捜査を継続できるヤツの方がどうかしているんだ」

こう言って、児玉は神保原にエールを送った。

神保原は何が起ころうとも、山本の長女を救出してやろうと思った。

東京駅に着くと、山本は電車から降りた。ホームで周囲を見回しているだけだ。電車は折り返しの特別快速高尾行きとなった。

ポケットに手を突っ込み、トバシ携帯を取り出した。犯人グループから連絡が入ったようだ。

〈新横浜に二十分以内に来いとメールが入った〉

山本は中央線ホームの階段をかけ下りた。東京駅と新横浜駅はひかり、のぞみで十八分、こだまで十九分かかる。

犯人はGPS機能を最大限に利用し、トバシ携帯の位置を確認しながら山本に指示を出しているのだろう。しかし、トバシ携帯にメールを送信したことで、自分の位置を警察に把握されるとは思っていない様子だ。

捜査本部はトバシ携帯にメールを送信した携帯電話の特定を緊急に進めるだろう。犯人グループの逮捕も時間の問題かもしれない。

神保原の視界には磯田も逢坂も入っていないが、二人とも新幹線ホームに走っているだろう。

〈十五時発のぞみに乗車〉

喘《あえ》ぐ声で山本の報告が聞こえた。

同時に竹中本部長の声がつづく。

〈全員のぞみに乗車を確認。山本警部補、位置を報告してくれ〉

〈六号車前方デッキ〉

三人はそれぞれ乗車した車両は異なるが、神保原は五号車後方デッキ、磯田は六号車の車内、逢坂は六号車後方デッキにそれぞれに配置して追跡を継続するように指令が出された。

乗車するのと同時にのぞみが発車した。次は品川駅だ。山本は六号車前方デッキに立ったままだ。次は新横浜で指示された通り二十分以内に到着する。

捜査本部ではトバシ携帯にメールを送信してきた発信元を突き止めようと必死に捜査をしているだろう。

品川駅には午後三時六分に着いた。犯人グループからは何の連絡も入らないようだ。品川駅も定刻通りに発車した。新横浜着は午後三時十八分だ。

新横浜駅が近くなる。車内にチャイムが流れ、新横浜駅に定刻通りに到着するとアナウンスが流れた。

トバシ携帯にはまだなんのメールも入らないようだ。のぞみは新横浜駅に到着した。新横浜駅で下車する客はほとんどいない。山本はホームに立ちすくみ呆然と周囲を見回した。神保原はゆっくりとホームを歩き階段に向かった。

〈メールが入った〉

山本から報告が入る。犯人グループはＧＰＳで山本の位置情報を詳細に把握しているのは間違いない。

〈ホーム下にある待合室に行けというメールだ〉

山本がホームを走り出す。神保原の横を通り過ぎ、階段を転げるように下っていく。

待合室には土産物や弁当、コーヒー店が並び、椅子が並んでいる。

〈パソコン用の机の下を探せ〉

待合室の隅にノート型パソコン用のデスクコーナーが設けられている。バーのカウンターのような造りだ。出張のサラリーマンがパソコンを操作し、空席は一つもない。

「どいてくれ」

こう言うと山本は割り込むようにしてデスクの下をまさぐり始めた。手に感触があったのだろう。すぐにデスクから離れた。

神保原のところからは距離がありすぎて、山本が何を手にしたのかまでは確認できない。ガムテープでデスクの下に貼りつけてあったらしく、ガムテープを剥《は》がしている。

〈ロッカーキーだ〉

山本が怒鳴るように言った。デスクコーナーでキーボードを叩いているサラリーマン風の乗客が一斉に山本の方を見た。

山本がポケットからトバシ携帯を取り出した。メールを確認しているようだ。

〈横浜線ホームのロッカー〉

横浜線は八王子と東神奈川を結んでいる。横浜線のホームにもロッカーが設置されているのだろうか。

〈横浜線五番、六番線ホーム、東神奈川方面の端だ。急げ〉

竹中本部長からの指令だ。

横浜線ホームの八王子方面の端にはトイレが設けられ、東神奈川方面の端にはロッカーが設置されている。神保原も磯田、逢坂も距離を取って山本を見守った。ホームの端にいる乗客は少なく、犯人グループが近くにいれば、追跡中の刑事の顔を見られることになる。

山本がロッカーキーを取り出し、番号を確認している。上から二段目、真ん中に位置するロッカーにキーを差し込んだ。

山本がまじまじとロッカーの中を見つめ、中のモノを取り出そうとしない。

〈どうした？　報告しろ〉

竹中の声が聞こえてくる。

山本が恐る恐るロッカーに手を差し入れた。山本はA4サイズの茶封筒を取り出した。午後三時二十五分、雨が少し降り出したが蒸し暑い。山本はズボンのポケットに手を入れ、ハンカチを取り出し、額の汗を拭《ぬぐ》った。ハンカチをポケットに戻し、封筒を開いた。中にはやはりA4サイズの印刷用紙が入っていた。

〈三叉路《さんさろ》ゲームスタート〉

〈どういうことなんだ。山本警部補、しっかりしてくれ〉

竹中のヒステリックに叫ぶ声が耳の奥まで響いてくる。神保原は思わずイヤホーンを引き抜くところだった。

〈犯人からの連絡です。三叉路ゲームスタートって書かれています〉

〈どういう意味だ〉

〈そんなことわかりませんよ。封筒の中身を報告しているだけです〉

山本の緊張感、忍耐も限界だったのだろう。竹中本部長に対して言葉を荒らげた。

しばらく間があった。

〈全員捜査本部に戻れ〉

竹中の指令が聞こえた。

〈山本は府中の自宅で待機してくれ〉


磯田、逢坂、神保原の三人はそれぞれ別々に青梅警察署に戻ってきた。逢坂は府中のマンションに立ち寄り、横浜線ホームのロッカーに保管されていた封筒を山本から預かり捜査本部に持ち帰った。

神保原が新横浜駅から青梅警察署に戻っている間に、竹中本部長が恐れていたことが起きた。府中のマンションには、府中警察署の小田切洋子巡査部長が、山本警部補の妻、紀子を精神的にサポートする役割を担って常駐していた。

小田切の隙をついて紀子はユーチューブを立ち上げてしまったのだ。青梅鉄道公園で長女の美奈代が誘拐されてしまったことを明かし、美奈代を励ます動画を公開してしまった。警察を信頼するどころか、不信感を通り越して怒りさえ抱いているらしい。

顔を合わせても、紀子から小田切には何の言葉もないというから、関係は最悪だ。

報道協定は何の意味もなさない。案の定、動画は想像を超えた速さで拡散し、神保原が青梅警察署に着いた頃には、青梅警察署前は報道陣で溢《あふ》れかえっていた。

5　トバシ携帯

山本幸太が犯人からの要求に応じて、新宿駅に出向き、東京駅から新幹線で新横浜まで移動させられた。最後は新横浜駅の横浜線ホーム端に設置されたロッカーから犯人グループの「三叉路ゲームスタート」というメッセージを受け取るだけで、犯人逮捕につながる手がかりは何も得られなかった。

唯一の手がかりは、新宿西口広場のロッカーに預けられていたスーツケースの中にあったトバシ携帯だ。犯人グループはそのトバシ携帯にメールを送信してきた。犯人グループが山本幸太と連絡を取り合うために思いついた手段なのだろう。捜査本部はすぐにトバシ携帯電話の所有者を当然割り出すだろうが、おそらく誘拐事件とはまったく無関係な人間と思われる。

送信用の携帯電話もおそらくトバシ携帯だろう。

メールを送信してきたトバシ携帯の発信地域、そしてメールアドレスなどから所有者の名前や携帯電話の番号が割り出せる。誘拐事件の発生を理由に通信会社を通じて、犯罪に使用されている携帯電話のGPS機能を有効にして位置情報を取得することは可能になる。メールを送信した直後、犯人グループは送信用の携帯電話の電源を切るだろう。

しかし、捜査本部はスーツケースの中に入っていたトバシ携帯の分析と、メールを送信してきた携帯電話の割り出しに全力を注いでいる。送信用の携帯電話の電源が入れられた瞬間に、位置情報を捜査本部は取得することができる。

山本のマンションには府中警察署の小田切洋子が詰めていた。小田切のところにも刻々と目まぐるしく変化する緊迫した状況が伝えられる。

神保原が青梅警察署に戻った時には、山本紀子がユーチューブを開設するまでの経緯について小田切から捜査本部に報告が入っていた。

山本幸太が犯人グループから「三叉路ゲームスタート」と記されたメッセージを受け取ったという情報を聞いた瞬間、山本紀子は寝室に入り、中から鍵をかけてしまった。小田切が開けるように説得しても、紀子は寝室を開けようとはしなかった。

「青梅鉄道公園のミナヨへ」というタイトルのユーチューブ動画がインターネット上に公開されてしまったのだ。美奈代をミナヨとしたのは、本人が特定されるのを少しでも避けたいという紀子の思いからだった。公開から二時間で、猛烈な勢いで拡散し、世間に誘拐事件の発生が知られてしまった。

マスコミも報道協定を守っている意味がなくなり、捜査本部に捜査の進展状況を発表するように求めてきた。山本紀子がユーチューブを立ち上げるまでの経緯を、捜査本部長から聞きたいと記者クラブから直々に要請が出された。

結局、午後十時から記者会見が急遽《きゅうきょ》開かれることになった。記者会見といっても、捜査状況を記者発表するわけにはいかない。

「長女を誘拐された被害者の母親が、犯人の要求に応じてユーチューブ上に動画を公開した。これに関して今後の捜査、人質救出に決してプラスになるとは思えないが、娘を救出したい一心で母親が行なったことで、捜査本部としては、引き続き誘拐された長女の両親には捜査協力を求めていく」

竹中本部長は極めて簡単なコメントを発表するに留《とど》めた。

ユーチューブ上に、山本紀子が自分で撮影した美奈代に呼びかける動画が公開されていた。

〈ミナヨ、元気にしていますか。お父さんとお母さんが必ずミナヨを見つけ、救いだすからね、それまでがまんしてくださいね。ミナヨが強い子だというのは、お母さんもお父さんも知っています。もう少しのしんぼうよ〉

山本紀子は自分の顔をそのまま出していたが、名前を名乗っているわけではない。ミナヨと長女の名前を呼んでいるが、これだけでは被害者の身元、両親の実名、現住所が特定されるわけではない。しかし、誘拐された児童は「ミナヨ」と公表され、母親の顔もインターネット上にさらされている。実名、現住所などの詳細が明らかになるのはもはや時間の問題だ。

〈私たちの子供に何の罪があるというのでしょうか。お金が必要な事情がおありなら、私どもの可能な限りのお金を用意します。ですからミナヨを即刻私どもにお返しください〉

犯人グループからは何の要求も今の段階では出されていない。しかし、動画は営利目的の誘拐事件で、紀子は犯人の要求に応じると答えているように見える。

「被害者の母親があそこまで述べている。犯人からの具体的な要求が出ているのか、あるいは金額が家族に突きつけられているのか、発表しても捜査の妨害にはならないだろう」

記者が社名を名乗り、矢継ぎ早に質問をあびせかけてくる。

「現段階で記者発表できることはここまでです」

竹中はこう言って記者会見を一方的に打ち切ってしまった。

インターネット上には母親とミナヨに関する書き込みが次々に現れ、その日の夜には、府中市の山本のマンション前には報道陣だけではなく、ヤジウマまでが押しかけていた。

母親は山本紀子、父親は山本幸太、そして誘拐されたのは長女の美奈代で、小学校二年生だと広く世間に知られてしまった。さらに父親の職業は警察官だということも周知の事実となってしまった。

　山本紀子は捜査本部の方針が気に入らなかったのか、犯人グループからの要求で動画を公開した事実も明らかにした。

　ユーチューブ動画を通じて娘を激励するのが目的だったと知ると、テレビ局数社は独自映像を制作し、テレビのニュース番組で流すからと撮影交渉を開始した。

　美奈代の写真はインターネット上には流出していたが、マスコミは美奈代の映像まで流すことには慎重だった。誘拐された児童の写真を警察が公開したことで、犯人が追い詰められ、児童の命を奪うという事態に発展した事件が過去に起きていたからだ。

　山本紀子が娘を励まし、必ず会えるようにするからという映像は、テレビ局一社が報道すると、後はすべての局が山本紀子に美奈代が誘拐された時の状況を語らせたり、解放されたら真っ先に何をしたいかを答えさせたりしながら、美奈代を励ます映像を流すようになった。

　インターネット上に「青梅鉄道公園のミナヨへ」に対する掲示板が複数立ち上げられ、両親への応援メッセージもあれば、売名行為だと非難したり、美奈代の顔写真を要求したり、夥《おびただ》しい数のコメントが書き込まれた。

　しかし、新横浜駅で「三叉路ゲームスタート」と記されたメッセージを受け取った後は、犯人からの連絡はまったくなくなってしまった。

山本美奈代誘拐事件には二つのトバシ携帯が使用されている。新宿駅西口のロッカーに保管されていたスーツケースの中から出てきた携帯電話は、闇金融に手を出した多重債務者が闇金融業者に脅迫されて購入したものだった。

その携帯電話にメールを送信してきた携帯電話の購入者もすぐに判明した。二十二歳、無職、引きこもりの青年だった。闇サイトのアルバイト広告を真に受けて携帯電話を購入し、それを高額で引取るという誘い文句に釣られて売り渡している。

犯罪に利用されたトバシ携帯はその時点で使用不可になるが、二つの携帯電話は犯人グループと連絡を取り合う重要なツールでもあり、そのまま使用可能な状態にした。山本幸太が新宿で手にしたトバシ携帯にメールを送信してきた携帯電話は、静岡県沼津市の電波局を経由して送られてきたものだということがわかった。

犯人グループは新潟、長野、そして静岡と三県から山本幸太に連絡を入れてきたことになる。犯行は計画的で、極めて組織的に進められているのは明らかだ。

一通目の速達が投函された上越市諏訪郵便局管内、二通目の十日町市千手郵便局管内の防犯カメラを徹底的に捜索したが、不審人物は二箇所からは浮上してこなかった。そもそも防犯カメラの設置箇所が少なく、その上にポスト周辺にいっさい防犯カメラが設置されていない地域が複数存在した。

捜査本部も、そして府中にある山本幸太のマンションでも、捜査員は犯人からの連絡を待つ以外になす術《すべ》はなかった。

府中には逢坂と小田切、磯田が相変わらず詰めたままで、犯人グループからの連絡を待っていた。マンション近辺には続々とマスコミの取材陣が集まってきていた。逢坂から捜査本部への連絡では、四日の夜に紀子の両親、内藤満、秋子の老夫婦が孫や紀子の安否を案じて、府中のマンションを訪れた。

すでに刑事三人が寝泊まりし、二十四時間体制で詰めている。老夫婦が泊るスペースはない。紀子の両親はしばらくマンションにいて、寝室で山本夫婦と話し込んだ後、長男の光喜をしばらく預かると言って、日野市の自宅に戻っていったようだ。

事件発生から四日目、六月五日の早朝を迎えようとしていた。

府中に詰めている磯田から捜査本部に連絡が入った。

「トバシ携帯に犯人からメールが入りました」

犯人グループから山本夫婦宛に着信があった。

〈すぐに出られるように準備しておけ〉

捜査本部はどこから発信されたメールなのか瞬時に割り出した。電源が切られる前にGPS機能で居場所を突き止めたい。

時間稼ぎをするために、紀子から犯人グループに返信させた。

〈美奈代を返してください〉

返信は相手に届いた。何の反応もない。続けて山本幸太がメールを送る。

〈君らの目的はなんだ、金か。いくら欲しいんだ〉

それでも返信はない。

しかし、捜査本部はこのメールのやり取りで、犯人グループの居所を把握することに成功した。メールを発信したのは中央道上り線藤野パーキングエリア付近と判明した。電源はすぐに切られると思っていたが、奇妙なことに電源は入ったままで、携帯電話の位置が移動を始めた。

「大型モニターに映せ」

竹中本部長が命令した。捜査本部に詰めている捜査員すべてがモニターを注視した。

「なんだ……、この野郎は」

児玉刑事が納得のいかない表情で声を上げた。

やはり大型モニターを見つめているベテランの神保原も、複雑な微積分問題を解くように表情をゆがめた。

「中央道藤野パーキングエリアから八王子方面に向かって上り線を移動」

パソコンを操作し、携帯電話の位置情報を確認している捜査員が、部屋に響き渡る声で現在位置を報告する。

藤野パーキングエリアの数キロ先に相模湖インターがある。

「高速道路交通警察隊に尾行してもらえ。それと各所轄に連絡して、中央道相模湖、圏央道八王子西、あきる野、日の出、高尾山、中央道の八王子、国立府中のインターで該当車両が降りた時に備えろ」

中央道は相模湖インターを過ぎると八王子JCTで圏央道と交差する。北に進めば八王子西、あきる野インターと続く。南に進めば最初の出口は高尾山インターだ。中央道をそのまま進めば八王子インター、そして次は国立府中インターだ。

二日続きの徹夜で倦怠《けんたい》感が出始めた捜査本部だが、活気づいた。誘拐事件も一気に全面解決となりそうな雰囲気なのだ。しかし、児玉と神保原の二人は浮かない顔をしている。

すぐに高速道路交通警察隊から連絡が入った。

「該当車と思われる車を発見。三台後ろを尾行中」

該当車はバンボディの四トントラックのようだ。荷台はアルミニウムで覆われていて、中の積み荷は外からではわからない。

「気づかれないように尾行を続けさせろ」

竹中本部長の指令が飛ぶ。

立川警察署から派遣されてきている児玉と桜岡が神保原と伊勢崎のところに歩み寄

ってきた。

「犯人は相当したたかだぞ」

児玉は吐き捨てるように言った。二日間ほとんど寝ていないはずだが、目は熊を追い詰めていく狩猟者のようだ。

「児玉先輩はどのような犯人像を描いているのでしょうか」伊勢崎が質問をぶつけた。

「ついさっきまで電源を切っていたヤツがど忘れしたわけじゃあるまいし、電源を入れたまま中央道を捕まえてくださいと言わんばかりに走行するとでも、お前は思うのかよ」

児玉は明らかに苛立っていた。電話で各所轄、警察車両に指示を出している竹中本部長に視線を送りながら言った。

小学校二年生の命がかかっているのだ。当然、捜査は慎重の上にも慎重を期する必要がある。

「さっさとトラックを止めて、荷台の中を調べ、運転手に職質した方が時間の無駄が省けるというものさ」

児玉は竹中本部長のやり方をまだるっこしいと思っているようだ。

「どう思われますか、神保原先輩は？」

伊勢崎が小声で神保原に尋ねる。

「誘拐された母親のことを思えば、慎重になるのは当然。子供の命を賭けて丁半博打は打てない。本部長の捜査は定石通りだと思うが……」

神保原は言葉を濁《にご》した。

神保原の声が児玉に聞こえたらしく、いつになく険しい顔で言い返してきた。

「何が定石だ。俺は誘拐された子供のことを思って、一刻も早くトラックの運転手を押さえた方がいいって言ってるんだよ。本当はお前だってそう思っているんだろう。定石通りの捜査で痛い目に遭っているのに、まだそんなことを言ってるのかよ」

児玉が言い放つ。

神保原は一瞬だが、ガラス片を裸足で踏んだような痛みを覚えた。それがわかったのだろう。児玉も黙り込んだ。

当時、神保原は暴力団の大物がからむ事件を捜査していた。当然、身の危険が降りかかってくる。家族に危険が及ぶことも考えられたが、すでに離婚していた。まさかそこまではと思っていたが、元妻と一人娘をヤクザ者に殺された。犯罪者を相手に「定石」など存在しないことを思い知らされた。

この間にもトラックは中央道を東京に向かって走っている。

尾行している高速道路交通警察隊の覆面パトカーから連絡が入る。四トントラックのナンバープレートを判読し、捜査本部にその自動車登録番号標を伝えてきた。四トントラックの所属が瞬時に判明した。

四トントラックはテレビCMも流している大手運輸会社N運輸で、物流は国内にとどまらず世界にまで及んでいる。その会社に所属するトラックからトバシ携帯にメールが送信されてきていると思われる。

「トラックはN運輸八王子営業所所属のトラックのようです」

捜査員が竹中本部長に報告した。

竹中本部長は八王子インターとN運輸八王子営業所に捜査員を急行させた。青梅警察署の神保原と伊勢崎、立川警察署の児玉と桜岡がN運輸八王子営業所に、八王子インターには福生警察署の刑事がそれぞれ急行した。

高速道路交通警察隊の尾行はつづいた。四トントラックは中央自動車道を法定速度で走行し、安全運転に徹している様子だ。

竹中本部長から命令が出されるのと同時に、伊勢崎は青梅警察署前の駐車場に走った。黒塗りの警察車両に乗り込むと、エンジンをかけて神保原が来るのを待っていた。

数ヶ月前まで、伊勢崎の運転はパトカーに若葉マークを貼って走行したいほどドライビングテクニックはひどいものだった。

神保原が激しいカーブの連続の坂道を、警察の追及をかわそうと逃亡した犯人を追いつめると、隣に座っていた伊勢崎は激しく嘔吐した。しかし、伊勢崎がかつて補導した元暴走族からドライビングテクニックを教えてもらったらしく、今では車酔いをすることもなく、難度の高いドライビングテクニックを身につけた。

新人の頃、伊勢崎が配属を希望していたのは刑事部だったようだが、交通部に配属された。交通部に配属されれば、パトカーの運転を厳しく仕込まれる。まさか車酔いするとは、神保原は想像もしていなかった。

しかし、伊勢崎はパトカーに乗務し、スピード違反の車両を追跡したこともなければ、交通事故現場に急行した経験もなかった。担当していたのは広報で、学校や地域のイベント会場に出向き、交通ルールをわかりやすく解説し、暴走行為の危険性やあおり運転に遭った時の対処法を説明するのが主な任務だった。

親が教師らしく、私服に着替えると高校の教師といった雰囲気が伊勢崎からは漂ってくる。話し方も、親の口調がそうだったのか、やさしく諭すような語り口だ。そんな伊勢崎には広報活動が適任と判断して、どこの署に配属されても同じ仕事を任されていた。

高校に交通安全の講師に招かれた時などは、すぐに伊勢崎ファンができて、男子高校生から必ずサインを求められたようだ。一時は暴走族に加わる男子高校生を中心にファンクラブまで結成されたこともあったようだ。本人はそんなことに注目が集まるのを極端に嫌ってはいたが、上司からの命令には従うしかない。

広報の仕事が重なり、ストレスが溜まっていたのだろう。気晴らしに渋谷に買い物に出た時のことだったらしい。芸能プロダクションのスカウトマンに声をかけられた。プロダクションといっても、アダルトビデオを制作する会社だった。

スカウトマンはまさか警察官だとは夢にも想像していなかったのだろう。高額ギャラを提示して勧誘を続けた。渋谷東急百貨店からスクランブル交差点まで約四、五百メートルもまとわりついてきた。

「どこのキャバクラに勤めているの。君ならAV一本で今の店の何倍ものギャラが稼げるって、一日でいいんだ。脱いでみない」

スカウトマンは信号が変わり、横断歩道を渡ろうとする伊勢崎の肩に手を触れ、引き止めようとした。その瞬間、一本背負いでスカウトマンを投げ飛ばしていた。休日のことでスクランブル交差点は人であふれかえっていた。

スカウトマンの醜態に大勢の若者が笑いをこらえて、なりゆきを見守っていた。恥をかかされたと思ったのか、スカウトマンはすぐに立ち上がり伊勢崎に殴りかかってきた。柔道も空手も黒帯の伊勢崎にかなうはずがない。男は鼻血を吹き上げて、路上に再び倒れこんだ。

騒ぎを聞きつけて警察官が駆けつけてきた。交番に連行され、事情を聞かれた。伊勢崎は自分の身分を明かした。スカウトマンは、有料職業紹介事業者としての厚労省の許認可も受けておらず、職業安定法違反は明らかだった。違法性も認識していた。そのためか非は自分にあると認め、交番からもらったティッシュペーパーを鼻に詰め込んで、そそくさと引き上げていった。

一方、伊勢崎は、結果的には口頭による厳重注意処分でことなきをえた。その時に、刑事課に配属してほしいと強く署長に訴え、それがかなって刑事の道を歩み始めたのだ。

早朝ということもあり、四トントラックがN運輸八王子営業所に着く頃までには、神保原らも目的地に着いているはずだ。

伊勢崎は圏央道青梅インターから入り、あきる野インターで下りた。N運輸八王子営業所はあきる野インターからそれほど遠くない宮下町にある。近くをあきる野市と八王子市を分ける秋川が流れている。無線で伝えられる四トントラックは中央道を八王子方面に向かっているようだ。

八王子JCTでも圏央道に入らずに中央道を直進した。刻々と四トントラックの現在位置が報告されてくる。

「間もなく八王子インターだ。おそらく営業所に向かう。そこで身柄を押さえろ」

竹中本部長からの指令が入った。

すでに神保原、伊勢崎、そして児玉、桜岡らはN運輸八王子営業所に着いていた。N運輸八王子営業所は二十四時間体制で運営されているらしく、鉄筋コンクリート二階建ての小さなビルがあり、その前の駐車場にはトラックが何台も駐車している。N運輸八王子営業所の門から数百メートル離れた場所に、二台の警察車両は距離を取って止められた。

正門に近いところに神保原、伊勢崎、さらに五百メートル後方に児玉、桜岡の車が四トントラックの到着を待った。

正門に続く道路は片側一車線、路上には違法駐車の車が数台止められていて、黒塗りの警察車両が止まっていても目立つことはない。

「トラックが八王子インターに接近している」

捜査本部からの連絡が入る。GPSによって四トントラックの動向は完全に掌握されている。

「児玉刑事の言うように、これはおかしいですね。自分の居場所を教える誘拐犯なんているはずがない」

伊勢崎も四トントラックに犯人グループが乗っているのか疑問を感じているようだ。いずれにせよ三十分もしないで、誘拐事件との関連性ははっきりする。

「八王子インターを降りた」

竹中本部長の声が聞こえた直後に、八王子インター付近を張り込んでいた福生警察署の刑事から報告が入る。

「三台後からトラックを追跡します」

高速道路交通警察隊は八王子インターを降りた四トントラックを確認したところで、尾行は福生警察署に引き継いだ。N運輸の運転手には交通法規順守が徹底教育されているのか、一般道でも四トントラックは法定速度で走行した。

国道一六号線を拝島方面に向かって走り、左《さ》入橋《にゅうばし》交差点を左折、新滝山街道を西に向かった。N運輸八王子営業所は新滝山街道沿いにある。

「もうすぐ営業所に着く。伊勢崎は先行してくれ」

竹中本部長の指示に、伊勢崎はN運輸八王子営業所の正門に徐行しながら進んだ。バックミラーに四トントラックのヘッドライトが映り込んだ。その後ろから児玉、桜岡が乗る車が続く。さらに少し距離を置いて福生警察署の車両で、四トントラックはもはや逃げ場はない。

「四トントラックはフクロのネズミですが……」

伊勢崎が誰に言うでもなく呟く。しかし、藤野パーキングエリアからの走行ぶりを見ていると模範的な運転で、誘拐に関与しているとは思えない。

伊勢崎は正門から駐車場に乗り入れた。空いている駐車スペースは多かったが、四トントラックは所定の駐車スペースが決められているのか、事務所近くに止め、エンジンを切った。運転手はバインダーに挟まれている書類と、肩からリュックサックをかけてトラックから降りてきた。

運転手はすぐに六人の刑事に取り囲まれた。事務所から漏れてくる灯りや玄関前の街灯で運転手の顔が不安な表情に変わるのがわかる。

「警察だ」神保原が真っ先に警察手帳を提示し、「疲れている時に申し訳ないが、少し質問に答えてくれ」

「いいですけど……」訝る表情で運転手が答えた。

異変を察知して事務所から従業員が走り寄ってくる。

「何ですか、あなたたちは勝手に駐車場に入り込んで」

伊勢崎が警察手帳を提示し、二、三職務質問をしたいだけだと事情を説明した。

「それならこんなところでしないで、事務所でやってください」

従業員に案内されて事務所に入った。勤務を終えたのか、あるいはこれから勤務に就くのか、ドライバーと思われるスタッフ三人が一斉に運転手と神保原らに視線を向けた。事務所に案内したのは責任者らしく、事務室奥にある応接室に児玉らを案内した。

「上田君、私も同席しようか」

四トントラックの運転手は「上田」という名前のようだ。

従業員は「私は松久といいます。N運輸八王子営業所の副所長です」と名乗った。

「悪いが、彼の立場も考慮して、職質は俺たちだけでやらせてくれ。松久さんは退室してくれ。そんなに長い時間かかるわけではないから、心配しなくても大丈夫だ」

神保原は松久、上田を安心させるように言った。

松久が退出すると、神保原は免許証の提示を求めた。上田鉄平、二十八歳、多摩市在住になっていた。

「携帯電話を見せてもらえるかい」

上田はリュックサックからスマホを取り出した。

「詳しい事情は話せないが、見せてもらってもいいか」

「どうぞ」

スマホを受け取ると、伊勢崎に渡した。伊勢崎が慣れた手つきで操作した。すぐに首を横に振った。上田が所持しているスマホからトバシ携帯にメールを送信した形跡は見られない。送信したのと同時に削除したことも考えられる。しかし、トバシ携帯に入ったメールの送信者のアドレスとも違う。

「番号も調べたか」

「はい。違います」伊勢崎は確信に満ちた声で答えた。

トバシ携帯にメールを入れた携帯電話の番号と、上田所有のスマホは異なっている。

「この他に携帯は持っているのか」

「いいえ、これだけです」

「リュックの中を見せてもらってもいいか」

神保原は上田のリュックサックを奪い取るようにして、中のモノをセンターテーブルの上に出した。出てきたのは汗で汚れたタオルと着替えだった。

「やはりな」

横にいた児玉が神保原に目で合図を送ってきた。神保原はすぐに捜査本部に現状を報告した。

「副所長を呼んでくれ」

伊勢崎に松久を呼ぶように言った。ドアを開けると、ドアの前で心配そうに松久が立っていた。

「上田君が運転してきたトラックを見せてほしい。人の命がかかっているんだ」

「わかりました。その代わり私も立ち会いますよ」

「ああ、そうしてくれ」

上田が四トントラックのキーを松久に渡した。

事務所を出て、四トントラックに急いだ。ドアを開けるのと当時に、神保原はコンソールボックス、グローブボックスに入っているものを助手席、運転席に放り投げて空にしたが、携帯電話は出てこなかった。

懐中電灯を照らしながら運転席の下、そして助手席の下を照らした。やはり見つからない。

「荷台も見せてくれ」

と神保原が松久に頼んだところで、「来てください」と伊勢崎の声がした。

伊勢崎が「ここです」と懐中電灯で照らしていた。

助手席側のサイドガードのパイプに幾重にもガムテープで巻きつけられ、何かがくくりつけられていた。サイドガードは歩行者や自転車の巻き込みを防ぐために取り付けられているサイドバンパーとも呼ばれる保護装置だ。

神保原は手袋をはめると、ガムテープを引き裂いた。中にはあったのはガラ携と呼ばれる旧来の携帯電話だった。

「鑑識係に来てもらえ」

「上田君、藤野パーキングエリアにトラックを止めたよな」

藤野パーキングエリアから尾行されていたと思ったのか、上田も松久も顔を見合わせ驚き、言葉を失った。

「藤野パーキングでどれくらい止まっていたのかね」と神保原が聞いた。

「トイレに行って、冷たいコーラを買い、それを飲んでから出ましたから十分か十五分くらいだったと思いますが」

「十分か十五分か」神保原が悔しそうに言った。

「正確な時間が必要であれば、このトラックにはタコグラフが積んでありますから、それを見れば正確な運行記録が出せます」

「いや、いいんだ」

その時間に誘拐グループはガラ携のスイッチを入れ、サイドガードにくくりつけたのだろう。

6　ヤメ検

上田鉄平が運転していたN運輸八王子営業所の四トントラックのサイドガード周辺に付着している指紋を、八王子警察署は徹底的に採取した。案の定、ガムテープからもガラ携からも指紋は検出されなかった。押収されたガラ携からトバシ携帯にメールを送信していたことも判明した。

上田鉄平には任意で青梅警察署に同行を求め、神保原が事情聴取にあたった。

青梅警察署に上田鉄平が着いたのは午前六時頃だった。その間にも、藤野パーキングエリアに取り付けられた防犯カメラの映像を入手し、四トントラックに接近する不審者がいないか、チェックが行なわれた。トイレに立ち寄ってからコーラを購入したという上田の証言に虚偽がないか、映像の確認も行なわれた。

藤野パーキングエリアでの行動は証言通りで、トイレに入るところと、売店の冷蔵庫からコーラのペットボトルを取り出して、レジで支払いをしている上田の姿が確認された。

しかし、駐車場に止めた四トントラックを映した防犯映像はなく、N運輸のトラックに接近してくる人や車を特定することはおよそ困難だった。上田鉄平の聴取は午前六時半から一時間ほど行なわれた。

午前八時、捜査本部に全員が集合した。神保原、伊勢崎の二人がガラ携を押収するまでの経緯を捜査員に説明した。その後、眉間《みけん》に縦皺《たてじわ》を寄せた竹中本部長が檄《げき》を飛ばした。

「我々の捜査を混乱させるために誘拐犯は手の込んだ細工を仕掛けている。これは警察への重大、なおかつ悪質極まりない挑戦だ。何が何でも人質を無事に救出し、犯人逮捕に向けて全力を尽くしてほしい」

神保原も事件発生からほとんど一睡もしていない。

上田鉄平が運転する四トントラックにガラ携を、何故《なぜ》結びつけたのか。捜査を混乱させるのが目的なら、山手線の車内でもいい。捜査本部の目は山手線に釘づけになる。

朦朧《もうろう》とする意識の中で考えた。

捜査本部の椅子《いす》にもたれかかりながら、神保原がひとりごとを呟く。

「何故なんだ、わからん」

「犯人グループが藤野パーキングエリアに止まり、ガラ携を持っていることに危機感を覚えて、たまたま止まったトラックに結びつけて、自分たちは安全なところに逃亡でもはかったか、私にはそれくらいしか思いつきません」

眠さのために半分閉じた瞼《まぶた》を懸命に見開きながら伊勢崎が言った。伊勢崎も犯人グループの取った行動が理解できないのだろう。

青梅警察署三階の大会議室に設置された捜査本部で、竹中本部長の訓示の直後、上田鉄平の本格的な事情聴取は午前八時半から再開することになった。上田鉄平が夜間走行の勤務を終えて、本来ならベッドで熟睡をしている頃だろう。しかし、事情が事情だ。理由を説明して、上田鉄平には協力を求め、聴取を続行した。

三階の大会議室から階段を下りて二階にある取調室に向かおうとすると、すぐ横に児玉刑事が神保原の隣を歩き、声をかけてきた。

「上田鉄平も誘拐グループの一人である可能性があるかもしれねえぞ。だけど最初からヤベーことするなよ」

神保原の強引な取調べと、そうなった経緯を知る児玉は、忠告して階段を駆け下りていった。

心配してくれているのはわかるが、神保原自身、上田鉄平が山本美奈代誘拐事件に関与しているとは考えてはいなかった。

中央道を走行中、たまたま休憩に藤野パーキングエリアに立ち寄り、トイレ、売店に寄っているわずかな時間に、犯人グループの一人が人目に付きにくいトラックのサイドバンパーに携帯電話をガムテープで巻き付けたのだろう。少なくとも犯人グループは、上田鉄平が藤野パーキングエリアに駐車した頃には同じ場所にいたことになる。

犯人グループの車両を特定するのが最優先されるべきだろう。

もっともそれくらいのことは竹中本部長が指示を出しているだろうが、神保原にはそれほど重要と思われない上田鉄平の事情聴取が、自分に振り分けられたような気分だった。

聴取を開始して十分も経っていなかった。取調室のドアが控えめにノックされた。部屋の片隅で聴取の内容をパソコンに入力している伊勢崎が立ち上がり、ドアに駆け寄った。

ドアを開けると、小菅署長が取調室に入ってきた。

「神保原君、少しいいか」

神保原が椅子から立ち上がり、ドアに歩み寄った。

小菅署長が取調室を出るように神保原に小声で言った。伊勢崎に上田鉄平を任せて、神保原は取調室を出た。

「上田のオヤジさんが押しかけてきて、事情聴取に立ち会わせろと言っているんだ」

「オヤジさん？　上田鉄平はもう二十八歳でしょう……」

少年が起こした事件の聴取をしているわけではない。親が同席する類《たぐ》いの事案ではない。親など追い返せばすむ話だ。

「あの運転手はヤメ検の息子なんだ」

上田鉄平の父親は上田哲司で、現在立川市で弁護士事務所を開いている。三年前までは、東京地検の検事だった。小菅署長も追い返すわけにはいかなかったのだろう。

「任意の取調べなのだから、一度自宅に返し、睡眠を取らせてから聴取すべきだと言っている。誘拐事件がらみだと事情を説明したが、聞く耳を持たないというか、検事根性が染みついているのか、所轄の刑事などどうにでもなると思っているらしい。それに本部長までが一時間で終了させろと言ってくる始末だ」

「わかりました。聴取は後日改めてということで、一時間で切り上げるようにします」

神保原は小菅署長にこう伝え、取調室に戻り、聴取を再開した。

「オヤジさんが迎えに来て、早く切り上げろと言ってるようだ。あと一時間で今日のところは切り上げるから、質問に答えてくれ」

「オヤジが来ているのかよ。もうガキじゃあるまいし……」

上田鉄平は舌打ちをした。

「刑事さん、別にオヤジのことなんか気にしなくていいよ」

上田鉄平は、父親が警察に睨みを利かせていた元検事だったことを十分に知っているのだろう。しかし、父親の権威を笠に着るようなタイプではなさそうだ。わりとまともな青年のように神保原には感じられる。

「疲れていると思うけど、聞かせてくれるかな。昨晩の勤務だけど、どんな具合だったんだ」

「いつも通りの松本往復で、特にトラブルもなく通常の乗務でしたよ」

上田鉄平がN運輸八王子営業所に出社したのは午後六時だった。夜間輸送業務担当は午後六時に出社、点呼を受け、アルコール検知器の検査を受ける。

N運輸八王子営業所に集積された荷物のうち、松本営業所に配送すべき荷物は午後七時までには確定し、それをアルバイトのスタッフとともに四トントラックに積み込む。

「一時間もあれば、積荷はすべて荷台に積み込めるんです。詳しい運行記録はタコグラフのデータを取ってもらえればわかりますが、午後八時過ぎには八王子営業所を出発していると思います。途中で休憩もしているから松本営業所に入ったのは午後十一時半くらいではないかと……」

八王子インターから中央道に入り、岡谷ＪＣＴから長野自動車道を走り松本インターまでは約二時間半で到着する。

物流会社の運転手が法定速度を守っていたのでは営業成績は上げられない。スピード違反の車両を止め、反則切符を切ると、「弱い者いじめだ」と交通課の警察官は罵《ば》声《せい》をよくあびせかけられた。

特に生鮮食品、活魚を輸送するトラックは到着時間が予め決められているのでスピード違反をしがちになる。

「ずいぶんと安全運転だな」

神保原が確かめるように上田に言うと、

「わかりますか」と、上田が笑みを浮かべて答えた。

「まあな、それくらいは」

「N運輸は早くより、より安全にがモットーで、二時間運転したら必ず十五分は休憩を取るように指導されているし、走行も法定速度を順守しているかどうか、タコグラフでチェックされるんです。法定速度で走行した方が、勤務評価は高くなるので、スピード違反をする運転手は皆無です」

「いい会社だ」

神保原には理想的な輸送会社のように思えた。

積荷は松本営業所のアルバイトによって荷台から降ろされる。

「その作業をしている時間に、俺のする仕事は運んだ荷物の伝票を整理して、松本営業所に渡すこと。それが終われば少し休憩して、八王子営業所に戻るだけ」

「何時に松本を離れたか覚えているか」

「多分午前二時を少し過ぎていたような気がするけど……」

松本を出発した上田鉄平が休憩に入ったのが藤野パーキングエリアだったのだろう。

荷物を積む作業を一人でやるのでもなく、松本営業所では伝票の整理だけで、荷物を降ろす作業はしていない。それほど過酷な労働でもなさそうだ。

荷物は松本営業所から、翌朝軽トラックで松本市内、近郊に宅配されていく。しかし、人手不足は深刻で、しかも敬遠されがちな深夜の労働だ。N運輸では運転手を確保するための対策として、こうした労働条件を徹底させているのだろう。

「松本から戻ってくる時だけど、後ろからずっと付いてくる車はなかったかい」

「それって尾行されていなかったかっていう質問？」

上田が訝りながら聞き返してきた。

「不審な車に付けられているって感じたことはなかったか聞いているんだ」

「わからないよ。そんなこと。昼間ならバックミラーに映る車の形や色がわかるけどさ、夜だからヘッドライトしか見えない」

上田鉄平はいつもの通り松本営業所までを往復し、無事に仕事を終えて八王子営業所に戻ってきたと思っている。

「昨晩の勤務だけではなく、最近の乗務で周辺を見張られていると思ったり、特定の車に尾行されていると感じたりすることもなかったかな」

上田鉄平は首を横に振った。

「最近、他のドライバーとトラブルになったことは？」

「それこそトラックの延着につながるし、N運輸が最も嫌がるトラブルなんです。こう見えても、入社して以来、そうしたトラブルは一度も起こしていません」

どうやら模範的なドライバーらしい。

「サイドバンパーに携帯電話がくくりつけられていたのは、ガムテープがあれば簡単に巻き付けられるのがわかって、それでやったんじゃないかと思う。俺の車を特別に狙ってやったということもないと思うよ。トラックを止めた場所も、だいたいいつもあのあたりの空いているスペースに止めるんだ。それはトイレまで結構な距離を歩いて行くことになるんだけど、その方が手足を伸ばすいい運動にもなるし、眠気覚ましにもなるからさ。誘拐犯がどんな連中か知らないけど、そんな連中に怨まれることもしていなければ、ましてや俺、付き合いないよ」

上田鉄平は、あくびを噛み殺しながら答えた。

神保原は再度聴取したいから協力してくれと頼み、上田鉄平の聴取を終えることにした。

伊勢崎が取調室の電話から署長室につなぎ、事情聴取を終えたことを告げた。

「署長室で上田弁護士がお待ちだそうです」

電話を切ると同時に伊勢崎が言った。

「そうですか、ありがとうございます」

と、上田鉄平は答えたが、会うつもりはないらしい。

「玄関前に八王子営業所のスタッフが心配して来てくれていると思うので、俺はその車で自宅に送ってもらいます。上田弁護士には頼みもしないのに、ご苦労さまでしたと俺が言ってたと伝えてください」

上田鉄平はドアを開けると、神保原が制止する間もなく階段を駆け下りた。伊勢崎が署長室に電話を入れ、N運輸八王子営業所のスタッフに送ってもらい、自宅に戻るという伝言を預かったことを伝えた。

神保原と伊勢崎が階段を下りると、一階の署長室から小菅署長と上田哲司弁護士が玄関に向かって歩いていくのが見えた。上田弁護士は白髪で、スーツを颯爽《さっそう》と着こなし、まさに弁護士といった印象を受ける。やせ型で長身だが、威厳を漂わせている。

「親子の仲は悪いみたいですね」

同僚の車に乗り込もうとしている上田鉄平を見ながら伊勢崎が言った。

上田弁護士は、玄関に走り出ると、大声で呼んだ。

「待ちなさい、話がある」

当然、上田鉄平には聞こえていると思うが、上田鉄平は振り向きもせずに助手席に乗り込むとドアを閉め、青梅警察署前の駐車場から走り去っていった。

いくら父親が元検事で、現在弁護士をしているからといって、任意の事情聴取にまで駆けつけてきたことを恥ずかしいと、上田鉄平は感じているのかもしれない。二十八歳にもなるのだ。それが当然だが、心配している父親に一言も挨拶をしないというのは、父子関係に何か問題を抱えているのだろう。

上田弁護士は上田鉄平を乗せた車を見送ると、すぐ横に立つ小菅署長に深々と頭を下げた。

「お恥ずかしいところをお見せしてしまいました」

小菅署長は、上田弁護士には何も答えずに、

「ご子息の聴取をした神保原警部補と伊勢崎巡査部長です」

と、二人を上田弁護士に紹介した。上田弁護士が軽く会釈した。

東京地検時代はやり手の検事だったと聞いていた。威圧的な態度で神保原らに接してくるのかと想像していたが、物腰の穏やかな印象を受ける。

「愚息が警察に呼ばれたと聞いたもので、何ごとかと思って来てみました」

上田弁護士は恐縮しきっていた。小菅署長から事情はすべて聞いているのだろう。

上田弁護士は小菅署長に挨拶をし、玄関前の駐車場に止めてある自分の車に乗り込もうとすると、竹中本部長が三階の捜査本部から走り下りてきた。

「ごぶさたしております」

竹中は上田弁護士に深々と頭を下げた。

「君が担当するのか」上田弁護士が聞いた。

「はい」直立不動の姿勢で竹中が答えた。

「一刻も早く犯人を逮捕し、山本君のお嬢さんを取り返してやってください」

「わかりました。事件の早期解決に向けて総力を挙げて臨みます」

「では、私はこれで」

上田弁護士が自分の車に乗り込もうとした。

「誘拐グループにご子息が運転するトラックが利用されただけです。ご子息のことはご安心ください」

竹中本部長が言った。

「よろしくお願いします」

上田弁護士は、頷くような素振りで首を少し前に折りながら言った。

上田弁護士の車が駐車場から出ると、神保原はまっすぐに自分の机に戻った。聴取の内容は、伊勢崎がまとめて竹中本部長に上げてくれる。しかし、竹中本部長の対応に神保原は微かな不信感が芽生えた。

検察官時代に竹中は世話になったのかもしれないが、「ご安心ください」というセリフはありえないだろう。上田鉄平の聴取は極めて簡単なもので、松本営業所までの往復乗務と藤野パーキングエリアでの行動を聞いたに過ぎない。犯人グループに利用されただけなどと断定できる根拠は何もないのだ。

予断に満ちた竹中本部長の指揮で、山本美奈代誘拐事件の早期解決が可能なのだろうか。


上田鉄平が藤野パーキングエリアに止めた直後から三時間後までの間に、藤野パーキングエリアから中央道に出た車両のチェックが行なわれたが、すべての車両が洗い出せたわけではない。それに犯人グループの車両が三時間以内に藤野パーキングエリアから中央道に戻ったとも限らない。

何の手がかりもなく、時間だけが過ぎていく。

やはりどう考えても、任意で事情聴取を受けているのに、元検事の父親が慌《あわ》てて青梅警察署にやって来たというのは合点がいかない。暴走族同士の抗争、暴走行為、窃盗などの少年事件では、親が警察署に呼び出される。

警察官、裁判官、検事、弁護士、教師の子弟が事件を起こすケースは、決して少なくない。厳しい規律に縛られた生活をしているせいなのか、知らず知らずのうちに子供たちにそれを押しつけてしまい、その反発から非行に走る少年は多い。親たちは警察の呼び出しを受けると真っ青な顔をして駆けつけてくる。少年院送致になる者も出てくる。

上田弁護士にもそんな経験があったのかもしれない。神保原は上田鉄平に前科がないかを伊勢崎にあたらせた。高校生当時、一家は三鷹市に住んでいた。伊勢崎は三鷹警察署に照会した。

上田鉄平に前科はなかった。しかし、補導歴はあった。私立高校の名門A高校に上田は進学していた。早稲田、慶応は滑り止めで、ほとんどの生徒は東京大学を目指し、実際に東大合格者数も常にベスト3に入っている高校だった。

しかし、上田鉄平は早々とA高校を中退している。実際には退学処分だったのだろう。二年生になるのと同時に私立N高校に編入学している。

上田鉄平は暴走族同士の抗争で、相手にケガを負わせ三鷹警察署に身柄を拘束されたり、首都高速道路、中央道で速度違反、公務執行妨害で高速道路交通警察隊によって逮捕されたりしていた。

三鷹警察署、高速道路交通警察隊に残された記録から判断すると少年院送致の処分が下っても決して不思議ではないが、鑑別所に送られたことはあっても、結局、上田鉄平は少年院に収監されることはなかった。

東京地検の検察官という父親の立場を、現場の刑事たちが忖度《そんたく》した可能性は十分に考えられる。その後、上田鉄平は大学には進まず、しばらくはアルバイトで暮らしていたようだ。高校を卒業した頃から落ち着き始めたのか、補導された記録は残されていない。
「社会的に地位の高い親に反発してドロップアウトした典型的な例ではないでしょうか」
伊勢崎が照会事項を神保原に報告しながら言った。

竹中本部長は藤野パーキングエリアの防犯カメラの映像、Nシステムを駆使して不審車両の洗い出しをその日の夕方までかかって捜査させたが、結局何も見つけ出すことはできなかった。

捜査本部が設置された三階に竹中本部長の怒声が響き渡るようになった。神保原、伊勢崎や立川警察署、福生警察署から派遣されてきている刑事は、自宅に戻り仮眠を取ったり、着替えをしたりすることもできる。本庁から派遣されてきている刑事は、疲労の色が隠せない。

神保原が記者クラブの幹事と報道協定を結び、山本美奈代誘拐事件の報道を事件解決まで控えるようにさせたが、母親の紀子は警察の制止を無視して動画をアップ、美奈代を激励するとともに、犯人グループへ即時解放を求めるメッセージまで付け加えていた。

マスコミは一日三回は記者会見を開いて、捜査の進展状況を明らかにしてほしいと幹事社の記者が伝えてきた。

しかし、捜査状況を記者に明かすことなどできるはずがない。それに山本幸太、紀子の夫婦に対しても、いっさいの情報提供はできなくなっていた。特に紀子に情報を与えれば、それがすぐにユーチューブにアップされ、瞬時に拡散してしまう恐れがある。

紀子は警察官の妻だが、秘密を守れと言ったところで、無理な要求だというのは誰の目にも明らかだ。実際、捜査は何も進展していない。しかし、進展していないという情報さえも、犯人グループにとっては重要な意味を持つ。

今のところ、犯人グループがトバシ携帯を使って連絡を取り、山本幸太が犯人グループの要求に応じて、新宿、そして新横浜へと移動した事実はマスコミには漏れていない。しかし、上田鉄平が任意で事情聴取を受けた事実が報道されるのは時間の問題だろう。

N運輸八王子営業所に戻って来た上田鉄平の四トントラックのサイドバンパーにトバシ携帯がくくりつけられていた事実はわからなくても、青梅警察署の周囲にはマスコミが二十四時間張り込んでいる。そこに警察車両に乗せられた上田鉄平が早朝連れてこられたのだ。

案の定、六月五日付けの夕刊には、上田鉄平が任意で事情聴取を受けた経緯が各紙に掲載された。マスコミの情報源は上田鉄平からの証言しかなく、四トントラックにくくり付けられたトバシ携帯から誰の携帯電話にどのような内容のメッセージが送られたのかまでは報道されていない。マスコミは竹中本部長の会見を強く求めるのと同時に、山本幸太宅の張り込み取材も熱を帯び、マンションのエントランス周辺は報道陣によって埋め尽くされていた。

五日夜に入り、捜査本部で合同会議が開かれた。それぞれの捜査員からこれまでの捜査状況が報告された。捜査の成果と言えるものは皆無だった。竹中本部長だけではなく、ほとんどの捜査員の顔に疲労とそして苛立ちが表れていた。

府中警察署の逢坂刑事に批判というより非難が集中した。

「何故、山本の妻がユーチューブに動画を公開するのを阻止できなかったのか。それが捜査の進展を阻む大きな要因だ。今後、ユーチューブへの新たな情報がアップされればなおさら捜査に支障をきたす。絶対に阻止すべきだ」

こうした意見が本庁の刑事から出された。

しかし、逢坂は新宿に向かった山本を追跡していた。山本のマンションには小田切洋子刑事一人だった。小田切が一瞬目を離した隙の出来事だった。

「山本紀子の動画アップを可能な限り制限するように、本人の理解を求めるのと同時に、小田切が二十四時間付きっきりで……」

「生ぬるいんだよ。なんだ、その可能な限りとは」

本庁から派遣されてきた刑事が、罵声を逢坂にあびせかけた。

「今後は捜査に支障をきたすような行為は、多少の軋轢《あつれき》を生んでも阻止していくので、ご理解を」

逢坂が答えた。

しかし、小田切が女性刑事だからといって、トイレから寝室までずっとつきっきりでいられるわけではない。パソコンを操作しなくても、スマホからでも新たな動画アップは可能だ。逢坂への罵声はやつあたりでしかなかった。

逢坂は恐縮しきっているが、内心では怒り心頭に発しているのだろう。唇が震えている。

捜査本部内に充満している焦燥感《しょうそう》は、神保原にも向けられた。

「上田鉄平の運転する四トントラックにトバシ携帯を取り付けた件だが、藤野パーキングエリアで行なわれたとは限らないだろう。帰路、藤野の前に立ち寄ったパーキングエリアはなかったのか、あるいは八王子営業所を出発した段階、あるいは往路立ち寄ったパーキングエリアですでにサイドバンパーに付けられ、藤野で電源を入れた可能性もあるのではないか。そのあたりを上田鉄平はどう証言しているんだ」

当然の指摘だ。しかし、神保原は藤野パーキングエリアでの上田鉄平の行動しか聞いていない。

「ご指摘の点は不明です」

神保原は肩に付いたゴミを手で払いのけるような調子で答えた。

「ふざけるな、不明っていうことがあるか。どういうことだ」

質問した刑事はいきなり怒鳴り声を上げた。神保原の答え方に腹を立てたのだろう。神保原は捜査本部の真正面に設《しつら》えられた席に座る竹中本部長に視線をやった。素知らぬ顔で、神保原の答えを待っている様子だ。

「当然、聞き出すべきことだと私も思うが、聴取を一時間で切り上げろというのは捜査本部長からの命令なんだ。一時間では藤野パーキングエリアでの状況を聞き出すのが限界だくらいのことは、君にだってわかるだろう」

神保原は日本刀で竹を真っ二つに切るような口調で言い放った。

捜査本部は神保原の一言で一瞬にして静まり返ってしまった。

「何故一時間なのかは、捜査本部長に君の口から聞いてみてはどうだ」

神保原は挑発的な口調に変えた。

「聞けないのなら口をつつしめ、いいな」

竹中本部長は高血圧で倒れるのではないかと思えるほど顔を紅潮させた。胃からこみあげるものを無理やり飲み込むような表情を浮かべながら言った。

「神保原刑事は上田鉄平を再度聴取し、今指摘のあった点を明確にしてほしい」

「わかりました。上田鉄平は今夜夜勤乗務で明日早朝、聴取をする予定になっています」

神保原は蕎麦《そば》屋の出前の注文を受けるような調子で答えた。

神保原がまだ小学生の頃だったと記憶している。三船敏郎が出演するテレビCMが脚光を浴びた。「男は黙ってサッポロビール」というセリフが受けた。しかし、それは男が黙々と自分の仕事をこなしていた昭和だから流行ったコピーだ。平成に入り、そんなことは通用しなくなった。大きな声でがなり立てる人間が幅を利かすようになってしまった。男は黙っていると小バカにされてしまう。

神保原は喚きたてる本庁の刑事をたしなめただけだった。

会議が終わると、児玉がうれしそうに神保原のそばに寄って来た。

「やっちまったな。でも、あれでいいと俺は思う」

児玉はこう言うと、すぐに立川警察署に戻っていった。

手柄は自分のものに、失敗は部下に押し付ける。本庁のキャリア組には少なくない。竹中もそうした刑事の一人だろうと、神保原は思った。

7　三叉路

捜査会議を終えた児玉は立川警察署に向かった。圏央道青梅インターから入り、中央道国立府中インターを下りたところにあるコンビニの駐車場に車を止めさせた。

「署に戻らなくていいんですか」

運転している桜岡が児玉に聞いてくる。

「まあな」

児玉が駐車場に入ってくる後続車両に目をやりながら答えた。

すぐに警察車両がコンビニの駐車場に入ってきて、児玉の乗る車の横に止めた。府中警察署の逢坂が運転する車だ。捜査会議が終わった後、逢坂から声をかけられたのだ。

「国立府中インターを下りたところで少しお話しできますか」

児玉はすぐに「わかった」と答えた。

逢坂が着いたのがわかると、「待ってろ」と桜岡に声をかけて車を降り、逢坂が運転する車の助手席に乗り込んだ。

「お疲れのところを申し訳ありません」

逢坂はハンドルを握ったまま、顔を児玉の方に向けて頭を下げた。

「いや、疲れているのは逢坂さんの方だろう。俺は適当に休みながら捜査しているから、心配しないでかまわんよ」

「恐れ入ります」

逢坂は恐縮しきっていた。

「小田切がこの度はご迷惑をおかけして……」

「逢坂さん、その話はすんだことだし、誰が付いていようがヨメさんは動画を出しただろうよ。話っていうのはそれじゃねえだろう」

児玉は本題を促した。

「実は相談というのは、あの奇妙なメッセージの件です」

新横浜駅横浜線ホームのロッカーから「三叉路ゲームスタート」という誘拐グループからのメッセージが出てきた。

「山本の新横浜での状況報告は、小田切だけではなく、同じ部屋にいた妻の紀子の耳にも入っていました」

3LDKのマンションだ。どこにいようとも警察無線の内容は紀子の耳にも当然入ってしまう。

「小田切の話では、『三叉路ゲームスタート』と聞いた瞬間に紀子の表情が変わったそうです」

児玉には逢坂の言わんとしていることが理解できない。

「続けてください」先を急《せ》かした。

「身体を震わせ始めたそうです」

長女を誘拐され、犯人からの要求を突きつけられると思っていたが、実際には理解しがたいメッセージだった。

「具体的な要求が出てくると思っていたのが、訳のわからないメッセージだったんで、それで動揺したんじゃねえのか」

「私も最初はそう思いました。小田切に寝室に入るまでの様子を詳しく聞いたのですが、どうもそれだけではなさそうなのです」

「というと……」

「あのメッセージが何を言わんとしているか、私たちにはわかりませんが、無線から流れてきた、山本が竹中本部長に言い返す苛立った声を聞き、感電したかのように血相を変えて震え出したようです」

謎のメッセージを聞いた途端に紀子は寝室に飛び込んだ。寝室に入るのは、ユーチューブを立ち上げるためと判断し、小田切はすぐに紀子を追いかけた。

結局、紀子は準備していた動画をネット上に立ち上げてしまった。メッセージが引き金になったようだ。

廊下を走る紀子は消え入りそうな声で呪文《じゅもん》のように何かを唱えていたらしい。

「山本の嫁が何て言ったのか、はっきり聞きとれなかったのか……」

「小出切も寝室に入るのを止めようと必死で、何と言ったのかを聞き出せなかったようです。紀子は小田切の手を振り切って寝室の中に入り、中から鍵をかけてしまい、どんなに声をかけても開けなかったそうです」

小田切はドアを開けるように説得したが、紀子はそれには応じることはなかった。ユーチューブを立ち上げた後、紀子は少し落ち着いた表情で寝室から出てきた。何を呟いたのか、何度も確かめたが、紀子は小田切の勘違いだと言ったきり、何も答えてはくれなかったらしい。

「小田切もはっきりと聞き取れたわけではないので確信は持てないようですが、『日野の三叉路かも……』と言ったように聞こえたというのです」

「日野の三叉路、何だ、それ」

「わかりません。あの竹中本部長に進言してもと思い、それで児玉刑事にご相談を……。本来なら私どもの犯したミスなんで、私どもがケリをつけるべきことなんですが」

逢坂が何故児玉に声をかけたのか、その理由がわかった。

捜査本部の刺々《とげとげ》しい雰囲気の中で、逢坂が小田切の聞いた言葉を持ち出したとしても、罵声をあびせかけられるのは、火を見るより明らかだ。

逢坂は小田切とともに、山本のマンションに詰め、犯人からの連絡があればそれに対応しなければならない。これ以上のミスは許されない。「日野の三叉路」に何か今回の誘拐事件を解くカギが隠されているのかもしれない。それを調べてほしいのだろう。しかし、もしそうだとすれば山本本人が最初に気づくはずだ。山本は、竹中本部長にくってかかるような口調で、犯人からの謎のメッセージの意味はわからないと答えていた。

捜査本部長を怒鳴り返したようにも思える激しい言い回しだった。犯人グループからの理解不能なメッセージに苛立ちを覚えたからではなく、逆に犯人グループのメッセージに込められた本当の意味を、山本は理解したが故に、捜査本部長をなじるような口調になってしまったのではないのか。そう考えると、妻の紀子が美奈代を励ますだけではなく、金銭の要求にも答えるといった動画をアップした理由も頷ける。

「『三叉路』とは二人にだけわかる、何か特別な意味が込められたメッセージだったのではないでしょうか」

逢坂はハンドルを強く握りしめながら言った。

フロントガラス越しのコンビニの店内を、児玉はじっと見つめたまましばらく無言だった。

大きく息を吸い込み、肺の中の空気をすべて吐き出すような深呼吸をすると言った。

「とにかく娘の救出につながりそうなことは、本部長がどう思おうがやるしかない。捜査は極秘で進める」

捜査本部長の知らないところで独自の捜査を進め、それが明らかになれば当然問題になる。念には念を入れておいた方がいい。

「この件は、俺とあんた、そして青梅警察署の神保原と伊勢崎だけで処理することにしよう」

そう言って、児玉は車を降りて、桜岡が運転する車に乗り換えた。

「何か重大な話でもあったのでしょうか」

桜岡が聞いた。

「小田切のミスなんか、かわいいもんだから気にする必要ないと俺が言ってたと、伝えてもらうことにしたのさ。立川署の俺の相棒なんか、あれくらいのミスなんか気にするどころか、怒鳴ろうが何しようが、一時間もすればケロッとしている。小田切の爪の垢どころか、爪を煎《せん》じて飲ませたいくらいさ」

「そんなひどい……。児玉さんにとって、私はそれほどダメな刑事ですか」

車をスタートさせながら桜岡が真顔で聞いてきた。

「冗談に決まってるだろう」

児玉が言うと、安心した様子で立川警察署に向かった。

神保原は立川にあるマンションで一人暮らしをしている。遠くにはかつてはアメリカ軍の基地だった昭和記念公園がかすんで見える。

捜査本部の夜の会議は、神保原の一言で凍りついたように静まり返ってしまった。神保原本人は、竹中本部長からどう思われようとまったく気にはならない。竹中は事件を解決し、自分の手柄にすることしか考えていないのだ。しかし、何かにつけてトラブルを起こす神保原を小菅署長はかばってくれる。

「お前が心配しなくてもいい」

小菅署長はいつも平然として神保原にそう答える。小菅署長も叩きあげで署長の座に座っている男だ。

二人だけになると小菅署長はそっと神保原に囁《ささや》いた。

「俺だって、あんな若造を震えあがらせるネタの一つや二つは持っている」

風呂に入り、苛立つ神経を鎮《しず》めるためにウィスキーをロックであおった。

ベッドに横になろうとした時、児玉から電話が入った。

児玉は一時間前ほど前に、逢坂から聞いた情報を神保原に伝えてきた。

「その『日野の三叉路』が今回の誘拐に絡んでいるかもしれんということか」

「そういうことだ。お前が動くと本部長のメンツをまたつぶすことになるから、伊勢崎のネエチャンにやらせるんだな」

「そのネエチャンっていうの、止めてくれんか。本人も気にしているし……」

まだ言い終わっていないのに児玉は電話を切ってしまった。児玉も睡眠不足なのだろう。

渋谷スクランブル交差点での一件は、三多摩地区の警察署には広く知れ渡っていた。伊勢崎は若い刑事連中からはマドンナ的な存在で、誰が彼女を射止めるのか話題になっていた。ＡＶ嬢どころかモデルとしても活躍できるほどの体形を維持し、美人でもあった。高嶺の花に見えたのか、伊勢崎に声をかける若手の警察官は皆無だ。

声がかからないのはそれだけが理由ではなさそうだ。スカウトマンを一本背負いで失神させてしまったとか、鼻骨を折って救急車で運ばれたとか、渋谷の武勇伝には尾ひれがついて広がっていた。裏では、「ＡＶデカ」とか「危ないネエチャンデカ」などと囁かれていた。

本人は以前と同じだと思っているようだが、日毎に刑事としての凄みを増しているように、神保原には感じられた。

翌朝、上田鉄平の二回目の事情聴取が予定されている。神保原の睡眠時間も三時間くらいしかない。神保原もすぐに深い眠りに落ちていた。

六月六日、朝が明け初《そ》めた頃、神保原は目を覚まし、青梅警察署に向かった。午前七時には、青梅警察署に着いた。それから三十分もしないで、八王子営業所で数時間の仮眠を取った上田鉄平が青梅警察署に到着した。

捜査本部の合同会議では、竹中本部長の命令で一時間しか聴取できなかったと答えたが、実際には聞くべきことはほとんど聞いていた。確認すべきことは、四トントラックのサイドバンパーにいつ携帯電話がくくり付けられたか、それを上田鉄平から聞き出すことだ。

昨日の朝、聞いた聴取の内容をもう一度繰り返して聞いた。事実関係に齟齬《そご》はない。神保原はさらに詳細な聴取を続けた。トバシ携帯が付けられた時間帯に捜査本部が強い関心を持っているのは、上田鉄平も十分に認識している。上田本人は誘拐事件とはまったく無関係だと警察が判断しているのを知り、早朝の聴取にもかかわらず協力的だ。

「松本に向かっている時、休憩は取らんのか」

「松本営業所に行く時は、諏訪湖サービスエリアで必ず休むようにしています。松本営業所に早く着いても、他の地域から荷物を運んでくるトラックの積み下ろし作業が手間取っていれば、そこで待ち時間をつぶさなければならない。だから時間調整もあって、諏訪湖サービエリアでいつも夜食を摂るんです」

　上田は午後十時頃、諏訪湖サービスエリアでトラックを止めている。

「その晩はどれくらい止めていたんだ」

「小一時間くらいです」

「では、あのトバシ携帯だけど、諏訪湖サービスエリアで夜食を摂っている間に取り付けられたという可能性もあるわけだ」

「それはないです」

　上田鉄平はピントの合った写真のように明快に答えた。

「どうしてそう言えるの？」

「松本営業所で積荷を下ろし、八王子営業所に戻る時は、トラックの再点検が義務付けられているんです」

「再点検というのは」

「タイヤを目で確認し、その時にトラックを一周し、トラックの周囲、荷台などにも異常がないかを見てから、エンジンをかける決まりになっているんです」

「松本営業所では異常は何も発見できなかったということか」

「はい。松本営業所の駐車場では懐中電灯で照らしながら、トラックを見て回るのですが、あんなにガムテープでぐるぐる巻きにしてあれば、その時に気づいています」

トバシ携帯がサイドバンパーに取り付けられたのは、やはり藤野パーキングエリアなのだろう。

「N運輸の社内規定を順守しているようだけど、ところで、これまでに事故は一度も起こしたことはないのかね」

「N運輸に入社してからは無事故無違反できています」

わざわざN運輸入社後と付け加えたのは、それ以前には事故を起こしたり、交通違反を犯したりしてきたのだろう。

「それ以前は?」

「それなりに」

上田鉄平は誘拐事件とはまったく関係ない過去の話を聞かれたことで、聴取は終了したと思ったのだろう。緊張していた表情は薄れていた。

「もういい年齢になっているのに、俺が警察に呼ばれたと知ってとんでくるような父親だよ、刑事さんわかるでしょう。あんなのと一緒に暮らしていたら、息がつまりそうになるよ」

父親の上田哲司が東京地検の検事をしていた頃、鉄平は何度も補導されている。

「暴走族にでも加わっていたのか」

神保原は何も知らない素振りで聞いた。

「そんなところ」

「今は暴走族からも足を洗って、真面目に年相応の暮らしをしているわけか」

「そう思ってくれるんだ、刑事さんは」

「違うのか？」

「あの堅物はそうは思っていないよ。大学にも行かないで、検事の息子なのにトラックの運転手なんかしてと、オヤジは今でもそう思っているはずさ」

「そんなもんか」

「そんなものですよ」

上田鉄平は何故か楽しそうだ。

「暴走族時代にはどのあたりを走っていたんだ」

「二〇号線、一六号線、それに中央道に首都高」

「派手にやった方なんだ」

「まあね」

「その頃俺に捕まっていれば、人生変わっていたかもしれんな」

「どんなふうに」

「オヤジさんと同じように検事になるか、弁護士になるか」

「冗談じゃないよ、オヤジみたいなあんな仕事に就きたくないし、人をどこかで見下すどうしようもない人間になりたくもないね」

　上田鉄平の父親に対する不信感には、相当根深いものがありそうだ。

「でも、派手に暴走行為を繰り返しても、補導程度ですんだんだろ。オヤジさんの力があればこそなんじゃないのか」

「それが嫌だから、ホントに暴れたんだよ」

「それがどうして暴走族から卒業する気になったんだ」

「いつまでもガキみたいなことをしていられないからさ。二十歳過ぎたら、暴走族でもないだろうし、まあ、なんということはなく足を洗ったっていう感じかな」

　神保原がこれまでに逮捕したり補導したりした暴走族も、大部分は上田鉄平のようにして、暴走族から離れていく。

「その後、どうやって生活してきたんだね」

「あのオヤジから離れて生活するのが夢だったから、小さなアパート借りてさ、アルバイトしながら食いつないできたんだよ。オヤジも最近なんじゃないの、今さら大学に進学してもすべてが手遅れだって気づいたのは」

「今の仕事に満足しているわけだ」

「満足しているわけではないけどさ、あのオヤジから離れて暮らせるという点では大満足さ」

「暴走族を離れてからは、警察に面倒をかけたことはないのか」

「ないよ。オヤジがいくら出しゃばってきても、二十歳過ぎれば、ガキのような扱いにはならないからね」

上田鉄平の言う通りだ。

「母親はどうしているんだ」

「オヤジとの間に入って、いちばん苦労したのがオフクロだ。元々体が弱くて入退院の繰り返しで、そのオフクロから泣いて更生してくれって頼まれれば、なおさらいつまでも暴走族っていうわけにもいかなくてさ……。今はケア付きの老人ホームで暮らしているよ」

「オフクロさんも、今は安心しきっているというわけだ」

「まあね」

嬉しそうに上田鉄平が答えた。

神保原の経験に照らし合わせても、暴走族だけではなく、非行に走る多くの少年たちは家庭的に問題を抱えているケースが多かった。上田鉄平は、その家族から離れて暮らすことで、その問題を解決し、自立した生活を営むようになったのだろうと、神保原は思った。

上田鉄平の聴取は午前十時には終えていた。聴取した神保原には一点だけ腑に落ちない箇所があった。上田鉄平が高校を卒業した後、N運輸の運転手として採用されるまでの三年間、本人はアルバイトをしていたと言っただけで詳細を語ろうとはしなかった。

実際にアルバイトをして生計を立てていたのだろう。しかし、暴走行為を働き、警察沙汰を起こしていた上田鉄平が、東京地検の検事をしていた父親の威光で少年院送致を免れたとしても、高卒後、急におとなしくアルバイト生活を送るようになるというのも、不自然な印象を受ける。

神保原は伊勢崎にN運輸に入社する以前の三年間に、事件を起こしていなかったか、再度捜査を命じた。

「どうして上田の三年間を調べるのでしょうか。彼はたまたま藤野パーキングエリアにトラックを止めて、誘拐犯にトバシ携帯をサイドバンパーにくくり付けられたんでしょう。何もそこまで……」

伊勢崎の話を制止するように神保原が言葉をかぶせる。

「犯人グループと上田鉄平がまず接点がないという思い込みを捨てて考えてみろ」

「はぁ……」

伊勢崎にはそれでも上田鉄平の過去を捜査する意味が理解できないのだろう。

「犯人グループは捜査を混乱させるために、一般車両にトバシ携帯をくっ付けたのと違うのでしょうか」

「それなら何気なく大型ダンプの荷台にでも放り込んでおけばすむ話だろうよ」

駐車場には運転手が仮眠中の大型トラックが何台も止められていた。犯人グループはそうしないで、トバシ携帯をサイドバンパーにくくり付けた。

「犯人はガムテープで巻いているところを誰かに見られたくはないはず。にもかかわらずガムテープで巻いた」

「つまり上田鉄平が運転しているトラックだと承知の上で、トバシ携帯をくくり付けた。そういうことですね」

伊勢崎が確認を求めてくる。

「その可能性があるということだ」

「そうですよね、ガムテープからはいっさいの指紋が検出されていない。つまり犯人はすべて計画的にことを進めている。意識的に上田のトラックを標的にした可能性も十分考えられますね」

伊勢崎は上田鉄平の聴取を終えると、高校卒業後の三年間の生活を調べ始めた。

8　膠着状態

六月六日、捜査本部は有力な情報も手がかりも何もつかめずにいた。竹中本部長は、誘拐犯が一通目の手紙を投函した上越市諏訪郵便局管内、二通目の十日町市千手郵便局管内、三通目は飯山市秋津郵便局管内、三ヶ所に派遣していた捜査員をすべて引き揚げさせた。

三通の手紙を投函した時間帯に、不審車両、不審人物の目撃者を探したが、いずれも過疎化が著しい地区で、当然防犯カメラも設置されていない地域も広い。結局、目撃者もなく、いくつかの防犯カメラをチェックしても、不審車両を割り出すことはできなかった。

捜査は早くも暗礁《あんしょう》に乗り上げてしまった感があった。

竹中本部長はしきりに山本宅に常駐している本庁所属の磯田刑事に連絡を入れてきた。磯田は現場一筋に生きてきたベテラン刑事で、まだ経験の乏しい竹中本部長は磯田を頼りにしているのだろう。

山本宅には府中警察署の逢坂、小田切の二人の刑事も常駐しているが、犯人からの動きはいっさいない。三通の手紙はいったい何のためだったのか。捜査本部はその手紙に翻弄《はんろう》された。

ユーチューブ「青梅鉄道公園のミナヨへ」に新たな動画はない。夫の山本幸太から妻の紀子に厳しい叱責があったのだろう。小田切も紀子の行動を見張っているが、二十四時間常時一緒にいられるわけではない。トイレやバスルームからスマホを使って書き込みされてしまえば、どうすることもできない。しかし、犯人からの連絡もなく、紀子も憔悴しきっている様子だ。

誘拐事件だとわかってから、紀子の両親、内藤満と秋子は孫の光喜をしばらく預かるからと、日野の自宅に連れていった。内藤夫婦は孫の美奈代の安否も気になるのだろうが、娘の紀子の身体が心配で仕方ないのだろう。

内藤夫婦は日野市高幡の川崎街道沿いの一軒家に住んでいる。京王線で特急なら三駅先が府中で、車では事故を起こすかもしれないと、内藤満は京王線を使って頻繁に出入りをしている。

六日朝、内藤満はマンションにやって来ると、すぐに寝室に入った。家族同士で内輪の話をする時は、寝室に閉じこもり、大声でも出さない限りリビングに声は漏れてこない。それなのに内藤満は紀子と声をひそめて何かを話している様子だ。

部屋から出てくると、何ごともなかったかのように紀子は子供部屋に入り、タンスから光喜の着替えを取り出し、ボストンバッグに詰め込み、寝室に戻った。

「これ光喜の着替えです。母さんに渡してください」

紀子がリビングにまで聞こえる声で言った。

寝室ではひきつづき内藤満と山本幸太が二人で話し込んでいた。内藤満は山本のマンションに来ても、せいぜい二、三十分くらいで戻っていった。

リビングにいる磯田、逢坂、小田切の三人に、内藤は「美奈代を何卒《なにとぞ》よろしくお願いします」と深々と頭を下げてから、玄関で靴を履いた。磯田は何気ないふりをして、玄関で内藤満を見送る山本夫婦に目をやった。

山本幸太の背中しか見えなかったが、目で合図でも送ったのだろう、内藤が頷きながら視線を山本幸太に送る。今度は視線を娘の紀子に向けた。背中をリビングに向けている紀子がやはり無言で頷いた。磯田には三人で何かを確認し合っているように見えた。

玄関を出ようとする瞬間、内藤満がリビングの方に視線を向けた。磯田と内藤満の視線が絡んだ。しかし、内藤満は会釈するでもなく、磯田の視線を避けるように玄関を出た。

内藤満を送り出してリビングに戻ってきた山本幸太に、磯田が言った。

「ジイサンもバアサンも孫のことで気が気ではないだろう」

「ええ。お義父《とう》さんは血圧が高く、毎日降圧剤を服用しているのですが、薬を飲んでも下がらないようです。医師からはストレスをため込まないように言われたようですが、詳しい事情を説明するわけにもいかず、わかりましたと答えていつもの薬を飲んでなんとかやり過ごしているような状態です」

「それは心配だな」

磯田は内藤満の身を案じながら言った。

「お義母《かあ》さんも、光喜の世話をしてくれていますが、軽度の認知症が出ているんです。それでお義父さんも、お義母さんにだけ光喜を任せるわけにもいかず、すぐに自宅に戻らないと……」

「そうか、早く解決しないとな。誰かが倒れる前になんとかしなければ」

山本幸太は無言で磯田に頭を下げた。

「ジイサン、バアサンはどこに住んでいるんだ」

「高幡不動駅の近くです」

磯田には駅名を言われても、そこが多摩市になるのか、日野市なのか、あるいは八王子市に入るのかわからなかった。

「高幡っていうのは、多摩市になるのか、それとも日野市に入るのか……」

磯田の言葉を遮るようにして、山本が答えた。

「日野市です」

「そうか、日野になるのか」

山本が磯田の目を探るように見ている。山本は容疑を否認する轢き逃げ犯を問い詰めるような目をしていた。

「府中からだと何分くらいかかるんだ」磯田が聞いた。

「三十分もあれば充分です」山本が答えた。

内藤夫婦が住んでいる住所を聞いた時の山本幸太の視線が、磯田には気になった。何も気づかなかった素振りで言った。

「奥さんも相当まいっているようだ。とにかく娘さんが一日も早く解放されるように、捜査員全員で解決に向けて全力で頑張る」

逢坂はリビングのソファに鎌倉の大仏のように座ったまま、センターテーブルの上に置かれた固定電話をじっと睨んでいる。

「私は捜査本部に顔を出してきます」

磯田は逢坂にこう言い残して、山本のマンションを出た。しかし、青梅警察署に直行するつもりはなかった。

府中のマンション前には、マスコミが常駐している。磯田は住民を装ってマンションを出ると、徒歩で府中駅に向かった。京王線分倍河原駅で南武線に乗り換え、終点の立川から青梅に行くのが、電車なら最短距離だが、磯田は分倍河原ではなく、高幡不動駅に向かった。

山本夫婦の寝室から漏れてきた声を殺した会話も気になった。山本夫婦は何かを隠しているように、磯田には感じられた。根拠と呼べるものは何もない。長年刑事をやってきた直感としかいいようがない。

内藤満、秋子の住む家は、高幡不動駅から徒歩で十分くらいの距離のところにあった。内藤満が府中のマンションを出たのは一時間ほど前だ。磯田は不審な人間が内藤の家の周辺にいないか、あるいは訪ねてこないのか、しばらく様子を見てみることにした。

山本美奈代の誘拐は計画的な犯行だ。最初の手紙が届いた時から、山本宅に警察が常駐するのは、犯行グループは当然織り込み済みだ。犯人グループは山本との連絡には細心の注意を払っている。実際、トバシ携帯を使って手の込んだ工作をしている。

犯人グループが山本一家の親戚関係も調べた上で犯行に及んだとすれば、内藤夫婦について調べたとしても不思議ではない。警察の目が届かない内藤夫婦を介して、犯人グループが接触することも考えられる。

内藤の家の反対側にはコンビニがある。コンビニの雑誌売場から、右斜め方向に内藤の家の玄関が見える。玄関のエントランス横のスペースは駐車場になっていて、軽乗用車が止められていた。

磯田は雑誌を読んでいるような振りをして、しばらくコンビニで張り込んでみることにした。

内藤家を訪ねて来るものは誰もいない。張り込みから一時間が過ぎようとしていた。磯田は青梅警察署に行こうか、もう一時間ほど張り込んでみるか思案していると、玄関のドアが開いた。内藤満が玄関から出てきて、車に乗り込もうとしている。

磯田はコンビニを出ると、駐車場で休憩中のタクシーに強引に乗り込んだ。警察手帳を提示し、内藤が運転する軽乗用車を尾行するように言った。

内藤の軽乗用車は八王子方面に向かった。タクシーは三台後ろに付けて尾行した。片側一車線で軽乗用車は法定速度で走り、尾行は容易《たやす》かった。軽乗用車は八王子市街に向かい、JR八王子駅北口地下駐車場に入っていった。

「どうしますか」タクシーの運転手が聞いた。

「少し距離をおいて駐車場に入ってくれ」

タクシーも地下駐車場に下りた。軽乗用車は徐行し、駐車スペースを探している様子だった。磯田はタクシーを駐車スペースに入れるように言った。軽乗用車は百メートル先のスペースに車を止めた。

磯田はタクシー代を精算し、他の車の陰に隠れて、内藤が降りてくるのを待った。地下駐車場はJR八王子駅ビルに直結している。内藤はJR八王子駅に向かって地下道を歩き出した。内藤は磯田の尾行にはまったく気づいていない。

八王子駅に着くと、内藤は階段を上り駅ビル二階にある改札口に急いだ。

「JRを使ってどこかに行く気なのか……」

しかし、内藤は券売機に向かう様子はない。券売機を通り過ぎ、そのまま直進し、南口に出た。南口を出た右手には四十一階建てのタワーマンションがそびえたっている。スーパーマーケットや市役所などが低層階に入っている複合施設だ。

内藤は住居施設のエントランスに直行した。管理人室に常駐する受付に何ごとかを尋ねている。

内藤は受付を離れると、エントランスドアの前にあるインターホンで部屋の番号を押している。管理人から訪問先の部屋番号を聞いていたのだろう。

エントランスのドアが開くと、内藤はそのままエレベーターホールに足早に向かった。磯田は内藤がエレベーターで上がったのを確認してから、管理人室の受付に警察手帳を提示した。

「今、ここにきた男性だけど、誰を訪ねていったのか教えてくれないか」

受付は警察手帳をまじまじと見て確認してから答えた。

「先ほどの方は、三十九階の上田哲司さんの部屋番号をお聞きに来られましたけど」

「上田哲司って、弁護士の上田さんか」

磯田はひと際大きな声で思わず聞き返してしまった。

「そうですが……」

磯田は言葉を失った。しばらく受付の前で立ちすくんだ。受付が訝しげな表情で磯田に声をかけた。

「もし上田先生のところにお訪ねになるのでしたら、インターホンでお部屋番号を押して、確認されてからお入りください」

「いや、いいんだ。それより私が訪ねてきたことはくれぐれも他には漏らさないでくれ。極秘で捜査を進めている事件があり、場合によって人命にかかわる。いいな」

磯田の念を押す言葉は、恫喝に近い口調になっていた。

内藤満、そして上田哲司には、磯田が尾行している事実はいっさい知られてはならない。

捜査の見直しを竹中本部長に進言しなければならない。上田鉄平の運転する四トントラックにトバシ携帯がくくり付けられていたのは、どうやら偶然ではなさそうだ。現在は弁護士をしている元検事だった上田哲司と、その息子の鉄平、内藤満とその長女の紀子、紀子の夫の山本幸太、彼らの関係を徹底的に洗い直す必要がある。

捜査本部は上田鉄平が暴走行為で逮捕されたと思われる八王子、日野、国立、府中、多摩の各警察署に上田鉄平についての情報を求めた。

上田哲司は三鷹市から移転し、一時期八王子市台町に家をかまえていた。その関係なのだろうか、八王子警察署からはすぐに情報が寄せられた。

上田鉄平は自動二輪の免許証を十六歳になったのと同時に取得している。上田鉄平の暴走行為は免許証取得と同時に始まっている。三鷹警察署やその他の警察署でも上田鉄平は検挙されていたが、八王子警察署交通課も上田鉄平を暴走行為、スピード違反で検挙していた。

日野警察署の大河署長は直接捜査本部の神保原に電話をかけてきた。大河署長とは何度も顔を合わせ、知らない仲ではない。凶悪犯との激しい追跡劇を演じていた神保原の武勇伝はかなり広範囲に広がっていた。

それればかりではない。強引な取調べは管轄署内でも物議をかもした。明らかに偽証とわかる証言や、黙秘する容疑者には、神保原は暴力をふるった。黙秘を続けた強盗殺人犯に、わざわざ熱湯で淹《い》れさせたお茶を強引に飲ませたこともあった。

飲まなければ髪をつかみ、無理やり口にお茶を注ぎ込んだ。容疑者は口の中や口の周辺に火傷《やけど》を負った。大の大人が悲鳴を上げた。

「なんだ、声は出るんだ」

こう言って神保原は平然と尋問を続けた。

当然、弁護士会で問題にもされた。

「相変わらずご活躍のようですね」

大河署長は神保原を称賛しているようでもあり、半ばからかっているようにも感じられる。

「一刻も早く人質を解放してやりたいと思っています」

冷徹な声で神保原は返した。

「そうだな」と言ってから「部下から上田鉄平について調べていると聞いたが」と神保原に改めて聞いた。

「誘拐犯に関する決定的な情報は何一つありません。捜査は行きづまっています。一つひとつ、事件の手がかりとなりそうなことをすべて洗い直す必要があります」

「役立つかどうかわからんが、日野署管内で交通事故を起こしている。調書は用意させてある。君が来るか」

「私は捜査本部から離れられません。伊勢崎を行かせます」

伊勢崎帆奈は神保原に命じられて日野警察署に急行した。

日野警察署に着くと、二階にある署長室に急いだ。ドアをノックすると「入れ」と大河の声が聞こえた。

伊勢崎は部屋に入ると、大河署長の机の前に立ち、敬礼をしてから言った。

「青梅警察署の伊勢崎です」

「ここに用意しておいた」

大河署長の机の上には、今にも崩れ落ちそうな書類がうずたかく積まれていた。大河署長が両側から手で挟み込むようにして、伊勢崎の方に突き出した。

「三階の三号取調室を空けておくように言ってある。そこを使え」

「恐れ入ります」

伊勢崎がそれらの書類を抱え、署長室を出ようとした。

背中から大河署長の声が追いかけてきた。

「元気にしているか」

「はい」間髪入れずに伊勢崎は答えた。

「それならいい。あまり無茶をするなよ」

「お気遣いありがとうございます」

渋谷スクランブル交差点でスカウトマンを負傷させた時、大河が伊勢崎の直属の上司だった。大ごとになる前に問題を片付け、その後も伊勢崎の思いに耳を傾けてくれた。

伊勢崎帆奈の両親は教師だった。母親は帆奈の出産と同時に退職し、専業主婦となった。両親がそうであったように高校までは公立校に通い、大学は私大W大学教育学部に進む予定だった。将来はこれをやりたいという確固たる希望もあったわけではない。自分も両親と同じ道をきっと歩むことになるだろうと、漠然とだが思っていた。それが変ったのは高校三年生の夏休みだった。

きっかけは親友の死だった。

高校では伊勢崎も親友の夏美も、成績はいつもトップテンに入っていた。ライバルというよりも、大学をどこにするか、入試や学内のテストの情報交換をしていたが、それよりも二人でよく遊びにでかけた。親に内緒で学校を休みディズニーランドに行ったこともあったし、映画もよく一緒に観た。

男女共学で当然付き合う男子生徒もいた。ふったりふられたりで、恋人の話もよくした。しかし、高校二年の冬休みが終わった頃から、夏美は学校を欠席する日が多くなった。

電話をしても出ないことが多くなり、メールを送っても返信はなかなか戻ってこなかった。自宅を直接訪ねた。

以前の夏美の面影はまったくなかった。髪は何日も洗っていないのか逆毛立ち、肌も荒れていた。その姿に伊勢崎は言葉を失った。今から思えば、夏美は心を病んでいたのかしれない。

その時はただ悩みごとを抱え、一人で苦しんでいるとしか思えなかった。夏美は進路に迷っていた。迷うというよりも、親の敷いたレールの上を走るように求められていた。それに疲れきっている様子だった。両親は医師をしていた。夏美も医学部に進むものとばかり伊勢崎は思っていた。

しかし、夏美は医学部ではなく演劇の世界に進みたいという希望を持っていた。それを親に打ち明けたのが二年生の冬だった。親は聞く耳を持たなかった。そこから夏美の抵抗が始まった。

最初は登校拒否、そしてひきこもり。親は医学部進学だけで頭がいっぱいで、無理やり高校に通学させた。しかし、登校すると言って家を出た夏美は、学校には姿を見せなかった。ようやく連絡が取れて伊勢崎は渋谷で夏美と会った。

待ち合わせたのは１０９の前だった。髪を金色に染めて、キャバクラ嬢のような化粧をしていた。タバコを吸いながら伊勢崎を待っていた。以前の夏美とは違ってまるで別人だった。

「どうしているのよ、メールを送っても返しはないし……。手紙も送ってもなしのつぶて」伊勢崎は怒った口調で夏美に語りかけた。

伊勢崎は長い手紙を書き送っていた。元気になってディズニーランドに行ったり、映画を観に行ったりしようと。この一年を乗り越えればまた楽しい時間が過ごせるとも書いた。しかし、返事はこなかった。

学年末試験を終え、高校三年は受験に備えるだけだった。公立高校とはいえ、二人が通っていたのは進学校で、東大、早慶に合格者を多く出していた。

夏美の周囲には同じような化粧をして、伊勢崎がそれまで会ったことのないような女性が、二人の様子を見つめていた。

「いろいろあって……」

夏美は言い訳をした。それを制して伊勢崎が夏美をなじった。

「何がいろいろよ、オジサンもオバサンも皆が心配しているのがわからないの」

「親は私のことなんて何も思ってはいないよ」

夏美が空に向かってタバコの煙を吐き出した。伊勢崎は口にくわえたタバコを取ると、地面に叩きつけ、靴で踏み消した。

「心配しているって言ってるのがわからないの」

伊勢崎が怒りをぶつけると、夏美が急に泣き出した。予想もしていなかった。大粒の涙を流しながら言った。

「帆奈だけだよ、ホントに心配してくれるのは」

「そんなことないって」

夏美は子供のように泣きじゃくりながら首を横に振った。その様子を見ていた彼女の仲間が夏美を誘った。

「そろそろ行くけど、夏美はどうする」

涙を拭《ふ》くと夏美は彼女たちの後を追った。

「待ちなさい」

伊勢崎は夏美を呼び戻そうと思った。

呼び止める伊勢崎の方を振り向いて夏美が言った。

「帆奈、ありがとう。本当に心配してくれる仲間がいるんだって思うと、少しは生きる元気が出たよ」

そう言って夏美は雑踏に消えた。かすかに笑ったように見えた。


それからしばらくして夏美が退学処分になったことを知った。退学処分の理由ははっきりしなかったが、噂では援助交際と薬物使用で補導され、それが学校側に伝えられたようだ。伊勢崎は自分の進学問題で精一杯、夏美を思う余裕はなかった。

三年生の七月、まだ梅雨は明けていなかった。夏美から突然メールが入った。

「会ってくれる?」
二、三度同じメールが入った。すべて無視した。

「お願い、会って」

伊勢崎はこのメールに返信した。

「会えないよ、だって夏美、薬物に手を出したんでしょう」

それっきりメールは来なくなった。

夏休みが終わろうとしていた。新宿警察署から伊勢崎の親に突然連絡が来て、事情聴取に協力してほしいと頼まれた。その電話で夏美が歌舞伎町のラブホテルで絞殺されたことを知らされた。

夏美の所持品の中から伊勢崎の手紙が出てきて、名前がわかったようだ。これまでの事情を知っていたら教えてほしいという捜査協力を求める電話だった。保護者同席の上で聴取に応じた。

新宿署で伊勢崎が見せられたのは、春休みに送った手紙だった。「心配している」とい書いた文字の横にボールペンで「ありがとう」と夏美の文字で記され、さらにその下には「ごめんね」と走り書きされていた。

その後は受験勉強どころではなかった。

何故あの時に会ってやらなかったのか。あのメールは夏美が救いを求めるサインではなかったのか。いやサインだった。不安になるのか、夏美は「ずっと友だちでいようね」というのが口癖だった。

夏美のサインを見落としたのではない。それを伊勢崎は拒絶したのだ。あの時に会っていれば、夏美を救えたかもしれない。そう思うと、その夜からは伊勢崎は眠れなくなってしまった。

夏美の葬儀が身内でひっそりと行われた。夏美の両親から参列してやってほしいと頼まれた。

両親は後悔の言葉をしきりに口にした。

「演劇の世界に進ませればよかった。伊勢崎さんは夏美の分まで、自分のやりたいことをやって生きていってください」

そんな言葉をかけてくれたが、伊勢崎は逃げるようにして葬儀会場から離れた。

司法解剖の結果、死因は絞殺だが、体内からは薬物が検出された。自分で覚醒剤を吸引したのか、あるいは吸引を強制されたのかは不明だ。

犯人はすぐに逮捕されると見られていたが、警察はなかなか容疑者を特定することができなかった。

夏美の死には自分にも責任があると伊勢崎は思った。わだかまる思いは今も心に堆積したままだ。夏美に許してもらうには、刑事なり、犯人を逮捕することだとまで思いつめた。

犯人はその年の暮れにあっけなく逮捕された。覚醒剤の所持、使用で身柄を拘束され、夏美の殺害現場に残されていた指紋、DNAから犯人と判明した。

三十歳の住所不定の男だった。ヤクザでもなく、親のスネをかじって生きるダメ男のように伊勢崎には感じられた。

何故あんな男に殺されなければならなかったのか。男は夏美から殺してほしいと懇願されたと、殺害の動機を語った。それを聞き、裁判を傍聴する気も失せたし、判決にも関心がなくなった。

何故死にたいと訴える夏美に会ってやらなかったのか。会おうとしなかったのか、そんなに受験が大切なのか。伊勢崎は自分を責めた。

孤独は生きる勇気さえも打ち砕いてしまうことを知った。

本当の闇はすべての視界を閉ざし、何も見えなくしてしまう。だからそばにいて温もりだけでも感じさせてやらなければならなかったのだ。たったそれだけのことが伊勢崎にはできなかった。一条の光もささない世界に夏美を置き去りにした。

夏美の死は生きることの意味を伊勢崎に突きつけた。

伊勢崎は志望学部を教育学部から法学部に変えた。そして大学を卒業すると、迷わず警視庁に入庁した。

伊勢崎は三階の取調室に階段を使って上がった。どこの警察署もそうだが、日野警察署も老朽化が目立ち、壁は長年の汚れとタバコのヤニで薄茶に変色している。その上にカビ臭い。

大河署長が用意しておいてくれた書類は交通事故の実況見分調書、現場写真、事故当事者の証言を記したものだった。

調書のいちばん上には「都道二五六号線日野本町七丁目五番四号付近三叉路における三重衝突事故実況見分調書」と記されていた。二〇〇七年、国道二〇号線日野バイパスが開通し、同時に旧二〇号線は都に管理が移管され、都道となった。

伊勢崎はすぐに「三叉路」という文字に目がいった。スマホを取り出し、場所を確認した。日野警察署と目と鼻の先で事故は起きている。日野本町二丁目交差点と川崎街道入口交差点との中間にある三叉路で信号機はない。交差点付近には日野図書館がある。

事故が起きたのは、二〇一二年二月十一日午前八時三十分頃だった。

この事故で死亡したのは三人。いかに重大な事故だったかがうかがえる。旧国道二〇号線を日野方向から立川方面に向かう上り車線にスズキアルトが走り、立川から日野方面に向かう下り車線にトヨタライトエースバンが走行していた。その後ろに四トントラックいすゞエルフが続いている。

古い調書は悪筆な手書きで、書き手の文字は読むのに手間取るが、最近の調書はパソコンで入力されていた。

伊勢崎は部屋の壁に染みついたタバコの嫌な臭いだけが気になった。

軽乗用車スズキアルトを運転していたのは柳原和義で、助手席には立川の駅ビル内にある洋品店で働く長女の美香が乗っていた。

橘高《きったか》一郎は助手席に妻の佐知代を乗せてトヨタライトエースバンを運転していた。日野市内にある自分たちが経営する電気店に向かう途中だった。電気店は三叉路を右折し、五百メートトほど走ったところにあった。

いすゞエルフ四トントラックを運転していたのは、上田鉄平だった。

「上田鉄平はこんな大きな事故に巻き込まれているのね……」

伊勢崎はひとり言を呟きながら先を進める。

旧国道だが道幅はそれほど広くなく、現場は片側一車線だ。

アルトを運転していた柳原和義は、すぐに病院に搬送されたが頭蓋骨骨折で救急車の中で死亡した。長女の美香は胸部圧迫骨折で意識不明の重体、T大学医学部附属八王子病院に救急搬送されたが、その後死亡。

ライトエースバンを運転していた橘高一郎は胸部打撲で肋骨《ろっこつ》を折る重体、助手席に乗っていた佐知代は全身打撲、内臓破裂で即死だった。

いすゞエルフを運転していた上田鉄平だけはほとんど無傷で、その場で事情聴取に応じている。

調書には、事故当時の車両の破損状況やブレーキ痕を写した写真が添付されていた。衝撃の強さを物語るようにアルトのフロント部分は全体が押し潰され、ハンドルは飴細工のように半分に折れ曲がっていた。

ライトエースバンのフロント部分にその先端部分を突き刺すように衝突し、原形を留めていなかった。

ライトエースバンはその衝撃で、運転席、助手席は完全に潰れ、特に助手席は後部座席のところまで押しやられていた。

いすゞエルフはフロントバンパーが凹《くぼ》み、落ちかけてはいたが、それ以外の損傷はなく走行にも特段の問題はなかった。

実況見分調書を読み進めるうちに、のんびりと調書を読んでいるよりも、捜査本部に戻り、神保原に事故の概略だけでも伝えるべきだと、伊勢崎は判断した。重要と思われる部分だけを読み、手帳にメモした。

上田鉄平は事故直後、現場検証に立ち会い、日野警察署交通課の警察官の質問に答えている。当時の上田鉄平は、小さな運送会社にアルバイトで勤務していた。

「日野営業所に集められた荷物を、成田空港に始発便が飛び立つ前までに、P運送会社の倉庫に輸送する仕事で、午前二時三十分にはP運送倉庫に配送を完了し、戻る時は経費節減のために一般道を通って戻ってきました」

　事故は日野営業所まで五分もかからない場所で起きていた。

「川崎街道入口交差点は青信号だったので、時速五十キロメートルくらいの速度で走っていたと思います。その先の日野本町二丁目交差点が見えました。黄色に変わり、速度を落とそうと思っていた時でした。前のトヨタライトエースバンがウィンカーも出さずに、急に減速し、右折しようとしたのです。咄嗟《とっさ》にブレーキを踏み、ハンドルを左に切って衝突を回避しようとしました。しかし、避けきれずにライトエースバンの後部左側に激しく衝突してしまいました。ライトエースバンはその衝撃で反対車線に飛び出してしまい、反対方向から来る軽乗用車に正面衝突するような格好で三叉路で停止しました」

　アルトとライトエースバンは両方ともフロント部分を大破し、運転手、助手席の同乗者を救出できるような状態ではなかった。通りがかりの通行人、後続車両からも運転手が降りてきて、救出を試みたが人間の力で車内から救出できるような破損状況ではないのは一目でわかった。

　三台の車のブレーキ痕、破損状況、走行速度、三叉路付近の地図などや、上田鉄平が目撃した衝突までの様子が、時間的経緯に合わせて、詳しく実況見分調書には描かれていた。

事故から二ヶ月が経過しようとしていた。橘高一郎は回復し、そして三叉路での実況見分に立ちあった。

「店は三叉路を右折し、少し走った場所にある。知らない道ではなく、毎朝通っている道だ。川崎街道入口交差点を過ぎたあたりから徐々に減速し、ウィンカーも早めに出していた。ウィンカーを出さずに、急に減速、急に右折しただなんて、とんでもない濡れ衣だ」

橘高一郎の証言が記されている。

しかし、橘高は「業務上過失致死罪」に問われた。

この事故は三人も死亡し、できたばかりの東京地方裁判所立川支部の法廷で裁かれることになった。

詳細な読み込みをせずに伊勢崎は、署長室を訪れた。

「もう読み終えたのか」

大河署長が訝しげに伊勢崎に尋ねた。

「いえ、一部しか読んでいません」

「緊急の招集でもかかったのか」

「神保原刑事と一緒に再度うかがわせてもらうことになると思います。とりあえず今日のところはこれで引き揚げます」

こう言って、伊勢崎は署長室を出ると、日野警察署前の駐車場まで走った。

一刻も早く神保原に知らせなければと思ったのは、実況見分調書を作成した、当時の日野警察署交通課警察官の名前だった。

実況見分調書作成の名前は山本幸太と記されていたのだ。

9 生存

磯田は府中警察署の署長に、本部長の了解を取らずにもう一人捜査員を出すように要請した。本部長に話を通している余裕はない。山本紀子の父親、内藤満が不可解な動きを見せている。逢坂も小田切も内藤満を尾行すればすぐに気づかれる。刑事課の若手に六月六日夕方から高幡不動駅近くにあるコンビニで張り込みをしてもらった。

その様子を逐次報告させた。

八王子のタワーマンションに住む上田哲司弁護士と会った帰りなのだろう。しばらくすると内藤満の運転する車が自宅駐車場に戻ってきた。慌てている様子で家に入った。

しかし、五分もしないうちに玄関から出てくると、そのまま高幡不動駅方向に早足で向かった。焦っているのか、尾行されていることなど想像もしていないのか、後ろを振り返ることもなく歩いて行くと、若手刑事が連絡してきた。

内藤満は高幡不動駅に着くとＩＣカードを使って改札口を通過した。上りホームに駆け上がるとすぐに特急新宿行きが入線し、内藤満はそれに乗った。

内藤満の様子は、時計を見たり、車窓に目をやったり、とにかく落ち着きがなく、苛立っているようだ。

〈どこに行こうとしているのだろうか〉

磯田にも見当がつかない。

特急は終点の新宿駅に着いてしまった。若手刑事は内藤満の五、六人後ろを慎重に尾行している。

内藤満はＪＲ乗換改札口を通った。地下通路を通り中央線上りホームに出た。新宿を出れば、四ツ谷、御茶ノ水、神田、そして東京だ。東京から新幹線を使うことも予想されると、若手から連絡が入る。緊張しているのか、声がうわずっている。

「内藤のジイサンがどこに行くのか、気づかれないように最後まで尾行してくれ」

〈了解〉

内藤満は結局、東京駅まで乗車し、丸の内北口改札から外に出た。駅の案内掲示板の前に立つと、どこか場所を探しているらしい。ようやく場所が確認できたのだろう。再び足早に歩き出した。内藤満は駅構内から出ることはなく、丸の内北口改札近くにあるコインロッカーに向かった。

コインロッカーの前まで来ると、ポケットから鍵を取り出し、ロッカーの番号と見比べているようだ。

〈ロッカーに何かを保管してあるようです〉

つなぎっぱなし携帯電話から声が流れてくる。

「悟られないように中身を確認してくれ」

〈携帯電話のようです〉

これまでの経過から考えると、誘拐犯からのトバシ携帯を受け取った可能性が考えられる。

〈もう一つはＤＶＤのようです〉

内藤満は携帯電話とＤＶＤをジャケットのポケットにしまうと、すぐにＪＲ中央線のホームに戻った。

若手刑事は詳細を磯田に報告した。

内藤満は新宿駅で乗り換えて、特急京王八王子行きに乗った。

「内藤は府中駅で降りて、山本のところに来るかもしれんな」

磯田が隣にいる逢坂に小声で言った。

その言葉通り、内藤満は府中駅で下車した。

〈山本のマンションに向かっているようです〉

報告を聞き、磯田が言った。

「ご苦労だった。後はこちらに任せてくれ」

若手は府中駅で降りた内藤満が山本幸太の自宅マンションのエントランスに入るの

を確認し、府中警察署に戻った。

内藤満の動きを逐次報告を受けていた磯田は、内藤が戻ってきたところで、東京駅のロッカーで入手したトバシ携帯、そしてDVDを自発的に出してもらうしかないと思った。山本一家は、捜査本部の目をかすめては犯人グループと密かに接触しているのだ。その方法も気になるが、犯人グループのいいなりになって、要求を全面的に受け入れたとしても、人質の美奈代が無事に解放されるという保証は何もないのだ。

玄関のチャイムが鳴った。寝室にこもっていた山本紀子が玄関に走る。山本紀子の前に小田切が立ちはだかる。

「奥さん、すまんが少しおとなしくしていてくれ」

磯田がこう言いながら玄関に行って、ドアロックを解除した。

玄関で出迎えた磯田に、内藤満は少し驚いた表情を浮かべたが、「ありがとうございます」と言いながら靴を脱ぎ、中に入ろうとした。

「少し話をしたいのだが……」磯田が言った。

「何でしょう」

怯えた顔に変わる。

「本当に孫を救いたいと思っているなら、東京駅のロッカーから取り出したものをすべて出してほしいんだ」

内藤満から血の気が失せた。貧血で倒れる患者のようだ。寝室から山本幸太が飛び出してきたが、逢坂に制止された。

「今あなたが持っている携帯電話で犯人グループと連絡を取れば、それこそ相手の思うつぼだ。事件解決が遅れるだけだぞ」

磯田は静かな口調で言った。その声は山本夫婦にも聞こえているはずだ。磯田は内藤満というよりも、山本夫婦に語りかけているのだ。

「今朝孫の着替えを持って自宅に戻ったが、その後、内藤さん、あなたどうした」

内藤は唇を噛みしめている。何も答えようとしない。救いを求めるように視線をリビングにいる山本幸太に向けている。

「八王子駅南口前のタワーマンションを訪れているよな」

山本夫婦も、内藤満の動きが警察に監視されていたのを悟っただろう。

「誰に会いに行ったんだ」磯田が問いつめる。

それでも内藤満は口をつぐんだままだ。

「あのマンションには上田哲司弁護士が住んでいるが、何か法律相談でもあったのだろうか……」

「義父をそれ以上追いつめないでください。すべて私に責任があります」

リビングから山本幸太が叫んだ。

ようやく事実を話す気になったらしい。磯田や府中警察署の逢坂、小田切らは事件発生以後、山本のマンションに常駐し、山本夫婦が自由に動くことは不可能だ。二人の手足となって動けるのは内藤満しかいない。

東京駅のロッカーの鍵が、犯人グループからいつ山本らに渡ったのか、上田哲司との関係も、山本幸太本人から聞き出さなければならない。

「こちらで話しましょう」

逢坂が磯田をリビングに呼んだ。ソファに磯田、逢坂が座り、センターテーブルを挟んで山本幸太と内藤満が座った。

山本紀子は寝室にこもったままで、小田切が一時も離れずに付いている。

「お義父さん、ご迷惑をおかけしてすみません」

山本幸太が内藤満に頭を下げた。

「いいのか」

内藤満が確認を求めた。無言で山本幸太が頷いた。内藤満はロッカーから取り出した携帯電話とＤＶＤをセンターテーブルの上に並べた。

府中警察署の若手刑事から報告を受けるのと同時に、捜査本部は東京駅丸の内北口改札近くのコインロッカーに携帯電話とＤＶＤを保管した人物の割り出しにかかっている。コインロッカー周辺を撮影した防犯カメラ映像を徹底的に分析すれば、誘拐犯の特定につながる。しかし、保管した日が三日前であれば、保管した人間の特定に手間取ることも予想される。

誘拐犯を絞り込んでいくには、山本幸太の協力が不可欠なのだ。

「犯人からの連絡はいつあったんだ」

磯田が聞くと、逢坂も身を乗り出した。事件発生以後、逢坂もほとんど山本のマンションに詰めている。どうして山本が犯人と連絡を取れたのか、いつ取っていたのか、逢坂にも刑事としてのプライドがある。

「申し訳ありません」

山本幸太は二人に向かって頭を下げた。

「謝れと言っているわけではない。どうやって犯人グループと連絡を取っていたのかと、私は聞いているんだ」

美奈代が誘拐されてから五日が経過している。さすがの磯田にも燃えた竹がはじけるような苛立ちが思わず顔に表れる。

「連絡はありませんが……」

磯田も逢坂も山本幸太の次の言葉を待った。

「新横浜駅のコインロッカーに実は封筒の他にも」

山本幸太が言葉を詰まらせた。

「ロッカーの鍵があったのか」

磯田が確認を求めると、山本幸太が「申し訳ありませんでした」と首をうなだれた。

横浜線のホーム端にロッカーはあり、山本幸太に接近すれば、犯人に気づかれる可能性が高く、磯田も逢坂も距離を取っていた。

「でも、どうして鍵のことを言わなかったんだ」

「鍵に小さなタグが結ばれていて、表には美奈代の文字で『しゃべらないで』と書かれていたんです。それで封筒と一緒にロッカーから取り出し、汗を拭くためにハンカチを取り出す時に、ポケットにしまい込みました」

山本幸太がしきりに汗を拭っていたのを磯田は思い出した。山本が隠して持ち帰った鍵のタグの裏には『とうきょうえきまるのうち』とも記されていた。両親は東京駅のロッカーの鍵だとすぐにわかった。

しかし、どちらかが東京駅に向かったとしても、怪しまれる。そこで内藤満を東京駅に行かせたのだ。内藤満が持ち帰った携帯電話もおそらくトバシ携帯だ。電源を入れた段階で、犯人グループはGPS機能を使って位置を確認しながら、要求を山本夫婦に突きつけるつもりだろう。

「ロッカーの鍵についてはわかった。上田哲司弁護士のところに何故行ったのか聞かせてもらおう」

「それは私から説明します」

内藤満が突然割り込んできた。

「上田弁護士は、東京弁護士会で人権擁護委員会の役員をしていると聞いたので、弁護士会からも警察の方に早期解決を要請してもらおうと、そのお願いに上がりました」

磯田は神保原、伊勢崎の二人が日野警察署で調べ上げた過去の事故についての報告を聞いていた。しかし、その件は触れずに、山本幸太に視線を向けた。

「そうなのか」

「お義父さんが上田弁護士のところに行かれたというのは、私は今初めて聞くお話です」

トバシ携帯がくくり付けられていた四トントラックの運転手が上田鉄平だと知った時、山本幸太はおそらく自分が指揮を執った大事故の当事者だと思い出したはずだ。三人もの死者を出した凄惨《せいさん》な事故などめったに起きるものではない。

しかもサイドバンパーにくくり付けられていたトバシ携帯について上田鉄平から事情聴取をすると、すぐに父親の上田哲司弁護士が捜査本部にまでやってきたのだ。元検事の上田哲司、そしてその息子だと、山本幸太にはわかったはずで、大事故を思い出さない方が異様だ。それに新横浜駅のロッカーからは「三叉路ゲームスタート」と記された謎のメッセージまで出てきているのだ。

いや、思い出しているのだろうが、その点について聞かれるのが嫌なのだろう。それがわかるからこそ、突然、内藤満が説明を始めたのだ。日野市で起きた交通事故については徹底的に捜査する必要があるだろう。しかし、磯田はそれ以上の追及を避けた。長女を誘拐されている山本をこれ以上追いつめ、捜査本部に対して不信感だけを増幅させる状況は避けなければならない。

磯田は寝室に聞こえるように小田切を呼んだ。

「奥さんと一緒にリビングに来てくれ」

小田切は睡眠を取る以外は紀子から離れようとしない。辟易《へきえき》している様子が紀子からうかがえる。しかたない。わずかな隙をついてユーチューブを立ち上げてしまった。それによって誘拐事件が世間に知られてしまった。捜査に支障をきたすのは明白だ。これ以上新たな動画を公開されれば、さらに事態は混乱する。

小田切は同じ失敗を繰り返してはならないと、並々ならぬ決意で臨んでいるのだろう。

「私はパソコンは苦手なんだ。これを頼む」

磯田がＤＶＤを渡すと、小田切はリビングの隅に置いてあったリュックサックからノート型パソコンを取り出し、センターテーブルの上で起動させた。ＤＶＤには犯人からの要求か、何らかのメッセージが保存されているのだろうと磯田は想像した。

小田切がノート型のパソコンにDVDを挿入した。

「保存されているデータは映像ですね」小田切がモニターに目をやりながら言った。

「再生してくれ」

磯田が促すと、山本夫婦、内藤満がモニターの前に集まってきた。

再生をクリックすると、現れたのは美奈代のアップの映像だった。部屋の周囲を見られたらまずいと考えているのだろう。美奈代の顔以外は映り込んでいない。

〈ママ、早く迎えに来て、美奈代は元気だよ〉

映像は十秒にも満たないものだった。映像だけではわからないが、美奈代からは怯えている雰囲気は感じられない。

「美奈代、ごめんね」

紀子が前に出てきて、涙ぐみながらモニター画面の美奈代に語りかけた。

「撮影された日付は、六月三日になっていますが、事実かどうかはわかりません」

小田切が映像に記録されているデータを報告した。

「映像以外のデータは保存されていないのか」

「はい、通常のパソコンで読み取れるものはこれしかありません」

犯人グループの要求が保存されているかと思ったが、それもない。美奈代にも危害が加えられている様子もない。犯人グループの要求がまったく見えてこない。

　磯田は竹中本部長に連絡を入れ、これまでの状況を報告した。磯田は自分の意見は述べずに竹中本部長の意見を聞くだけだった。捜査本部の方針を山本幸太には知られたくないからだ。

「では、二時間後に」

　こう言って磯田は電話を切った。

「私はもう少しここにいて、二時間後に捜査本部で会議があるので青梅署に戻ります。後は逢坂さんと小田切君で、こちらはお願いします」

「わかりました」逢坂が答える。「それでこの携帯はどうしましょうか」

「本部長は電源を入れて、相手からの連絡を待ってくれという指示だった」

内藤満が持ち帰った携帯電話を磯田は小田切に渡した。

「この携帯電話の番号を出してくれ」

　小田切は慣れた手つきで携帯電話を操作した。

「電話番号は〇八〇-△△△△-××××で、メールアドレスは〇〇〇〇@□□□□.jp、通話記録、通信履歴もすべて削除されています」

　電源を入れたことで犯人グループには、携帯電話とDVDが山本側に渡ったことが伝わる。相手は携帯電話が山本のマンションにあり、どこにも移動していないのが、

GPS機能でわかるはずだ。DVDのコピーを山本紀子に取らせ、オリジナルは捜査本部に持ち帰ることにした。

携帯電話を入れてから一時間、犯人グループからは結局何の連絡も入らなかった。磯田は逢坂、小田切の二人を山本宅に残し、青梅警察署に戻った。


捜査員が続々と捜査本部に集まってくる。神保原は竹中本部長から日野警察署で入手した日野本町七丁目の三叉路で起きていた二〇一二年二月の事故について報告するように言われた。

捜査本部の会議は午後十時から開かれる。会議が終わった頃には日付も変わり、事件発生から六日目に入る。決定的な手がかりはまだ何もつかめていない状況だ。捜査本部に戻ってくる捜査員は誰もが無口で、疲労を滲ませている。

青梅警察署三階に設けられた捜査本部は刺々しい雰囲気につつまれていた。

竹中本部長はほとんど睡眠を取っていないのだろう。スーツに身を固めてはいるが、脂ぎった顔に不精髭《ぶしょうひげ》が伸びている。

「連日のハードな捜査、ご苦労。誘拐という卑劣な犯罪を許すわけにはいかない。一刻も早く人質を解放して、事件の全面解決を目指したい。ここにきて有力な手がかりが上がってきた。まず、青梅署の神保原から報告してもらう」

神保原は「都道二五六号線日野本町七丁目五番四号付近三叉路における三重衝突事故実況見分調書」の分厚いコピーを手にして立ち上がった。

「誘拐犯は新横浜駅ロッカーに『三叉路ゲームスタート』という謎めいたメッセージを残しています。これからご報告するのは、このメッセージに関連するかもしれない事故についてです。そして、上田鉄平が運転する四トントラックのサイドバンパーにトバシ携帯がくくり付けられていましたが、もしかすると犯人グループは偶然ではなく、上田鉄平のトラックをターゲットにしていた可能性も考えられます」

捜査員から軽いどよめきが起こる。

「日野警察署の大河署長から連絡をもらい、この事故が浮かび上がってきました。当時、上田哲司、鉄平親子は八王子市に住んでいました。鉄平は未成年の頃、暴走族に加わり、八王子署、日野署、あるいは近辺の警察署に暴走行為とスピード違反で複数回検挙されています」

神保原は上田鉄平の非行歴を詳細に伝えた。

「少年院に収監された経験はありません」

これだけ言えば、すべての刑事が何らかの配慮が上田鉄平に対してなされていただろうと想像するはずだ。

「上田鉄平はその後、少年時の暴走行為から決別し、まじめに運送会社で働いていましたが、二〇一二年二月十一日午前八時三十分頃、日野本町七丁目五番四号付近の三叉路で、三重衝突事故に巻き込まれます。この事故によって三人の命が奪われています」

　神保原は事故の概略を説明し、現場は日野本町二丁目交差点と川崎街道入口交差点との中間にある三叉路で信号機はなく、通常では考えにくい事故だと付け加えた。

　軽乗用車のスズキアルト、トヨタライトエースバン、そしていすゞエルフの三台が衝突した。軽乗用車アルトを運転していたのは近くに住む柳原和義、助手席には長女の美香、二人とも死亡。

　トヨタライトエースバンを運転していたのは橘高一郎で、助手席に妻の佐知代を乗せていた。橘高一郎は生命を取り留めたが、妻は死亡。

「いすゞエルフ四トントラックを運転していたのは上田鉄平で、彼はほとんど無傷で、事故直後の実況見分に立ち会っています。実況見分を担当したのが、当時日野署交通課に所属していた山本幸太です」

　事故から二ヶ月後、トヨタライトエースバンを運転していた橘高立ち会いのもと、実況見分が行なわれた結果、橘高一郎は業務上過失致死罪で逮捕され、東京地裁立川支部で有罪の判決を受けている。

「橘高一郎は無罪を主張しましたが、上田鉄平の主張が通り、有罪判決を受けて収監されています。控訴は断念したようで、地裁判決で裁判は終結しています」

神保原の報告が終わると、再び竹中本部長が声を張り上げた。

「この事故と誘拐事件が関係しているという確証はないが、神保原刑事の報告からもわかるように、上田鉄平、そして実況見分を担当した山本刑事に怨みを抱く者がいる可能性が出てきたということだ。これに関連して、本庁の磯田刑事からも報告してもらう」

磯田がおもむろに立ち上がった。ＤＶＤを近くにいた本庁の刑事に渡し、モニターに映し出すように指示した。

「実は新横浜駅ロッカーには、『三叉路ゲームスタート』という訳のわからないメッセージと一緒に、東京駅丸の内北口のロッカーの鍵がしまわれていた。山本刑事は密かに自分のポケットにしまい込み、自宅に持ち帰っていた。その鍵にタグが付けられていて、誘拐された娘の文字で『しゃべらないで』と書かれていた」

磯田は、その鍵を山本紀子の父親、内藤満が密かに受け取り、東京駅から持ち帰ったのが携帯電話とＤＶＤだと説明した。

「東京駅ロッカーに入っていたＤＶＤには美奈代の映像が保存されていた。それをまず見てもらう」

十秒にもならない映像が、大型画面に映し出された。

「ご覧のように美奈代本人からは怯えた様子は感じられない。犯人グループによって、それなりの世話はしてもらっているのだろうと想像できる」

ロッカーの中には携帯電話もあった。

「これまでの経緯から考えればトバシ携帯だと思われる。おそらくGPS機能で、府中の山本のマンションにあるというのは、犯人グループは承知しているだろう」

磯田の報告を途中で遮り、竹中本部長が割って入った。

「犯人グループは、その携帯の存在にわれわれが気づいていないと思っている可能性はありますね」

「あると思いますが……」

磯田が何かを言おうとしたが、それを封じるように竹中本部長が言葉をかぶせた。

「犯人はその携帯で山本夫婦に人質釈放の条件を伝えてくる可能性がある。その時がチャンスだ」

磯田は浮かぬ表情に変わった。犯人グループは用意周到に犯行を進めている。美奈代が書いたタグのメモや、ロッカーの鍵を隠すくらいのことは山本幸太にできても、二十四時間自宅マンションに待機している警察の目を盗んで、連絡を取ったり、まして犯人と接触したりするなど到底不可能だ。犯人グループは携帯電話が警察の手に渡るのを最初から計算ずくと思った方がいいだろう。

磯田はそのことには触れず、内藤満が東京駅に向かう前に不可解な行動を取っていたことを説明した。

「八王子のタワーマンションに住む上田哲司弁護士を訪ねている。本人は、東京弁護士会の重鎮でもある上田弁護士に、事件の早期解決を弁護士会からも要請してほしくて訪ねたと言っているが、そんなことが理由だとは思えない」

「磯田刑事はどのようにお考えなのでしょうか」

竹中本部長が聞いた。

「わかりません。ただ、さきほど神保原刑事から報告があったように、日野三叉路の事故が関係しているのではないかと、明確な根拠はありませんが、そう思えます」

捜査本部の部屋のドアが開いた。本庁の捜査員が息を切らせながら入ってきた。

「東京駅丸の内北口のロッカーを映した防犯カメラ映像を入手、ロッカーに携帯電話とDVDを保管したと思われる人間を特定しました」

新たなDVDが美奈代の姿を映したDVDと交換された。

「早送りで四日の午後七時まで送ってください」

こう言って、先を続けた。

「結論から先に言いますと、事件発生の二日から四日午後七時まで、鍵とDVDが保管されていたロッカーを使用した者はいません」

早送り映像が止まった。

「映してくれますか」

モニター画面から、年老いた男と女がロッカーに何かを入れているのがわかる。

「この二人が誘拐事件に関与していると思われます」

夫婦かどうかはわからない。ロッカーに鍵をすると、同じ方向に向かって歩き、去っていった。ロッカーの背後を行き交う人波も多い。

「もう一度、その映像を出してくれますか」

やはり本庁から派遣されてきている刑事が言った。再度同じ映像が映し出される。

「こちらの映像も映してくれますか」

捜査員がＵＳＢメモリーを渡した。

「十日町市千手郵便局管内コンビニというタイトル名の映像を再生してくれますか」

犯人グループからの二通目の手紙は千手郵便局管内のポストに投函されていた。

「映像は千手郵便局の近くにあったコンビニの二日午後の映像です。確か四時過ぎだったと思う。二日四時から再生してくれますか」

コンビニに入って来る客を頭上から映している映像だ。七分が過ぎた頃だった。年老いた二人連れが入店した。

「止めてくれますか」

映像が停止した。

「東京駅の映像と並べて映すことは可能ですか」

すぐに捜査員が操作して、ロッカーの前に立つ二人の老人の映像をモニターに映し出した。

「多分同一人物だと思うのですが、どうでしょうか」

映し出された映像は正面頭上からのものと、右斜め背後からの映像で角度は違うが二人とも同一人物に見える。

「かなり犯人像は見えてきたな」

竹中本部長は自信ありげに言った。

10　業務上過失致死

　神保原一徹は捜査本部の会議が終わった後、わだかまる思いを払拭《ふっしょく》できないでいた。竹中本部長は、東京駅丸の内北口改札近くのロッカーにトバシ携帯とＤＶＤを保管した年老いた男女が、誘拐事件に深く関与していると見て、それらから指紋を検出するように指示し、十日町市千手郵便局管内、そしてコンビニ店員、周辺住民の聞き込み再捜査を命じた。

　神保原には三人が犠牲となった日野市での交通事故について、犯人逮捕につながるような情報が得られないか、検討してみてくれという指令だった。交通事故についてくは当然徹底的に調べ上げる必要がある。しかし、日野の交通事故について捜査できるスタッフは神保原と伊勢崎の二人だけだ。

「十日町市のコンビニと東京駅ロッカーの防犯カメラに映っていた二人を、目撃情報と防犯カメラから、本部長は割り出すつもりのようですね」

　伊勢崎も半ば呆《あき》れ顔で、捜査員に同情している様子だ。

　東京駅の一日平均の乗降客数は約四十五万人だ。その中から二人を割り出し、どこから東京駅までやってきて、どこに戻っていったかを防犯カメラで探し当てるなど、江の島海岸に落としたダイヤモンドを探し当てるより困難な仕事のように思える。
「十日町市だって、一度捜査をしているんでしょう。当日勤務していたコンビニの店員に聞いて、手がかりになるような証言が出てくれば別でしょうが、出てこないのであれば、上田哲司、鉄平父子、そして山本幸太から、『三叉路ゲームスタート』に何か思うことがないのか、徹底的に聞き出した方が事件解決の糸口が見つかるような気がします。先輩はどう思いますか」

その通りと答えたいところだが、そうはいかないのが警察組織なのだ。黙って言われた通りに、三叉路の交通事故について調べ直すしかない。

青梅警察署刑事課の自分の席に戻り、実況見分調書を精読することにした。現場は何度も通った経験があり、だいたいの状況は思い浮かべることができる。

事故は午前八時三十分頃に発生した。

上田鉄平の言い分によれば、橋高一郎運転のトヨタライトエースバンが、ウィンカーも出さずに都道二五六号線から事故現場となった三叉路を急に右折、ブレーキを踏んだが避けきれずにライトエースバン後部に追突してしまった。

ライトエースバンはそのまま対向車線に飛び出し、前方から走ってきた軽乗用車アルトと正面衝突してしまったということになる。アルトの方もライトエースバンがウインカーを点滅させていなかったために、速度を落とさずに進み、そのことが結果として重大な事故につながったとしていた。

一方、橘高一郎はウィンカーを出し、徐々にスピードを落としたと主張している。

橘高は退院後の実況見分で証言している。

「日野図書館方面に右折するため、三叉路の三十メートル手前からウィンカーを出し、徐行運転をしていた。三叉路付近で後方からきたトラックに激突され、気がついた時には病院のベッドに寝かされていた」

川崎街道入口交差点の信号から三叉路までは約七十五メートルほどだ。ウィンカーを出すまでもそれほど速度は出ていないと思われる。しかし、徐行運転しながらウィンカーを出したという橘高一郎の主張は、すべて無視され、上田鉄平の主張の通り、実況見分は作成されていた。

東京地裁立川支部も山本幸太作成の実況見分調書に疑問を抱くことなく、懲役四年の実刑判決を下している。三人が死亡しているとはいえ、厳しい判決が下った背景にあるのは、橘高一郎が非を認めることなく、ウィンカーを出していたとし、事故の原因は自分にではなく、いすゞエルフを運転していた上田鉄平にあると主張したことだ。

実況見分調書には、三台の車の破損状況、破損したフロントガラス、ヘッドライト、ウィンカーなどの落下物、三台の車両のブレーキ痕《こん》が詳細に撮影され、添付されていた。神保原は机からルーペを取り出した。まずいすゞエルフ四トントラックがライトエースバンに衝突するまでの経緯を検討してみることにした。

四トントラックがライトエースバンに追突した地点はすぐに解明できた。四トントラックのフロントバンパーに付着していた泥が、ライトエースバンに衝突した弾みで大量に、しかもかたまりとして道路に残されていたからだ。

四トントラックはその地点から三・五メートル先で止まった。

「あれ？」

神保原は思わず疑問の声を上げ、もう一度、実況見分調書に記述されている上田鉄平の証言を読み直してみた。

繰り返しルーペで四トントラックとライトエースバンの追突地点の写真を確認する。

「おかしいだろう、いくらなんでもこれは……」

神保原が一人呟く。

四トントラックはライトエースバンを避けようとして、ハンドルを左に切って、ライトエースバンの後部左側に追突したことになっている。

何なんだ、これは。神保原の心の中に強い疑惑が湧き起こる。怒りも入り交じる。

衝突と同時に落下した四トントラックのフロントバンパーに付着していた泥土から二・七メートル先にガラス片が散乱している。その色、形状からライトバンエースのテールランプと思われる。

何故、こんなことが起きるんだ。いくらなんでもおかしい。ライトエースバンの衝突部分をルーペで確認する。左側テールランプは完全に破壊されていた。四トントラックに追突されたのは間違いない。それならテールランプの破片は、泥土と同じ場所に散乱しているはずだ。

いすゞエルフのフロント部分とライトバンエースの後部写真を交互に注意深く見比べた。破損の状況、残された傷から、二台の車は二度にわたって衝突していたと思われる。一度目は四トントラックのフロントバンパーの左側半分が、ライトエースバンの後部中央を直撃したと思われる凹《へこ》みが確認できる。おそらくこの時にいすゞエルフのフロントバンパーの泥土が路上に落ちたのだろう。

さらに左に大きくハンドルを切った四トントラックのフロントバンパー右側部分が、ライトエースバンの左側テールランプを粉々に打ち砕いている。

トラックのフロントバンパーに損傷箇所が見られるのは、ライトエースバンの後部中央にぶつかったと思われるフロントバンパー左側部分とライトエースバン後部左テールランプ部分を壊したフロントバンパー右側部分で、フロントバンパー中央部はほぼ無傷で大きな損傷箇所は見られない。

しかし、実況見分調書では上田鉄平の証言通り、衝突は一回きりとなっている。四トントラックに追突されたのだ。ライトエースバンを運転していた橘高一郎はその衝撃で失神していたとすれば、二度衝撃を受けたことなど記憶にはないだろう。助手席に乗っていた妻の佐知代は即死しているのだ。

二度目の衝突でライトエースバンは対向車線に突き出されたような格好で、飛び出していったと想像される。そして前方から走ってきた軽乗用車のアルトと正面衝突したとみるのが自然だ。

こんな基礎的なミスの実況見分調書はありえないだろう。破損したテールランプについての記述はまったくない。山本幸太の警察官としての資質を神保原は疑った。

事故現場に残されている落下物、破損した車の一部、車両の破損状況、ブレーキ痕は、上田鉄平の証言通りには起きていないことを物語っている。

軽乗用車を運転していた柳原和義は即死、助手席に乗っていた長女の美香も重傷を負い、回復することなく死亡している。

神保原は次に軽乗用車アルトとライトエースバンの破損状況を確認した。三人が死亡した事故とあって、両車両ともフロント部分は見る影もなく大破している。

正面衝突の衝撃で、双方とも押し潰され、救出どころか遺体を回収する作業にも手間取っただろうと、神保原にも容易に想像がついた。

柳原和義が運転していたアルトのブレーキ痕を確認した。都道二五六号上り線には、実況見分調書によれば八メートルにわたってブレーキ痕が鮮明に残され、そのまま衝突地点に達している。

ここで神保原にはまた一つ大きな疑問が生じた。アルトのブレーキ痕が鮮明すぎるのだ。衝突で止まっていなければ、さらにブレーキ痕が伸びていた可能性が濃厚だ。もし、上田鉄平の証言通りに、ライトエースバンがウィンカーを出さずに急に右折しようとしたのなら、アルトのブレーキ痕は極めて不自然だ。

サッカー競技にはペナルティキックがある。ペナルティエリアで反則を犯せば、ペナルティキックが与えられる。ゴールラインより一〇・九七メートルの地点からゴールに向かってボールを蹴《け》ることが許される。

そのボールを防ぐのはゴールキーパーだが、理論上は一〇〇パーセントの確率でゴールは可能なのだ。プロ選手がボールを蹴った瞬間からネットに吸い込まれるまでの時間は、ゴールキーパーがそのボールに反応するまでの時間よりも短いのだ。

通常危険を察知し、それに反応してブレーキを踏み、ブレーキがかかるまでの時間は、ドライバーの年齢にもよるが、〇・九秒以下から二秒未満とされている。

実況見分調書にはアルト、ライトエースバンの速度が記入されていない。衝突時の速度は破損状況、ブレーキ痕の長さから特殊な計算式で導き出すしかない。それにしてもブレーキ痕の長さから、柳原は危険をかなり早い時期に察知し、衝突地点よりも約十六メートル、あるいはそれ以上離れた地点からブレーキペダルを踏んだと思われる。

道路にくっきりと残されたブレーキ痕が八メートルで実際に停止したと仮定すると、時速は約三十八キロ、危険を察知し、ブレーキを踏むまでの時間に走る空走距離は七・九メートル、ブレーキが作動し、実際に停止するまでの制動距離は約八メートルで、停止距離は約十五・九メートル、二・二九秒ということになる。柳原はライトエースバンが対向車線に飛び出してくる前に、何らかの危険を察知し、急ブレーキを踏んでいたのではないかという疑問が生じる。

アルトがライトエースバンと衝突することなく、そのまま停止するまで十メートルのブレーキ痕を残したとすれば、アルトは時速約四十二キロで走行していたことになり、空走距離は約八・八メートル、制動距離は約十メートルで、約十九メートル手前でブレーキーペダルを踏み、停止するまで二・四五秒かかる計算になる。

実際のブレーキ痕を見ていないから、はっきりしたことはわからないが、衝突して止まらなければ、アルトのブレーキ痕は十メートル以上に達したのではないかと神保原には思える。

これらは一般的な反応時間とされる〇・七五秒で計算されたものだ。橘高の年齢を考慮すれば反応時間はそれより長くなる。つまり衝突する二・二九秒、あるいは二・四五秒以上も前から、柳原は重大な危険を察知したと考える方が自然なのだ。そうでも考えなければ、長いブレーキ痕は説明がつかなくなる。

もし橘高の証言が正しかったと仮定すると、スピードを落としセンターラインよりを走り、ウィンカーで右折を後続車に知らせているライトエースバンに後ろから迫ってくる四トントラックに、柳原は気づいていた可能性が出てくるのだ。

いや気づいたからこそ急ブレーキを踏み、八メートル以上にも及ぶと思われる鮮明なブレーキ痕を残したのではないか。

四トントラックが時速四十キロメートルで走行していたとすれば、秒速約十一メートル、時速五十キロなら秒速約十四メートルだ。

四トントラックはライトエースバンと衝突した弾みで、フロントバンパーに付いていた土砂を落とし、そこから三・五メートル先の地点で止まっている。衝突するまでは四トントラックのブレーキ痕は見られない。

時速三十八キロで走行していた柳原の運転するアルトが停止まで二・二九秒かかったと仮定する。二・二九秒前、柳原がブレーキを踏もうとした瞬間、四トントラックは、時速四十キロで走行していたとしてもライトエースを突き飛ばした地点より二十五メートルも後方、時速五十キロ走行なら三十二メートル後方を走行していたという結果になる。

四トントラックのフロントバンパー右側は、ライトエースバンのテールランプを壊した程度で、左側の損傷と比べると小さな損傷しかないことを考慮すると、四トントラックはセンターラインをオーバーして、右折しようとしていたライトエースバンに気づかずに、そのまま追突した疑いが濃厚になる。対向車線を走っていた柳原和義は、センターラインを越えて走ってくるいすゞエルフに気がつき、急ブレーキを踏み、八メートルにもわたる鮮明なブレーキ痕を残したのではないか。

交通課で何年か経験を積めば想像がつく。山本は交通課の勤務が長い。それなのに……。こんなミスを何故するのだろうか。果たしてこれがミスと言えるのだろうか。

裁判記録を見てみなければ正確なことはわからないが、もし、神保原が抱いた疑問に答えることなく、橘高に過失傷害致死の判決が下されていたとすれば、冤罪《えんざい》の可能性も出てくる。神保原は改めて山本幸太の捜査能力に疑問符を付けた。

誘拐事件と、三人が死亡した日野本町七丁目三叉路で起きた交通事故と関連性があるのか、ないのか不明だが、捜査は一つひとつ疑わしい案件を当たっていくしかないのだ。

神保原は、かろうじて一命を取り留めた橘高一郎、そして死亡した柳原和義、美香の遺族はどうしているのか。その消息を伊勢崎とともに探ってみることにした。

六月七日朝から神保原は伊勢崎を連れて青梅警察署を飛び出していった。柳原一家は、当時日野市豊田のマンションに住んでいた。ＪＲ中央線豊田駅前のマンションで、柳原和義の妻妙子が暮らしているようだ。

築三十年は経過していると思われるマンションで、エントランスには管理人室さえない。エレベーターホール前には郵便受けが設置され、三〇四号室の郵便受けには、柳原和義、妙子、美香の三人の名前がいまだに記載されていた。

交通事故で突然、愛する者を奪われた遺族は、すぐには家族の死を受容することはできない。妙子の心の中では、夫も長女もまだ生きているのかもしれない。

神保原にも元妻と長女を同時に失うという経験があった。普段は封印しているが、何かの弾みで怒り、悔恨、自責、悲憤、様々な思いが入り混じり、墨汁のようになって込み上げてくる。大きく息を吸い込み自分を落ち着かせた。

三〇四号室の前に立ち、呼び鈴を押した。すぐに「はい、どちら様ですか」と穏やかな口調で返事があった。

「青梅警察署ですが」神保原が答えた。

一瞬間があった。

「今、開けます。少し待ってください」

ドアが開けられると、五十代半ばの女性が立っていた。白髪だが染める気はないらしい。朝からいつ雨が降り出してもおかしくない空模様で、蒸し暑かった。部屋はエアコンが効いていて、涼しい風がドアから廊下に流れ出した。

「ここではゆっくりとお話ができません。散らかっていますが、どうぞ中へお入りください」

タイトなジーンズにグレーのブラウスを着込み、年齢の割には颯爽としている。髪だけが白髪で、身だしなみとアンバランスな印象を受ける。

窓際のリビングには小さなソファが置かれていた。

「どうぞお座りください」

勧められるままに神保原と伊勢崎がソファに腰を下ろした。

「どのようなご用件でしょうか」

二人の前に座った妙子からは、芯《しん》の強い女性の凛《りん》とした雰囲気が伝わってくる。

「詳しくはお話しできないのですが、ある事件の捜査で日野本町七丁目三叉路での交通事故を調べています」神保原が来意を告げた。

「刑事さんたちは青梅警察署の方ですよね」

訝るような表情に変わった。

「そうです」

「もう七年も前の事故を青梅警察署の刑事さんが、何故また調べているのですか」

「大変申し訳ありませんが、それについては捜査上の秘密でお答えすることができないのです」

神保原は頭を下げた。

「あら、そうなの。それであの事故の何をお聞きになりたいのですか」

「あの事故でご主人とご長女を亡くされていますが、事故後、正面衝突してきたライトエースバンを運転していた橘高一郎、ライトエースバンを突き飛ばした上田鉄平運転手からは、お二人を死亡させた謝罪はあったのでしょうか」

「トラックを運転されていた方は、父親に連れられて謝罪に来られました。二人の仏壇の前で泣きながら謝罪してくれました。でも、ライトエースバンの運転手は今日に至るまで謝罪の言葉は何一つありません。あの方は、悪いのはトラックの運転手だと裁判でも主張されたんでしょう」

柳原妙子は、橘高一郎に対しては冷ややかな思いを今も抱き続けているのだろう。夫と長女を奪われたのだ。それまで築いてきたものすべてを一瞬にして破壊された。残された者はすべてを奪った相手を心に深く刻み込み、憎悪し続けなければ、自分が崩壊してしまうようで、生きていけなくなってしまう、そんな気持ちに追い込まれる。神保原もそうだった。

「その橘高一郎ですが、お会いになったことは一度もないのでしょうか」

「会ったというか、立川の裁判所で法廷に立つというので、彼が何を証言するのか、傍聴に行ったことはあります」

「その時の橘高一郎被告を見てどう思われたのでしょうか」

「あの方に、私の悲しみを理解してもらうなどということは到底無理だと思いました。交通事故はトラックにすべての責任があり、自分も妻を失っている、自分も犠牲者だと主張されました」

「その主張は退けられ、懲役四年の実刑判決が下っていますが、判決についてはどう思われていますか」

「判決になんて興味はありません。私の夫と娘は死んだ。それなのにあの方は生きている。刑務所に入ろうが何をしようが、許せるはずがありません。反省すらしていない。それが証拠に、すでに刑期は終えているのに、線香の一本も上げにはきていません」

「では、トラックを運転していた上田鉄平という青年については、どう思っているのでしょうか」

伊勢崎が聞いた。

「あの方はお父様が検事をしていらっしゃるのでしょう。ご両親がしっかりとした教育をされたのだと思います。毎年、命日になると、二人に供えてほしいと花が送られてきます」

橋高一郎とは対照的に上田鉄平には好印象を抱いている様子がうかがえる。

「事故後、上田鉄平さんとの交流はあるのでしょうか」

「いいえ、花が送られてくれば、その御礼状を出すくらいで、それ以上の付き合いはありません」

柳原妙子は今も橋高一郎に深い怒りと憎悪を抱きながら、日々を送っているように思えた。

もう一人、どうしても会わなければならないのが橋高本人だった。

事故のあった三叉路から五百メートルほど入った場所に、橋高の経営する電気店があった。その場所を訪れると、そこはコンビニに変わっていた。

周辺にあるのは、中華料理店と居酒屋だった。

中華料理店の男性店主は、橋高一郎、佐知代の二人と親交があったらしく、橋高に同情していた。

「お店は夫婦二人で切り盛りをしていて、交替でよくうちへ昼食を食べに来てくれてさ。それで親しかったんだけど、事故後、橋高さんとは一度も会っていないよ。自宅が立川にあって、毎朝車で通勤して来たんだけど、通い慣れた道でウィンカーを出さないで右折しようとしたなんて、あの几帳面《きちょうめん》な橋高さんがそんなことするはずがないと、俺は今でもそう思っているんだ」

「すでに刑期は終えて出所してきていると思うのですが、こちらに橋高一郎が訪ねてきたということはあるのでしょうか」

「実際にないからないって答えるけれど、でも、もしあの事故を蒸し返して、橋高さんを追いつめようとしているのなら、俺は何も答えたくはないね。事故後、病院から退院してきて、逮捕されるまでの間、よくうちで晩飯を食べていたよ。それほど酒は強くないのに、何を言っても警察は信じてくれないって、ウィンカーは出していたと泣きながら俺に話を聞いてくれって……。ウソをついているようにはとても思えなかったが、結局、警察はトラックの運転手の方を信じたんだろう」

居酒屋を経営している夫婦も、橋高一郎に同情していた。

「あの事故で、橋高さんはすべてを失ってしまった。人生を台なしにしてしまった」

店主が言った。

事故後、電気店の整理は佐知代の両親が行なった。佐知代の両親は古河智、ユキ夫婦で、元々立川市内で電気店を経営していた。そこで橋高一郎が働いていた縁で、二人は結ばれたようだ。日野市に店を構えたのも、佐知代の両親が経営していた古河電気店の支店としての意味合いが強かったようだ。

古河電気店は、佐知代の兄、光太郎が継いでいるらしい。

居酒屋を早々に切り上げて、立川市の古河電気店を訪ねた。

「橘高一郎の消息、あいつのことなんか考えたくもないし、出所後のことなんて知らないよ」

すでに佐知代の両親は二人とも他界していた。

「あいつのおかげで、両親は死期を早めたようなものだ」

吐き捨てるように光太郎が言った。

光太郎は橘高が保身のためにウソをついていると信じ込んでいた。佐知代が死んだのは、両親も橘高の不注意だと思い、最後まで許そうとはしなかったようだ。

「結婚してすぐに、両親は立川市内のマンションを買い与えていた。名義は妹になっていたが、妹が死亡し、あいつがそっくりすべてを相続した。それでも両親は、出所した後、反省の言葉でも聞けるかと思って、管理費を払い続けてきたんだ。ところがあいつは平然とマンションを売却してしまった。そういう男だよ、橘高というヤツは」

出所後の足取りを神保原は無駄だと思ったが尋ねた。

「何に使ったか知らないが、マンションを売った金をあっという間に使いはたし、多摩川の河川敷でホームレスをしているという噂を客から聞いたことがある。あんなヤツは、雨で増水した河川敷に取り残されて、溺《おぼ》れ死ねばいい」

光太郎は橘高に対する憎しみで凝《こ》り固まっていた。

11　沈黙と聴取

日野市の三叉路事故について捜査を進め、神保原と伊勢崎が青梅警察署に戻ると、捜査本部では慌ただしく捜査員が出入りを繰り返していた。

「三十分後に合同会議があるぞ」

立川警察署の児玉が教えてくれた。

「何か動きでも」

「トバシ携帯に犯人グループからのメールが入ったらしい」

六月二日に美奈代が誘拐されてから六日目の夜。犯人グループからは具体的な要求は何も出されていない。しかし、このまま膠着《こうちゃく》状態を続けていたのでは、犯人グループもいたずらに時間を過ごしているだけで、目的は達成できない。

「金銭の要求があったのか……」

「どうやら金ではなさそうだ」

午後八時から捜査本部で会議が開かれる。

三階の捜査本部に入ると、捜査員が次々に部屋に入ってきた。八時をわずかに回った時、ネクタイを外し、ワイシャツの袖《そで》を腕まくりにした竹中本部長が入ってきた。

一斉に起立し敬礼をして迎えた。捜査本部最前列に設えられた折り畳み式の会議テーブル前に竹中は立ち、敬礼を返した。

無精髭《ぶしょうひげ》を伸ばし、顔は洗っていないのか、脂ぎっていた。頬の肉が削《そ》げ落ち、目は窪《くぼ》んで見えた。瞳は充血し、睡眠不足は明らかだった。

竹中本部長は、犯人グループから山本幸太宛てに連絡が入ったと、捜査員に告げ、「詳細は磯田さんの方から説明してもらう」と、一言発しただけで、着席してしまった。

焦燥感と疲労で、心身ともに限界なのだろう。

磯田が立ち上がった。

「今、本部長からもあったように犯人グループから東京駅ロッカーに保管されていた携帯電話にメールが送られてきた」

〈娘を引き渡す場所と日時、引き渡し条件はこの携帯電話に入れる。準備をしておけ〉

「これまでの経緯から発信しているのもトバシ携帯と思われる」

磯田の声は落ち着き払っている。しかし、いくつもの修羅場をくぐり抜けてきた刑事なのだろう。眼光は底知れぬ凄味《すごみ》を帯びている。これから人を刺すような目つきだ。

「メールの発信元はすでに割り出している」

犯人グループからの脅迫メールは、新横浜駅十九時二十九分発ののぞみ一二五号広島行きの中から送信されていた。

「次の停車駅名古屋には二十時四十七分着。新幹線を緊急停車させられないので、それまでは手の下しようがない。車内をくまなく探したところでおそらく携帯電話を所持している者は見つからないと思う」

警察の目を新幹線に引きつけて、その間に次の手を打ってくるつもりだろう。上田鉄平のトラックにトバシ携帯をくくり付けたのと同じ手口に違いない。おそらく犯人は東京か品川から乗車し、適当な場所に携帯を放置したのだろう。

「同車両には鉄道警察隊が一人乗務している。不審人物、置き忘れと思われる携帯電話がないかをくまなく捜査してもらっている」

磯田も神保原と同じ考えのようだ。

「犯人たちはかなりの数のトバシ携帯を手元に置いて犯行計画を実行している。連絡は山本宅にあるトバシ携帯、これ一本に絞って犯人らは接触を図ってくると思われる。今後の捜査は竹中本部長から指示がある」

竹中がゆっくりと立ち上がったが覇気《はき》がない。捜査の指示といっても、犯人グループに最初から手玉に取られているような捜査で、愛知県警と鉄道警察隊に協力を要請、名古屋駅から新幹線に乗り込んでもらい、トバシ携帯を発見する程度のことしか、現時点ではなす術がないのだ。次の京都駅着は、二十一時二十二分着。

「磯田刑事から報告があったように、犯行グループは警察に挑戦するかのごとく、山本に意味不明のメールを送信してきている。これまでの捜査で犯人グループの解明につながる情報があれば、報告してほしい」

誰も報告すべき事実を調べ上げていない様子だ。捜査本部には重苦しい沈黙が立ち込めた。

「青梅署の神保原君たちに、『三叉路ゲームスタート』が何を意味するのか捜査してもらっているが、途中経過でもかまわないから、報告してくれんか」

磯田が誘い水を神保原に向けた。

後ろの方の席に伊勢崎と一緒に座っていた神保原が立ち上がった。

「上田鉄平ですが、今回の誘拐事件との関連性はまだ何もつかめていません。あるのかどうかもわかりません。しかし、日野三叉路の実況見分調書を詳細に検討した結果、極めて重大な見落としがあるのを発見しました」

三叉路と言った瞬間、伏し目がちに捜査員の様子をうかがっていた竹中本部長が顔を上げ、神保原に真剣な視線を向けた。

神保原は杜撰《ずさん》な実況見分調書について説明した。竹中本部長が苛立《せわ》つのがすぐにわかった。眉間に縦皺を寄せ、険しい表情に変わる。右手の人差指で忙しなく机をモールス信号のように叩きだした。

他の捜査員も実況見分調書と誘拐事件がどのようにつながっているのかがわからずに、後ろを振り返り、いつまでくだらない話をしているんだとばかりに鋭い視線を向けてくる。

それでも神保原は平然と説明を続けた。ただ一人、磯田だけは神保原の話に耳を傾けている。

「日野本町七丁目三叉路の事故の現場検証は極めて不自然で、橘高一郎は東京地裁立川支部の判決を受け、控訴もせずに服役しています。橘高が上田鉄平を怨んでいるのは間違いないと思います」

苛立ちを抑えきれなかったのだろう。本庁から派遣されてきた捜査員が怒鳴り声を上げた。

「だから、それがどうしたっていうんだ。『三叉路ゲームスタート』というメッセージがあったからって、その交通事故とどんな関係があるのかわかって言ってるんだろうな」

何を偉そうに声を荒らげているんだ。疲れ、睡眠不足なのは本庁の刑事だけではない。傲慢《ごうまん》とも思える態度に怒りがこみ上げてくる。会議の席でなければ、何も言わずに横面の一つも張り飛ばしているところだ。神保原は声の方に視線を向けた。

「少し静かにしとけ」

神保原は落ち着きはらった低くくぐもる声で言い放った。

以前担当した殺人事件でも、神保原の捜査を手ぬるいと非難した本庁の刑事がいた。学生時代に全日本の柔道選手権大会にも参加したほどの実力の持ち主だった。

神保原はその刑事を道場に呼び出し、挑戦した。「はじめ」と声がかかった瞬間に神保原は一撃で相手をKOしてしまった。神保原はブラジリアン柔術の道場に通い、体を鍛えていた。師範はブラジル人で、柔術の他にもカポエイラも会得《えとく》していた。カポエイラはアフリカから連行されてきた黒人奴隷が編み出した格闘技といわれている。支配階級のポルトガル人農場主の目を欺くために見た目はダンスにしかみえない。

そのカポエイラでダンスのように体をゆらしながら相手に近づき、足の甲で相手のこめかみを狙った。油断していた相手にまともに蹴りが入り、相手は両膝を折るようにして前に倒れ、失神した。

「後で道場に来い。話がある」

神保原は怒鳴り声を上げた刑事に向かって言った。

竹中本部長は唖然としている。神保原は何事もなかったかのように続けた。

「この杜撰な見分調書で橘高一郎が裁かれたとすれば、冤罪の可能性があります」

警察組織への内部批判はタブー中のタブーだが、神保原はそんなことはまったく意に介していない。出世など眼中にないからだ。

「橋高一郎はその後、財産を処分し、自暴自棄になったのかそれらをすべて使い果たして、ホームレスに身をやつしているという情報がありますが、まだ所在先を確認するに至っておりません」

ここまで説明し、神保原は着席した。

すぐに磯田が立ち上がった。

「神保原刑事の報告、さらには山本紀子の実父が、元東京地検の検事で現在弁護士をしている上田鉄平の父親哲司を訪ねている。こうした事実を考え合わせると、日野本町七丁目三叉路の事故と、美奈代誘拐事件とが関係しているかどうかわからないが、上田親子と山本一家には、あの事故をきっかけに我々にはわからない関係が潜んでいるのかもしれない。今後はその点も留意しながら捜査を続けていく必要があるだろう」

磯田が席に座り、視線を竹中本部長に向けた。竹中本部長から檄を飛ばすようにとの磯田からの合図だったのだろう。竹中本部長が立ち上がろうとした瞬間、動きを止め、竹中本部長は携帯電話をワイシャツの胸ポケットから取り出した。

神保原も他の捜査員も、部屋の中央部の壁にかけてある時計を一斉に見上げた。

午後八時五十分になろうとしている。

のぞみ一二五号広島行きが名古屋駅を出発した頃だった。愛知県警と鉄道警察隊、それに電話局のスタッフが新幹線に乗り込み、山本宅にあるトバシ携帯にメールを送信してきた携帯電話の捜索に入ったのだろう。

竹中本部長は、相手の声を聞いているだけで、「はい」としか答えていない。最後は「協力に感謝する」と言って携帯電話を切った。

「メールを送信してきたトバシ携帯は、五号車デッキのゴミ箱に捨ててあったそうだ」

竹中本部長が立ち上がり、捜査員に報告した。

トバシ携帯をゴミ箱に放り込んだ当人は、東京か品川駅から乗車し、新横浜で下車したか、あるいは名古屋まで乗車したのか。そうとも限らない。警察が携帯電話を回収するのを確認するために京都まで乗車するか、さらに新大阪まで行くか、終点の広島まで乗車するか、各駅の防犯カメラをチェックしようと思えば、限りなく捜査範囲は拡大していく。

それに肝心の犯人グループと思われる映像は、東京駅丸の内北口改札近くのロッカーと十日町市のコンビニの防犯カメラに映っていた年老いた男女のものしかつかめていないのだ。限られた数の捜査員では、映像を確認するだけでも人手を奪われることになり、捜査に支障をきたす。

どのような捜査方針を打ち出すのか、捜査員の視線が最前列中央の会議用デスクに陣取る竹中本部長に注がれる。竹中本部長がダンベルを首からぶら下げているようにゆっくりと立ち上がった。

「犯人グループは明らかに我々の捜査を混乱させるために、防犯カメラ映像に捕捉されるのを覚悟の上で、いや、防犯カメラに映り込み、その映像に捜査を集中させるための作為すら感じる」

誘拐事件発生と同時に、捜査範囲を広げさせようとしたのか、新潟県、長野県から投函された手紙が、被害者宅に送付されてきた。トバシ携帯を犯人グループは最大限に利用し、山本幸太と連絡を取ろうとしている。

営利誘拐であれば、当然金を要求し、その受け渡し方法をトバシ携帯を使って山本夫婦に連絡してくるはずだ。それもしてこない。美奈代の誘拐は金目当てではないのか。他の意図があるように、神保原には感じられる。そして、その謎を解くカギは日野本町の三人死亡の三叉路事故にあるような気がする。

「のぞみ一二五号の乗客の映像は最小限の捜査員でチェックし、三叉路事故の上田鉄平と被害者遺族、そして山本幸太との関係を徹底的にあたってみてくれ」

これまでの捜査は誤りではなかったが、犯人を特定するにはずいぶんと遠回りをしてきたことを竹中本部長も認識しているのだろう。

「山本幸太と上田鉄平、山本紀子の父親、内藤満と上田哲司弁護士との関係は、磯田さんを中心に本庁の刑事で、三叉路事故の被害者遺族が誘拐グループと関係しているのか、それは青梅署の神保原を中心に、応援の所轄の捜査員で洗い出しみてくれ。以上」

会議は終了した。

山本幸太と妻の紀子、そして紀子の両親、上田哲司弁護士と鉄平父子については、磯田、府中警察署の逢坂と小田切、本庁の刑事が捜査に動く。

青梅警察署の神保原と伊勢崎は、橘高一郎の裁判記録を精査することになった。

立川警察署の児玉と桜岡の二人は市原刑務所に服役していた頃の橘高について、福生警察署は橘高一郎の出所後の足取りを調べることになった。

あきる野警察署と飯能警察署は、それまでと同様に、突然姿を消した美奈代の目撃者捜しをしてもらうことになった。青梅鉄道公園から突然姿を消したといっても、周辺には民家が多い。しかも昼間だ。目撃者がいないはずがない。もう一つ考えられるのは、青梅鉄道公園周辺に、誘拐グループか、あるいは協力者が潜んでいる可能性だ。それ
あきる野警察署と飯能警察署の捜査員は、すでに一足靴を履きつぶしていた。それくらい一軒一軒の家を訪ね歩いていた。

六月八日、早朝からすべての刑事が動き始めた。

神保原は橘高一郎の裁判を担当した検事に会ってみようかとも思った。しかし、判決は冤罪の可能性がある上、上田哲司は当時まだ東京地検の検事だった。担当検事が

実況見分調書の杜撰さに気づいても、上田哲司検事に対してなんらかの忖度を働かせたとしても不思議ではない。

東京地裁立川支部に橘高一郎の裁判を担当した弁護士を調べてもらった。南多摩総合法律事務所の根本要弁護士が担当していた。

橘高一郎について緊急に聞きたいことがあると伝えると、午前九時から三十分だけなら時間が取れるという。伊勢崎の運転で八王子にある南多摩総合法律事務所にパトカーを走らせた。以前の伊勢崎ならサイレンを鳴らしていても、高速道路でも法定速度で走るような運転をしていた。しかし、元暴走族に鍛えてもらったおかげでＦ１レーサーばりの運転で走行するようになった。

南多摩総合法律事務所は国道二〇号線沿いにあり、八王子警察署が近くにある。約束の午前九時少し前には南多摩総合法律事務所に着いていた。事務所は三階建の小ぢんまりとしたビルだった。神保原はパトカーから飛び出すようにして南多摩総合法律事務所に入った。

すでに根本弁護士から受付に話がしてあったのだろう。二階に案内された。二階はすべて相談室で、四部屋あった。すぐに根本弁護士が相談室に入ってきた。四十代半ばといったところだろうか。

「緊急事態だとおっしゃっていましたが、弁護士には守秘義務が……」

と説明を始めた根本弁護士を制して、神保原が言った。

「私の言うことをまず聞いてください。そして、これこそ守秘義務の順守をお願いします。子供の命がかかっています」

緊張感を顔に滲ませている神保原に、根本弁護士も思わず息を呑み、黙り込んだ。

「すでにマスコミが騒いでいるからご存じだと思いますが、山本美奈代誘拐事件を捜査しています。誘拐事件と日野本町七丁目三叉路の交通事故と関連があるかどうか、それを調べています」

「それで、何をお聞きになりたいのですか」

「あの判決に橘高本人は納得していたのでしょうか」

「内心ではしていなかったと思います。あの交通事故は冤罪の可能性が強い。控訴して闘おうと説得したのですが、橘高さんは途中から心が折れてしまった」

「というと」

「あの実況見分調書には極めて問題が多く、意識的に事実を隠蔽《いんぺい》した可能性があるのです」

「いすゞエルフは二度にわたってライトエースバンに追突しています。それなのにその点についてはいっさい記述されていません」神保原は根本が問題を指摘する前に、調書の欠陥を明らかにした。

「どうして、それを」

「詳しくは話せませんが、あの実況見分調書が誘拐事件と関連しているかもしれません」

「私は無罪判決を確信していました。無罪を勝ち取れるからと、橘高さんもそのつもりだったのです。ところが裁判の途中で主張を覆《くつがえ》して、検察側の主張を認めてしまったのです」

根本弁護士は依頼人から煮え湯を飲まされた格好になってしまったのだろう。

「ウィンカーを出していなかったと、法廷で認めたと言うことでしょうか」

「そうです。どうしてあんなことをしたのか、何度も尋ねたのですが、彼はウソをついて申し訳ないと言うばかりで真相は語ってくれませんでした。私の想像ですが、亡くなった奥さんの実家から理解が得られず支援もなかったことで、自暴自棄になってしまったのかと、私自身は思っています」

「亡くなった佐知代さんのご両親の支援は得られなかったのですか」

「元々二人の結婚には反対だったらしく、店舗を開く支援、マンション購入などの経済援助を惜しまなかったのに、娘を殺されたと、怒りしかご両親にはなかったようです。いさぎよく自分の非を認めないで、言い訳ばかりしていると非難していました。ですから弁護側の証人にも呼ぶことができませんでした」

「それで判決には何も異を唱えずに服役したということですか」

「その通りです」

「出所後、橘高氏とは交流はあるのでしょうか」

「私の方も、突然否認から一転、法廷で認める証言をされて、その理由も聞かせてもらっていません。一審判決後、彼がどうしているかまでは知りません」

約束の三十分が過ぎようとしていた。

「もう一つ協力してほしいことがあります」

「なんでしょう」

根本が訝しげな表情を見せる。

「橘高一郎の裁判記録をお借りすることはできませんか」

「すでに判決が下りていることでもあるし、緊急事態ということで、お貸しすることにしましょう。少々お待ち下さい」

相談室を出た根本弁護士は三階に上がった。三階が書庫になっているようだ。すぐに分厚いクリヤーブック二冊を抱えて戻ってきた。

神保原は裁判記録を預かり、再び伊勢崎の運転で青梅警察署に戻った。車の中でも、神保原は裁判記録を読み続けた。

二〇一二年五月〇日、初公判が開かれた。二〇一三年十一月×日、四年の実刑判決が下りた。

二〇一三年十二月、市原交通刑務所に収監されている。

青梅警察署の捜査本部に戻っても、神保原は裁判記録を読み続けた。

根本弁護士は神保原も気づいたように、いすゞエルフとトヨタライトエースバンは二度にわたって追突を繰り返していたと主張し、実況見分の問題点を突いていた。さらにエルフを運転していた上田鉄平のその日の勤務状況も、上田鉄平を法廷に立たせて、証人尋問をしていた。

根本弁護士は上田鉄平の居眠り運転、不注意運転が事故の原因ではないかと考えていた。しかし、裁判記録によれば、二度の追突も、居眠り運転の可能性も、ことごとく裁判では却下されている。

橘高一郎が取調べ段階での証言をすべて覆し、ウィンカーも出さずに急に右折したと法廷で認めてしまったのだから、当然と言えば当然だ。

一方、いすゞエルフを運転していた上田鉄平は、小さな運送会社でアルバイトの運転手として働いていた。大手宅配業者の下請けのようで、日野営業所に午後十時までに集められた荷物を、翌日出発の便に間に合うように成田空港まで輸送する仕事だった。

裁判記録によれば、午後十一時に日野営業所を出発し、高速道路を使って成田空港のP運送会社の倉庫に荷物を届けている。午前一時三十分には到着し、一時間後にはすべての荷物を倉庫に降ろしている。あとは空港が開くのと当時に、出発ロビーまではP運送の空港職員が荷物を運んでくれる。

荷物を降ろした上田鉄平はその後一般道で日野営業所に戻っている。日野営業所の駐車場は二十四時間使用可能だが、成田空港へトラックが出発した後は翌朝午前八時までは、事務所は閉じられる。運送会社の社員も出勤してくるのは午前八時だ。

成田空港に届けた荷物の伝票整理はそれからになる。成田空港を出た上田鉄平は一般道を走ったが、彼はすぐに戻らずに空港近くのコンビニで二時間程度の仮眠を取ってから日野営業所に戻ったと証言、前日の疲労は夕方まで十分に睡眠を取ったため、居眠り運転などしていないと主張した。

午前五時少し前に目を覚まし、コンビニで温かいお茶と売れ残っていた梅干しのおにぎり二つで朝食をすませ、それから日野に戻り、仮眠を取っていたことを示す証拠として、コンビニの領収書まで提出していた。

神保原はP運送の成田空港倉庫と上田鉄平が仮眠を取ったコンビニの住所を書き写した。

「行くぞ、成田空港まで」

神保原は昼食も摂らずに、伊勢崎の運転で成田空港のP運送倉庫に向かった。二時間もかからずにＰ運送倉庫に着いた。そこから成田山新勝寺に近いＦコンビニに入っている。

空港から車で二十分くらいの距離だ。駐車場は比較的広い。タクシーなどが仮眠を取るには最適な場所だ。周囲は住宅街でアパートも多い。昼間はコンビニを訪れる客で、二時間も三時間も駐車されたらコンビニ側も困るだろうが、深夜から早朝にかけてなら、その程度の時間を駐車していても、コンビニ側から咎《とが》められることもないだろう。

「日野までの帰り道で上田鉄平にも仮眠を取るには都合のいいコンビニだったんでしょうね」

伊勢崎がコンビニの駐車場に車を止めながら言った。

神保原は伊勢崎を車に残したまま、コンビニでおにぎりとお茶を買い込んだ。会計レジの後ろの壁に千葉県警のポスターが貼られていた。七年前にＡＡ航空のキャビンアテンダントの小熊雅美が遺体となって自宅アパートで発見された。アパートに出入りした不審人物を見かけたものは、千葉県警まで連絡してほしいと記されていた。

車に戻り、おにぎりをほおばりながら神保原が一人呟いた。

「ここから一般道を走れば、三時間程度で日野には着く」

ペットボトルのお茶を飲みながら、伊勢崎が無言で頷く。

「あいつが言うように、それほど疲労が蓄積するような距離でもないし、昼間でもそれほど騒音がひどい場所でもない。夜なら交通量も少なく静かで、二時間くらい休めば、眠気に襲われるということもない」

「居眠り運転の可能性はつぶれましたね」

伊勢崎も事故の原因が、上田の居眠りだという根本弁護士の主張に懐疑的だ。食事を終え、日野に向かって一般道を走ってみることにした。

12　見えざる敵意

児玉と桜岡は、市原交通刑務所を訪れた。

「神保原刑事は目の付けどころが違いますね」

パトカーを走らせながら桜岡が話しかけてくる。

実況見分調書の不備を見抜いたのは、さすが神保原だ。しかし、刑事課一筋の刑事に見破られてしまう調書を、何故山本幸太は書き記したのだろうか。誘拐の目的が金ではないとすると、いったい何なのか。美奈代誘拐事件には不可解なことが多すぎる。

市原交通刑務所に着き、橘高一郎の服役中の記録を、小笠原所長から提出してもらい、会議室で読み通した。橘高は刑務所内では一度もトラブルを起こしてはいなかった。市原刑務所の所員には、橘高は反省を深める日々を送っているように見えただろう。記録を見る限りは典型的な模範囚で、刑期満了を待たずに三年三ヶ月で仮出所を果たしている。

所内にある図書室の読書記録も残されていた。『交通事故判例百選』、『交通事故鑑定人』『交通事故鑑定人の証言』『ゼロ秒の死角──交通鑑定人のノート』など交通事故鑑定に関する本だけが並んでいる。

「いったい何を調べるつもりだったのでしょうか。こんな専門書ばかり読んで……」

桜岡が図書館の貸し出し記録に目を通しながら呟く。

すでに判決は下っている。それに公判の途中で主張を突然覆して、検察側の主張をすべて認めている。今さら事故原因の真相究明でもなかろうに、児玉も橘高の読書傾向には疑問を覚える。

しかし、橘高には何か確かめたいことがあったのだろう。何冊も同じような本を読みこんでいる。

収監中に面会に来た家族は一人もいない。事故で亡くなった橘高佐知代の両親、古河智、ユキ夫婦は、事故から二年後、三年後に相次いで死亡している。この間に二人が橘高一郎に面会に訪れたことは一度もない。佐知代の兄の光太郎も同じように面会に訪れた形跡はない。

事故と同時に絶縁状態になってしまったのだろう。佐知代の両親は元々、橘高一郎と佐知代の結婚には反対だったようだ。事故の原因について、警察の調書を信用すれば、橘高一郎の言い分は卑劣で、佐知代の家族には自己弁護にしか思えなかっただろう。

面会記録によれば、服役から一年の間は、誰一人として市原交通刑務所を訪れた者はいない。しかし、服役から二年目、三船俊介という男性が面会に来ている。住所は福生市加美平《かみだいら》になっている。

三船俊介は毎月のように面会に訪れていたが、橘高一郎の仮出所半年前から面会は途絶えている。

いったい何者なのか。橘高一郎とどのような関係の人物なのかまったく想像もつかない。市原交通刑務所を早々に切り上げて、児玉は福生市加美平に住む三船俊介の自宅を訪ねることにした。

三船の住んでいる住所は三階建のアパートで、一棟すべてを会社が借りきって独身の社員寮にしていた。近くを青梅線が走り、福生駅まで徒歩で五分くらいの距離だ。一階エントランスの郵便受けには緑川商事株式会社と記載され、一号室から十二号室まであり、三船の部屋は五号室だった。

緑川商事は、若い世代の男女向けスーツの販売を全国展開する洋品店で、急成長を見せていた。

各フロアーには四室あり、三船の部屋は二階の角部屋だった。二階に上がり五号室のインターホンを押すが、返事はない。二回押したところで、ノックしてみた。やはり返事はない。

「三船さん、おいでになりませんか」

桜岡が大声を張り上げた。同時に六号室のドアが開いた。寝ていたのか寝ぐせのついた髪で、あくびをしながら二十代前半の男性が出てきた。

「三船さんはいないよ」

「三船さんの勤務先はどちらの方にあるのでしょうか」

「立川駅ビル店に勤務していたけど、確か十日前に突然辞表を提出して、それから出社していないんだ。隣に住んでいるということで、俺に見てきてくれって、何度か人事課から電話が入ったけど、ここに戻ってきている様子はないよ。ところであんたたちは誰なの……。消費者金融か何かなの」

児玉が警察手帳を提示した。

「三船さん、何かしでかしたの」

隣人は目が覚めたようで、目を大きく見開いて聞き返してきた。

「いや、少し聞きたいことがあったので来てみただけなんだが、十日前からいないっていうのは、何か理由でもあるのかな。知っていたら教えてくれないか」

児玉は近所の居酒屋の評判でも尋ねるような口調で聞いた。

「店舗が違うから、そんなに付き合いはないのさ。だけど十日前に上司に辞表を提出し、翌日から出社拒否で、その夜、五号室の様子を見てきてくれって電話が入り、ドアをノックしてみたけど、その時にはもう三船さんはいなかったよ」

立川店は駅ビル内にあり、夜九時まで営業をしている。店長は閉店までいるから、詳しい話は店長から聞いてみたらいいと三船の隣人が教えてくれた。

児玉は福生から立川まで戻る羽目になったが、三船俊介が何者なのか一刻も早く見極める必要がある。「スーツの緑川」は立川駅ビルの四階にあった。立川店の目黒店長は、立川警察署の刑事二人が突然訪れたせいなのか、青ざめた表情に変わった。

「三船君が何か問題でも起こしたのでしょうか」

目黒店長によれば、「一身上の都合」という名目で、辞表を十日前に提出し、携帯電話もつながらなくなり、出社もしていない。

「会社側としては、彼の代わりになるスタッフはそんなに簡単に調整がつかないので困り果てています」

「勤務ぶりはどうだったのかね」

児玉はまず探りの質問をしてみた。

「優秀な社員ですよ。客の応対から売上高、どれをとっても社内の評価は高く、店長どころか、五、六店舗の営業を任される地域ブロック総括マネージャーに就《つ》いてもおかしくないほどのスタッフなんです」

「すると三船さんの社内での地位は？」

「通常の一般社員です。本社の方から店長やブロック総括マネージャーに就いてくれといっても、三船さんの方が固辞したようです」

「何か理由でもあるのだろうか」

「直接本人から聞いたわけではないのでわかりませんが、前任の店長の話では、恋人を交通事故で亡くしてから、人が変わってしまったようです」

児玉と桜岡は顔を見合わせた。

「恋人を亡くしたというのは、いつ頃の話なのかね」

「私が立川店の店長に就く二年前のことだから、今から七年前くらいの話だと思います。この駅ビルには婦人服売り場もあり、そこで働いていた女性と結婚まで約束していたそうですが、交通事故でその恋人が亡くなったそうです」

「その恋人の名前はわかりますか」

目黒店長は首を横に振った。

「でも、三階のスカイブルーで聞けばわかるかもしれません」

三船の恋人はレディスファッション・スカイブルーというブランドの店に勤務していたようだ。

児玉は目配せを桜岡に送り、三階に下りて、元恋人について聴取しようとした。

「あのう。聞いてよろしいでしょうか」

目黒店長が不安げに児玉に尋ねる。

「三船さんは何か反社会的な問題でも起こしているのでしょうか」

「いや、そういうことではない。もし三船さんが知っているのなら教えてほしいことがあるので、それで彼の職場に押しかけてきたというわけだ」

これだけ答えて、児玉と桜岡はエスカレーターを使って三階に下りた。レディスファッション・スカイブルーの店長は四十代の女性で、七年前に交通事故で亡くなったのは柳原美香だと知っていた。しかし、三船俊介と交際していたかまでは知らなかった。

立川から青梅警察署に、児玉は急いで戻った。

神保原、伊勢崎が青梅警察署に戻ると、橘高一郎の出所後の足取りを捜査していた福生警察署の捜査員も帰ってきたばかりだった。

橘高一郎は妻の佐知代の実家から経済的援助を受けて購入したマンションを出所と同時に売却していた。彼らの捜査によって、売却が成立すると橘高は姿を隠したことが判明した。電気店のあった日野市の商店街の経営者から聴取したところ、八王子でホームレスをしていたのを目撃したという証言が複数得られた。

証言には信憑《しんぴょう》性があった。福生警察署の捜査員は、橘高が寝泊まりしていた場所まで確認していた。

国道二〇号線は多摩川の支流の一つ、浅川に架かる大和田橋を渡って八王子市街地に入る。大和田橋の下流数キロのところにJR中央線の架橋がある。その間の河原に住み着いているホームレスが数人いた。近くに北野下水処理場がある。

しかし、福生警察署の捜査員が河原で暮らすホームレスから橋高の情報を得ようとしたが、彼らは橋高の名前も知らなかった。ただ、十日前から忽然《こつぜん》と姿を消したホームレスが一人いたことだけは判明した。

立川警察署の児玉、桜岡が戻り、そこに加わった。

話を総合すると、誘拐事件とどのように関係するのか不明だが、示し合わせたように、三叉路事故の関係者が十日前から姿を消していることになる。

事故で死亡した柳原美香の恋人だった三船俊介、事故を起こしたとされる橋高一郎の二人が同時期にいなくなっていた。

ありえない。こんなこと……。

神保原も捜査本部に置かれた会議用の机の上に腰かけて天井を見上げた。

本庁の捜査員も続々と捜査本部に戻ってきた。

「十分後に会議だそうです。本庁の連中も何かつかんだようです」桜岡が児玉に知らせた。

「犯人逮捕の手がかりになるようなものであればいいがなあ……」

児玉はさっさと椅子に座り会議用の机に足を乗せ、両腕を頭の後ろに回して組み、天井を見上げた。こんな時の児玉は何も考えていないように見えるが、児玉の意識はすべて事件に集中しているのだ。話しかけてもおそらく返事もしてこないだろう。

　竹中本部長が会議室に入り、他の捜査員が起立し、敬礼で迎えているのに、案の定、児玉は相変わらず天井を見上げたままだ。隣に座る桜岡が慌てて、児玉の膝を叩いた。児玉は桜岡の方に視線を向けた。桜岡が前を見ろと目配せすると、竹中本部長も児玉に気づき、鋭い視線を向けていた。それでも児玉はゆっくりとした動作で立ち上がり、敬礼した。

　全員が着席したところで竹中本部長が「捜査状況に進展があった」とだけ言って、捜査本部前方に置かれた会議用デスクに着席した。隣に座る本庁の中町に視線を向けると、竹中本部長の片腕と目される中町が立ち上がった。

「事故で死亡した柳原和義の妻であり、美香の母親でもある妙子だが、のぞみ一二五号に乗っていたことが確認できた」

　三叉路事故の関係者、遺族の写真はすでに捜査本部には集められていた。中町はのぞみ一二五号に乗車すると思われる乗客を映した東京駅、品川駅、そして新横浜駅の映像を徹底的にチェックしたようだ。柳原妙子が東京駅八重洲口でチケットを購入し、十六番線ホームに上がっていく様子が、防犯カメラに捉えられている。

「十六番線ホームからトバシ携帯が捨てられていた五号車に乗り込んだと思われる柳

原妙子が、やはり映像で確認されている。防犯カメラに映り込んでいた時刻と、券売機の記録を照合すると、柳原妙子は京都までのチケットを購入している」

ということは、柳原妙子は五号車のどこかに座りながら、名古屋から乗り込んできた捜査員がゴミ箱からトバシ携帯を回収する様子を眺めていたことになる。

柳原妙子が偶然にのぞみ一二五号に乗車していたという可能性がないわけでもないが、おそらく誘拐事件に関与しているのは間違いないだろう。

「今、京都府警に依頼、京都駅の防犯カメラの映像を大至急送ってもらっている」

しかし、これまでの手口を見ていると、トバシ携帯を使って捕捉されることを前提に連絡を取ってきている節がある。おそらくあちこちに設置された防犯カメラに映り込むことも計算の上で行動しているようにも思える。

柳原妙子がそんな連中の仲間だとすれば、チケットを京都まで購入したからといって、素直に京都で下車するとは限らない。車内でチケットを購入したり、下車した駅で精算したりすれば、京都駅の防犯カメラに柳原が映るはずがない。神保原には捜査本部の目を柳原に向けさせるための陽動作戦のようにしか思えなかった。

警察も捜査員の手が足りないが、相手も少ない人数で捜査を混乱させようと、必死なのだろう。

中町の後、そして桜岡、さらには福生警察署の刑事が、捜査状況を報告した。

夫と長女を失った柳原妙子、柳原美香の元恋人だった三船俊介。業務上過失致死罪に問われた橘高一郎、これらの人間が美奈代誘拐事件に関与していると想像される。しかし、いくら考えても、濁った池の水底を見つめているようで、何も見えてはこない。

新しい情報はすべて会議に上げられた。それでもぼんやりとした輪郭が微かに浮かび上がった程度で、犯人の実像は何一つとしてつかめてはいない。

こんな調子で美奈代の身柄を無事に確保できるのだろうか。神保原も不安に襲われる。

ほとんどの捜査員が犯人グループに翻弄《ほんろう》されているのではという疑念を抱きながら、泥濘《ぬかるみ》に足を取られるような重苦しい捜査を続けるしかなかった。

特に本庁から派遣されてきている捜査員は精神的にも、肉体的にも限界に達しているように、神保原には見えた。

竹中本部長にはそうした状態を気に留めるふうでもなく、そしてその余裕もないのだろう。中町を通じて、京都府警から送られてくる手はずになっている防犯カメラ映像をチェックし、捜査員を京都に派遣する算段を始めていた。

捜査員もうんざりといった表情を浮かべている。

神保原が重苦しい沈黙を破るように言い放った。

「映像をチェックするのは一人で十分、それに柳原が京都で素直に下車するとも思えない。それよりも橘高一郎、美香の恋人だった三船俊介、こいつらの行方《ゆくえ》をつかむ方が先決で、京都に向かった柳原妙子は、俺たちの目を引き付けるために動いている可能性の方が高い。捜査方針の見直しをしてはどうですか、本部長」

「何を」

竹中本部長は顔を紅潮させて、神保原に聞き返した。激しい口論が始まりそうになった。神保原はこれ以上、的外れな捜査方法を続けていては、犯人逮捕が遅れるばかりだと思った。

その時、竹中本部長の携帯電話が鳴った。胸のポケットから携帯電話を取り出して、すぐに対応した。

相手の話を頷きながら聞いたままで、送話口を手で押さえ捜査部員に言った。

「今、山本宅にある携帯電話に犯人グループからの電話が入った」

電話は山本宅に常駐している磯田からのようだ。

電話を切ると竹中本部長が唇を噛みしめながら言った。

「犯人から美奈代を解放すると言ってきたようだ」

ため息とも感嘆ともつかない声を、ほとんどの捜査員が口にした。

「私はこれから山本のマンションに行く。今後の対応に備えて捜査員は待機してくれ」

そう言って会議を解散させた。同時に捜査本部に開設された特別回線の電話が鳴った。近くにいた捜査員が電話を取り、話を聞いた。

電話を切るのと同時に報告した。

「犯人からの電話ですが、太平洋フェリーの衛星船舶公衆電話からかかってきたようです」

「太平洋フェリー……」

竹中本部長も状況がすぐには呑《の》み込めないのだろう。電話を取った捜査員が伝えた。

「名古屋と仙台、苫小牧《とまこまい》を結んでいる旅客船で、電話は仙台港を出て苫小牧港に向かっている船舶からかかってきたそうです」

その報告を聞き、竹中本部長は無言で捜査本部から出ていった。

航行する船舶からは携帯電話は使用できない。衛星船舶電話を使用したのは、犯人グループが居場所を警察に知られてもかまわないと判断したからだろう。

六月八日午後十一時五十五分、山本宅にある携帯電話に犯人グループからのメールが入った。

〈今すぐ中央道国立府中インターから下り線に入り、八王子方面に母親一人で向かえ〉

メールはどこから発信されたのかはわからない。船舶の中はＷｉ－Ｆｉの使用が可能で、船舶から送信されてきたことも考えられる。

犯人グループは交渉役に母親の山本紀子を指名してきた。紀子は躊躇《ためら》うことなく出発の準備を始めた。紀子を交渉役に選んだ理由がまったくわからない。

メールを読んだ磯田は、到着したばかりの竹中本部長の了解を得た上で、山本に返信メールを打たせた。

〈娘はいつ返してもらえるのか〉

少しでも時間を稼ぎたい。しかし、犯人グループからは何の反応もない。犯人グループから入ってくるメールや電話は捜査本部でもすべて受信できるようなシステムを組んである。

「犯人グループは明朝の十一時までに決着を付ける気でしょう」磯田が言った。

太平洋フェリーは仙台港を午後七時四十分に出港し、苫小牧港に入港するのは翌日午前十一時だ。

航行中のフェリーに捜査員を送り込むことは到底不可能で、犯人グループも明日の午前十一時には苫小牧港で、仲間の一人が逮捕されることを覚悟の上でメールを送信してきているのだろう。

「私は今から出発します」

「待て」

竹中本部長は直属の部下に命令するような口調で山本紀子に言った。

「君と君の車にGPSを取りつけさせてもらう」

「わかりました」

紀子が承諾した。

「それと、わかっていると思うが、自分の携帯電話で犯人との連絡だけは取らないでくれ」

磯田が念を押した。

「わかっています。これでも警察官の妻です」

磯田を睨み返すように紀子が答えた。

山本の車はニッサンのノートだ。すぐに紀子とノートにGPSが備え付けられた。

紀子本人には何も伝えないが、竹中本部長と磯田は、紀子を追跡するスタッフを誰にするかを相談した。

「中町に任せたいと思います」竹中本部長が言った。

しかし、磯田はその指示には従わなかった。

「ここは私に一任させていただけないでしょうか」

磯田はいつになく強い口調で言った。

「刑事課としての経験も豊富な神保原刑事に任せるのがいいかと私は思います」

「磯田さんがそうおっしゃるのなら……」

竹中本部長の表情から不満がくすぶっているのがうかがえる。しかし、中央道では一瞬の判断ミスが致命傷につながる恐れがある。紀子の追跡は神保原が最適だろう。

13　解放条件

日付は六月九日に変わった。神保原、伊勢崎は黒塗りの警察車両に乗り込み、八王子インターの料金所手前で待機した。山本紀子が運転するノートの動きは、カーナビに現れるようにシステム化されている。助手席に座った伊勢崎が、紀子の現在位置を報告する。

「現在石川パーキングエリア付近を走行中です」

あと五分もしないで、八王子インターの合流地点を通過する。八王子インターは第一、第二出口がある。犯人グループからの要求で、どこのインターで降りるのかまったく予測がつかない。

ノートの数台後ろを気づかれないように追跡するしかない。

「犯人はどこで紀子と接触する気なのでしょうか」

伊勢崎が聞いてくるが、神保原は沈黙するしかなかった。

それに気になるのは、犯人は美奈代を解放するとはいったが、解放条件については何も言ってきてはいない。事件から一週間が過ぎた。一度たりとも金額の提示はない。営利誘拐とは考えにくい。

いったい何のための誘拐なのか。もし三叉路の事故で橘高一郎に過失がなかったとすれば、冤罪で三年三ヶ月も市原交通刑務所で服役したことになる。しかし、本当に冤罪なら無実を確信する根本弁護士と控訴審で争うこともできた。それなのに橘高は自分の主張を取り下げて、自分の供述が誤りだったと法廷で証言している。

橘高が判決に怨みを抱いて、問題の多い三叉路事故の実況見分調書を記載した山本に復讐《ふくしゅう》を果たすためだけに、美奈代を誘拐したとは考えにくい。誘拐の背後に潜む動機が、見えそうで見えてこないのだ。それに何故山本幸太ではなく、紀子を交渉役に指名してきたのか想像がつかない。

「先輩、第一出口は通過し、こちらに向かってきていますね」

伊勢崎がカーナビに目をやりながら言った。

「もうすぐ第二出口です」

神保原は車を発進させ、国道一六号線から中央道八王子インターに入った。徐々に加速した。

「今、紀子の車は合流点を過ぎました」

神保原が運転する車は料金所を通過した。

ノートは百メートルくらい先を走行しているだろう。

犯行グループの車も、ノートを尾行している可能性もある。紀子が所持するトバシ携帯も当然GPS機能が設定され、動きは監視されているはずだ。ノートを尾行している車が他にないか、慎重に見極める必要がある。

　午前十一時、フェリーが苫小牧港に接岸し、紀子に指示を出している者が逮捕されるまで、犯人グループの指示に従って動かざるをえない。

「誘拐事件なら、金銭を受け取るために絶対に受け渡し場所に姿を見せなければならない。その時が解決のチャンスだって、そんなことを警察学校で習ったような気もしますが、犯人は私たちの尾行など気にも留めていないのか、一人で来いと言ったきり、警察が付いてきたら人質の生命は保証しないとか、そんなメッセージはいっさいありませんね。嫌な予想ですが、美奈代はすでに殺されてしまっているのではないでしょうか」

「ありえないことではないが、美奈代を殺す動機が見当もつかん」

　小学二年生の女子児童を殺すには明確な理由が必要だ。復讐なら、なおさら強固で深い怨みということになるだろう。親に怨みを抱いたところで、美奈代は三叉路事故とはまったく無関係なのだ。実際に殺すとなれば、通常一般の人間ならとてもできる仕業ではない。

　現状を報告しろと、竹中本部長から無線で連絡が入った。

「山本運転のノートは五台先を時速八十キロで、相模湖方面に向かって走行中です」

八王子インターを過ぎると間もなく中央道は八王子ＪＣＴで圏央道と交錯する。圏央道は厚木方面と青梅方面に向かう二つの路線に分かれる。

車間距離は開いているから紀子の急な進路変更にも十分対応可能だが、やはり追跡の失敗は絶対に許されない。緊張で手に汗が滲んでいる。掌《てのひら》をジャケットの袖にこすりつけて汗を拭った。

「先輩、これを使ってください」

横から伊勢崎がハンカチを差し出す。神保原は手を拭い、ハンドルにこびりついた汗のぬめりを拭った。

ノートは中央道をそのまま相模湖方面に向かって直進した。

さらに相模湖東出口を通過し、すぐに相模湖インターに差し掛かる。そこでもノートは直進した。犯人からの指示はまだ何もないようだ。神保原も伊勢崎も無言だ。

天気予報では、朝方から梅雨前線の活動が活発になり、雨が降り始めると予測していたが、路面を叩きつけるようにすでに雨が降り始め、ワイパーを全速にした。藤野パーキングエリアを通過した時、無線連絡が入った。

「犯人グループから指示があった。次の上野原インターで降りるぞ」

竹中本部長の声も緊張しているのか、時折声がかすれる。

「了解」伊勢崎が答える。

神保原は速度を上げ、先行する三台の車を追い抜き、ノートの二台後方につけた。ノートはウィンカーを出し、上野原出口から中央道を出ようとしている。それを確かめた上で神保原もウィンカーを出した。

「中央道上り線に入れという指示だ」

「了解」

神保原は車間距離をおきながら、ノートを追跡した。上野原インターに犯人グループがいれば、警察の追跡は知られてしまうだろう。しかし、追跡を継続するしかない。ノートは上野原出口の料金所を出ると大きくUターンして、再び料金所を通り、中央道上り線に戻った。

「いったい何を考えているのかしら」

伊勢崎が苛立ちからなのか、ひとりごとを吐き捨てる。

美奈代の誘拐事件はすでに世間に知れ渡り、朝のワイドショーから夜のニュース番組までが報道している。

犯人グループは「八王子方面に一人で向かえ」とメールで伝えてきたが、警察の追跡を当然予測しているだろう。犯人グループが警察の追跡を確認したり、山本に追跡を振り切らせたりするため、複雑な運転を指示しているとは思えない。では、今来た道を、何故引き返すようなルートを辿《たど》らせるのだろうか。

ノートは藤野パーキングエリアを過ぎ相模湖インターを過ぎ、八王子ＪＣＴを通過した。このまままた府中まで戻らせるつもりなのだろうか。いや、そんなことはない。犯人グループは何らかの目的があるから中央道を往復させているはずだ。

雑音混じりの無線が入った。

「ノートは中央道八王子停留所に入る」

八王子停留所には東京と甲府、松本、長野方面を結ぶ高速バスが停車する。八王子停留所では一般道に通じる階段があり、高速バスの乗降客が利用できるようになっている。

「どうするかを聞いてくれ」

神保原が伊勢崎に指示を出したのと同時だった。

「三百メートル後方で待機」

竹中本部長の命令が入る。

午前二時三十分、神保原は中央道上り線左端に車を寄せ、ハザードランプを点滅させた。停車した場所からは八王子停留所に止めたノートがハザードランプを点滅させているのはわかるが、降りしきる雨のせいで車内の様子まではわからない。

「伊勢崎、紀子に覚《さと》られないように少し停留所に接近して、様子を見てくれ」

「わかりました」

伊勢崎は車を降りるとガードレールと植え込みの間のわずかな隙間を停留所に向かって、かがみながら歩き出した。雨脚はさらに強くなった。

犯人グループが山本紀子の身柄を確保しようと考えれば、中央道上り線後方から接近してくる可能性も考えられる。それならばノートに不審車両が接近した段階で、犯人グループを逮捕する自信はある。

しかし、十分が経過した。不審車両が接近してくる様子もない。その可能性はないだろう。八王子停留所付近の一般道では八王子警察署の刑事によって不審者がチェックされている。犯人グループが一般道から中央道に入り山本紀子と接触するとは考えにくい。

二十分が過ぎようとしている。紀子が運転するノートはＧＰＳ機能で動きは完全に把握されている。何故こんなところで停車させているのか。

伊勢崎は植え込みに身を隠し、ずっと停留所の様子をうかがっている。

もうすぐ午前三時になる。ノートはまるで何かを待っているかのように停車したままだ。

何を待っているというのか、こんな雨の中を。

神保原の車の横を猛スピードで次々に車が走り去っていく。警察車両はガードレールすれすれまで寄せているが、追突されれば車はスクラップと化すのは間違いない。

何気なく後方を振り返った。大型トラックが接近し、路面にたまった水を撥《は》ね飛ばしながら通り過ぎた。サイドウィンドウに泥水が叩きつけられた。

その衝撃に目の前に稲妻が落ちたようなひらめきがあった。無線をすぐに取った。

「上田鉄平がどこを走っているか、すぐ調べてくれ」

神保原の言った意味が理解できなかったのか、「繰り返してくれ」と竹中本部長の応答が聞こえた。

「上田鉄平がどこを走っているのかすぐに調べろって言ってるんだ。とっとやれ」

神保原は苛立った声で竹中本部長を怒鳴りつけた。美奈代の生命がかかっているのだ。上司も部下もない。

「わかった」

竹中本部長のかすれた声にかぶせるように、すぐに磯田の声が聞こえた。

「犯人からのメールが入った」

追うように竹中本部長の声が無線から響いてくる。

「メールを読む。〈中央道上り線を相模湖方面に向かって逆走しろ〉と言ってきた」

しかし、ノートのハザードランプは点滅したままで動く気配はない。猛スピードで車が次々に走り抜ける中央道を逆走すれば、大事故が起こるどころか、幾台もの玉突き事故が発生して多数の死者が出る。山本紀子も躊躇っているのだろう。

紀子のノートは動き出しそうにもない。しかし、ＧＰＳで監視されている。

「メールが入った。〈逆走しろ〉だ」

それでも紀子のノートは止まったままだ。

「〈最後通告だ。一分以内に逆走しなければ、美奈代を太平洋に投げ入れる〉」

読み上げる竹中本部長はパニックを起こしているのか、メールを読むだけで命令がない。

「もしノートが逆走するようだったら、中央道を塞《ふさ》いでくれ」

磯田が代わって神保原に命令を下した。

「了解」

最後通告から一分が経過した。ノートのハザードランプが消えた。ノートの右ウィンカーが点滅し、ゆっくりと動き出した。

無線から女性の声が響いてきた。

「報告します。上田鉄平が運転するトラックが松本方面から八王子営業所に向かっている最中です。今、八王子停留所に接近していると思われます」

小田切洋子の声だ。

「わかった」

神保原は非常灯を点滅させ、サイレンを鳴らしながら車を急発進させた。後続車が突然の出来事に減速する。前方からノートが迫ってくる。しかし、速度は出ていない。

神保原はアクセルを床につくまで踏み込み、ガードレールぎりぎりのところを直進し、加速させた。後続車両との車間距離は不十分だが、追突されるのを覚悟でブレーキを踏み、ハンドルを右に大きく切った。同時にサイドブレーキをかけて車の後部を四十五度振ったところで、今度はアクセルを踏み込み、中央道上下線を分けるガードレールに衝突する直前でブレーキをかけた。

ノートが加速し第一車線を突破しようとしていた。神保原はバックギアに入れ、第一走行車線を完全に塞ごうと、追い越し車線を分けるラインと直角になるように車を止めた。

新宿方面に向かって走っていた車が追突を回避しようと急ブレーキを踏みこんだが、間に合わなかった。

神保原が運転する車両の右サイドに追突してきた。神保原の右腕、右脇腹に激痛が走る。大破し右ドアから降りることはできない。シートベルトを外そうとバックルに手をかけるが、右手の自由が利かない。裂傷を負ったのか、バックルが鮮血に染まっている。なんとかタングを引き抜き、助手席から転げ落ちるようにして車外に出た。

ノートの逆走を阻止しようとして、ノートと並走しながら伊勢崎がドアアウターハンドルを引っ張り、開けようとしているが、中からロックされているようだ。

ノートは追い越し車線にハンドルを切り、やっと通れるほどのスペースを強引に突っ切ってでも逆走を続けるつもりだ。

神保原は右足を引きずりながら身を挺《てい》して追い越し車線を塞ごうとした。

ノートの強引な車線変更に、伊勢崎は丸太が転がるように路上に投げ出された。

ノートの逆走を阻止することにばかり気を取られ、追突してきた車の後続車両の動きにまで、神保原の視界には入っていなかった。

ブラウスとズボンのいたるところが裂けて、全身血だらけの伊勢崎が立ち上がり接近してくる。

何かを叫んでいる。

伊勢崎が指を差した。神保原が後方を振り返った。

ヘッドライトをハイビームにしたトラックが接近してくるのが見えた。

「つかまってください」

よろける神保原に、伊勢崎が肩を差し出した。伊勢崎の肩に抱きつくようにして、少しでもその場を離れようとした。伊勢崎も負傷したのか右足を引きずっている。トラックのエンジン音が接近してくる。加速しているようだ。

ハイビームが降りしきる雨を映し出す。

上り車線を塞ぐようにして止まっている警察車両。トラックが通り抜けられるスペースはない。しかし、トラックは速度をさらに上げたようだ。まぶしいヘッドライトが迫ってくる。

前方からはノートが吸い込まれるように、追い越し車線のわずかなスペースを通過しようと加速してきた。このままではトラックとノートが激突する。

異常事態を察知したのか、捜査本部から指令が出されたのか、八王子停留所近辺で待機していた八王子警察署の警察官が一般道から階段で停留所に上がってきた。二人がよろけながら歩いている姿を確認し、駆け寄ってくる。

二人は停留所に辿り着き、中央道に目をやった。

トラックが猛スピードで追い越し車線の隙間をめがけて突進してきた。トラックは四トンのいすゞエルフだった。

ノートもスピードを上げた。

正面衝突の瞬間は一瞬だった。停留所まで地震の地響きのような振動が伝わってきた。いすゞエルフは衝突地点でピタリと停止した。しかし、ノートの前部は完全に潰れ、二、三メートル後方に弾《はじ》き飛ばされて停止した。

八王子警察署の警察官が二台の車両に近づき、救出活動を開始する。中央道上り線は八王子停留所数百メートル手前で、警察官によって封鎖された。

いすゞエルフの運転手が最初に車内から救出された。額から激しく出血している。

両足も負傷したようで、一人で歩ける状態ではない様子だ。両脇から警察官が支えている。

運転手は両足を骨折したのか、苦痛に顔を歪《ゆが》め、それぞれの腕を両側の警察官の首に回し、両足はくの字に曲がり、力なく垂れ下がっている。

「あいつは」

トラックから降りてきた運転手を見て、伊勢崎が絶句した。

運転手は上田鉄平だった。

「どうしてあいつが」

上田鉄平にもおそらくトバシ携帯が送付され、指示に従うように脅迫されていたのではないか。

救急車のサイレンが聞こえてきた。

上田鉄平は停留所前に横に寝かされた。

神保原がよろけながら上田に近づく。神保原の右腕には、警察官によってハンカチが強く巻かれ、止血処理が施《ほどこ》されていた。しかし、歩くたびにハンカチから鮮血が滴《したた》り落ちる。右足を引きずりながら、伊勢崎がその後に続いた。

上田の顔も鮮血で染まり、額から血が噴き出ている。

「しっかりしろ。今、救急隊が来てくれる」

救助にあたった警察官が励ましている。その警察官を脇にやり、神保原が上田の顔を上から覗き込む。

「目を開けろ、このヤロー」

神保原が怒鳴った。聞き覚えのある声に、一瞬、呻《うめ》き声が止まった。微かに目を開け、すぐに目を閉じた。

「誰に指示されたんだよ」

上田は首を横に振り、苦しそうな表情を見せた。

救急隊が担架を持って一般道から階段で停留所に上がってきた。

「運びます」

神保原と伊勢崎をどけようとした。神保原は血に染まった右腕を伸ばし、救急隊を制止した。左手で上田の胸倉をつかんだ。

「答えろ」

それでも上田は苦しそうに目を閉じたまま、呻き声を上げた。救急隊が再度神保原をどかそうとした。

神保原は左手で横たわる上田の膝小僧を叩いた。それほど力を加えたわけではない。しかし、脇腹にナイフを突き刺されたような悲鳴を上げた。

「わからない……」

「もう、それくらいでいいでしょう」

救急隊が神保原の尋問を止めるように促す。

「これくらいの傷では人間は死にゃしない。誘拐された子供の命がかかっているんだ」

こう言って、救急隊が上田を担架に乗せるのを神保原は止めたまま、質問を続けた。

「何て指示された」

「八王子停留所から逆走する車に正面衝突しろって……」

「そんな命令に何故従ったんだ、理由を言え」

神保原がもう一度膝を叩こうとした。救急隊が神保原の左手をつかんだ。

その瞬間、上田のすぐ横に座り込んでいた伊勢崎が額の傷口に拳を打ちすえた。

「早く答えなさいよ、子供の命がかかってるのよ」

二人の容赦ない尋問に、救急隊は二人をかきわけ上田を強引に担架に乗せ、階段を下り一般道に出てしまった。

「お二人も病院へ搬送します」

待機していた救急隊が神保原と伊勢崎の傷に応急処置を施した。

ノートのフロント部分は完全に潰れひしゃげた状態で、紀子の救出にはさらに手間取ることが予想された。

「まだか」

ノートの運転席から救出を試みている警察官が怒鳴り声を上げた。破損したドアやフロントガラスが粉々になって吹き飛んでしまった窓から紀子を引っ張り出すのは、人間の力だけでは到底不可能だ。スプレッダーで歪んでしまった車体を広げ、油圧カッターでドアを切り落としてからでなければ、車外に引き出せないだろう。

セーフティバッグが引きちぎられると、ぐったりとしてハンドルにもたれかかる紀子の姿が見えた。

警察官が大声で話しかけるが反応がない。

「助かるでしょうか」伊勢崎が神保原に聞いた。

「わからん。バカなことをして。子供を助けられるとでも本気で思ったのかよ……」

二人は救急隊の力を借り、階段を下り、そのまま救急車に乗せられ、病院に搬送された。

紀子は愚かだと神保原は思った。しかし、母親は自分の命をなげうってでも自分の子供を守ろうとするようだ。その気持ちは父親以上に強いのだろう。

殺された妻の純子もそうだった。長女の友希恵を守ろうとして最後まで犯人と格闘した。その詳細な状況が法廷で明らかにされた。その時、神保原は生まれて初めて殺意というものを覚えた。

14　隠された事実

神保原と伊勢崎はT大学医学部附属八王子病院で応急処置をしてもらった。神保原は右腕に五針縫う大ケガだった。伊勢崎は道路上を激しく転がり、全身に打撲傷、擦《さっ》過傷《かしょう》を負った。それでもすぐに事故現場へ戻り、捜査に加わった。

中央道の事故現場では山本紀子の救出作業がまだ続けられていた。

山本紀子は救急隊との受け答えも可能で、意識ははっきりしているようだ。ケガのことより美奈代が救出されたのかどうかをしきりに気にしているらしい。

大破したノートから山本紀子が救出されたのは、周囲が明るくなり始めた頃だった。全身打撲の重傷を負ったものの、生命の危険はない様子だ。山本紀子はT大学医学部附属八王子病院に搬送された。

上田鉄平が運転していたいすゞエルフ、そして神保原、伊勢崎が乗っていた警察車両はレッカー車によって、すでに八王子インターのNEXCO中日本の駐車場まで運ばれていた。いすゞエルフの車内は捜索が行なわれていた。N運輸のトラックにはタコグラフが装備され、上田鉄平のその晩の正確な運行状況は把握可能だ。

八王子警察署交通課が誘拐事件に関係すると思われるものはないか、いすゞエルフ車内を徹底的に調べ上げた。アクセルペダルの近くから上田鉄平が所有している携帯電話とは別にもう一台の携帯電話が発見された。おそらく犯人グループが上田鉄平に送りつけたトバシ携帯で、上田鉄平とはその電話で密かに連絡を取っていたのだろう。トバシ携帯は捜査本部に持ち帰り、すでに通信記録の分析が行なわれていた。その結果はまだ出されていないが、通信相手は犯人グループだろう。

上田鉄平は八王子駅近くにあるG病院に搬送された。そこで両足の緊急手術を行なっている。麻酔から覚めていれば聴取は可能だ。

八王子警察署のパトカーでG病院に行ってみることにした。雨はいつの間にか止んでいたが、朝からどんよりとした曇り空で、いつ雨が降り出してもおかしくない空模様だった。

神保原も伊勢崎も雨でずぶぬれ状態だった。しかし、いつの間にか衣服は乾いていたが、伊勢崎はブラウスもズボンも穴だらけのままだ。

上田は両足を複雑骨折の重傷で、手術を終えてICUに移されているという。主治医は短時間の面会は許可したが、上田鉄平はまだ麻酔から覚醒《かくせい》していないので、事情聴取は無理だろうと、二人に告げた。

G病院の五階にICUはある。看護師に案内されICUに入ると、ベッドに身を横たえていた。点滴注射を打たれ、上田鉄平は眠っていた。額には頭部を一周するように包帯が巻かれていた。

「主治医から五分で終わらせるようにとの指示が出ています」

こう告げると、看護師は上田鉄平のベッドから離れていった。ＩＣＵと看護室とは大きな窓ガラス一枚で仕切られているだけで、看護室からはまる見えだ。

伊勢崎が一瞬の隙をついて、上田鉄平の頬をつねった。痛みに反応して、上田鉄平が重そうに瞼を上げた。

神保原と伊勢崎がそばにいるというのがわかったのか、それともまだ朦朧としているのか、目を閉じてしまった。神保原が伊勢崎に目配せをした。伊勢崎がさらに強い力で頬をつねった。思わず上田鉄平が「止めてくれ」と力なく反応する。

「そうはいかないのよ、目を覚ましてはっきり答えて。誰からどんな連絡を受けて、あんな無謀な運転をしたのよ」

耳元で伊勢崎が問いかけた。

上田鉄平が首を横に振った。

「知らないわけがないでしょう、あなたが」

強い口調で聞き返したが、上田鉄平は煩わしそうに首を横に振り、再び目を閉じて開けようとはしなかった。

伊勢崎が掌で上田鉄平を叩こうとしたが、それを制止して神保原はＩＣＵを出るように促した。まだ覚醒していないようだ。G病院の駐車場に止めてある八王子警察署のパトカーに戻ると、運転席に座る警察官が「お二人を大至急、捜査本部にお連れするように指令が入りました」と言った。

二人はそのまま青梅警察署に戻った。

捜査本部にはマスコミが中央道での逆走事故を聞きつけて続々と集まってきている。美奈代誘拐事件に大きな進展かと、記者クラブや民放各局のワイドショーが共同記者会見を求めているようだ。

子供の命がかかっているのに、そんなものに応じられるわけがない。マスコミの対応は竹中本部長に任せておけばいい。

捜査本部に戻ると、会議が始まろうとしているところだった。神保原、伊勢崎の姿に捜査員が一斉に視線を向けてくる。後ろの席に二人が着くのと当時に、竹中本部長と磯田が捜査本部に入ってきて、最前列の会議用机に着席した。

竹中本部長も磯田もこれまでになく緊張した表情を浮かべている。竹中本部長が立ち上がると、捜査員も起立し敬礼で応じる。

「座ったままでいいから聞いてくれ」

竹中本部長が切り出した。

昨晩の事故から現在までの状況を竹中本部長が捜査員に説明する。

「中央道上り線八王子停留所付近で、乗用車が逆走事故を起こしたというニュースは、テレビ各局がニュースで流し、犯人グループも当然知っている。紀子が重傷なのも当然わかっているが、逆走事故の直後に犯人グループから、山本紀子が自宅から所持して出た携帯電話宛に、今もメールで要求を伝えてきている」

山本紀子が所持していたトバシ携帯は、事故車両の中からすでに捜査本部が回収していた。

〈中央道上り線八王子停留所逆走事故の現場検証を山本幸太にやらせろ。その結果を午前十一時までに公表しろ〉

犯人グループの要求はどこにあるのか。いまだに不明だ。はっきりしているのは、犯人グループの要求は金銭ではなく、山本幸太への怨みが犯行の背景にあるようだ。

「上田鉄平、山本幸太との接点は日野本町七丁目三叉路の事故しか、現在のところ見当たらない。カギを握っているのは山本幸太だ。磯田刑事に追及してもらったが、山本幸太自身は口を閉ざして何も語らない」

竹中本部長は会議室を探すような視線で見渡し、神保原と伊勢崎が座る席を見つけると、神保原に向かって聞いた。

「上田鉄平も当然何かを知っていると思われるが、神保原の方で何かわかったことがあれば、この場で報告してほしい」

竹中本部長も事態の打開策が見つからず困り果てているのがうかがえる。

「事故現場と、上田鉄平が入院している病院で聴取を試みました。一点だけわかったのは、上田にもトバシ携帯が送られていて、犯人グループの命令で逆走車両と衝突したようです。まだ麻酔から覚醒してなく、それ以上の聴取はできませんでした」

竹中本部長だけではなく磯田の表情からも落胆している様子が見て取れる。

山本幸太は、事件の背後に潜む何かしらの事情は知っているはずだ。長女が誘拐され、今度は犯人の要求に従って妻までもが重傷を負った。磯田が山本幸太のマンションに常駐している。その磯田をもってしても山本からは何も聞き出せていないのだろう。

「もう一通メールが送信されてきている」

竹中本部長が焼き鏝《ごて》を腕に押し付けられたような顔で付け加えた。

〈午前十一時になれば、美奈代を太平洋に投げ込む〉

あと三時間でフェリーが苫小牧港に入港する。その到着時間に美奈代を殺害するという予告だ。

「フェリーの乗船名簿をチェックしたが、美奈代という名前もないし、美奈代と思われる子供が乗船した事実もない。船舶会社に事情を説明し船内を密かに捜索してもらったが、乗船名簿に記載された子供はすべて実在し、乗船している事実も確認されている」

　フェリーに美奈代が乗船していないのはほぼ確認できてはいる。しかし、午前十一時というのは、犯人グループにとっては、苫小牧入港と同時に仲間の一人が逮捕される瞬間でもある。この時間までに目的が達成できなければ、美奈代を殺害するという警告は現実味を帯びている。

「フェリーの苫小牧港への到着時間だが、悪天候のため四時間程度の遅れが見込まれる。場合によってはさらに遅れることもありうるようだ」

　思わず捜査員の口からため息が漏れる。

　梅雨前線の動きが活発になり、船舶は青森県八戸沖を現在航行中のようだ。犯人グループにとっては幸運な遅れだが、捜査本部にとっては痛手だ。

「時間は限られている。全力で橘高一郎、そして柳原美香の恋人だった三船俊介の所在を追ってくれ」

　竹中本部長は悲愴な声で訴えた。

「中町はすぐに苫小牧へ飛んでくれ。それと立川署の児玉刑事、桜岡刑事は、仙台港の防犯カメラ、乗船名簿から、誘拐グループの割り出しに全力を挙げてくれ。何か意見はあるか」

　捜査員の前では毅然としているが、実際にはすがるような思いでいるのだろう。

中町と二人の本庁捜査員、児玉と桜岡が捜査本部から飛び出していった。

神保原が手を上げた。

「山本幸太警部補が何故捜査に非協力的なのかわかりませんが、犯人が要求する通りに、八王子停留所の逆走事故の実況見分をやらせたらどうでしょうか。午前十一時に船舶が苫小牧港に入港しないのであれば、それまでにわかることだけでも公表し、犯人グループに揺さぶりをかけるのも手かと思います」

山本幸太に実況見分をやらせる意図がどこにあるのか、皆目見当がつかない。山本幸太自身、妻子の命まで危ぶまれているというのに、事件について沈黙している。山本幸太の作成する中央道上り線八王子停留所逆走事故の実況見分に、犯人グループが反応する可能性はある。

「午前十一時までにできることは限りがあるが、実況見分調書を公表することによって、犯人グループと直接に交渉するチャンスができるかもしれない。私も神保原刑事と同意見です」

磯田も犯人グループの要求を受け入れ、山本幸太に実況見分調書を作成させ、事態の打開策を見出そうとしている。

「しかし、実況見分調書といっても、山本自身が現場に赴くことは不可能だし、調書を書ける精神状態ではないと思うが……」

竹中本部長は現実問題として犯人グループの要求に応じられるような状況にはないことを説明した。

神保原が苛立ちを露わにしながら言った。

「実況見分調書は八王子警察署が作成したものを、山本幸太に発表させればいいと思います。おそらく連中はその見分調書に反応し、なんらかのアクションを起こすはずです。船舶の遅れは、彼らにとっては有利に働きますが、われわれにも犯人グループとの直接交渉の機会が生まれるかもしれません」

「美奈代を午前十一時に太平洋に投げ入れると通告してきている。そのメッセージを無視することはできない」

竹中本部長は唇を強く噛みしめた。美奈代を生きて救出するように、本庁から強く要請されているのだろう。万が一美奈代が殺されれば、竹中本部長の庁内での出世の夢は断たれることになる。それを考えて躊躇しているのだろう。苛立つ思いを噛み殺しながら神保原が続けた。

「美奈代はフェリーの船内にはいません。どこかで匿《かくま》われている可能性が高いと思われます。犯人グループの狙いが金ではないことはほぼ明らかです。犯人グループの誘拐目的が何なのかさっぱりわかりません。しかし、目的は達成されていない。切り札の美奈代を午前十一時に殺すとは思えない。もし、目的達成のために手段を選ばない連中であれば、美奈代は誘拐直後に殺されてしまっている可能性もあります。後者を想定するなら、フェリーが苫小牧港に入港するまで、犯人グループの要求にはいっさい応じなければいい。前者であるなら、山本幸太を犯人グループにゆさぶりをかけるしか打開策はない。実況見分の責任者に仕立て上げ、犯人グループの要求する通り、実況見分の責任者に仕立て上げ、犯人グループにゆさぶりをかけるしか打開策はない」

冷静に考えれば、神保原の主張する方法以外、捜査本部が取るべき手段はないのだ。竹中本部長にも対応策を熟慮している余裕はない。時間は刻々と経過していく。

「わかった。そうしよう」

竹中本部長が神保原の進言を聞き入れた。すぐさま捜査本部から八王子警察署に連絡が取られ、午前十時三十分までに可能な限りの実況見分の結果を捜査本部に報告してもらうことになった。二時間程度で実況見分調書が完成するとは思えないが、犯人グループには山本幸太に妻が瀕死《ひんし》の重傷を負った事故の実況見分調書を、どうしても作成させたい理由があるのだろう。

山本幸太は実況見分調書の作成者になれという捜査本部の指示には従うようだ。竹中本部長の決断は早かった。というより磯田が陰から指示していると思われる。午前十一時に記者会見を開くと、青梅警察署広報を通じてマスコミ各社に連絡を入れさせた。

捜査本部での会議が終わると、それぞれの持ち場に戻り、捜査を続行することになった。神保原も伊勢崎も、青梅警察署のロッカーに保管してある予備の下着、衣服に着替え、八王子市のG病院に戻り、上田鉄平から聴取することにした。

一瞬でも気を緩めると引きずり込まれるような睡魔が襲ってくる。伊勢崎がハンドルを握った。神保原は五針縫った傷が疼《うず》いている。ハンドルを操作する余裕はない。

「気をつけろよ」

「大丈夫です。身体中が擦り傷だらけで、痛くて眠るどころではありませんから」

伊勢崎もいたるところから血が滲み出ているのだろう。

Ｇ病院に着くと、上田鉄平はＩＣＵから個室に移されていた。部屋の前には八王子警察署の警察官が警護にあたっていた。Ｇ病院側は、両足の手術も無事に終了し、面会を許可した。

上田鉄平はまどろんでいる様子だった。

「起きなさい」伊勢崎が耳元で怒鳴るように語りかけた。

聞き覚えがある声に反射的に目を見開いた。

「麻酔から醒めているのはわかっているのよ。はっきり答えなさいよ」

伊勢崎の口調は威圧的だ。美奈代を無事に生還させるためにはもはや時間の余裕はない。抑制しようとしても焦燥感はどうしようもないのだろう。

「何が聞きたいの」

「トバシ携帯を手にしたのはいつだ」神保原が聞いた。

「昨日だよ。松本からの帰りにトイレ休憩で諏訪湖サービスエリアに止まって、戻ったらバックミラーにひっかけてあったんだ」

「パーキングの遺失物係に何故届けなかったのよ」

「バックミラーから取って、どこにあるのかわからないけど落し物を受け取ってくれる係のところに行こうとしたら、その携帯電話が鳴り出したんだ」

「それで」

「出たら、俺の名前を呼ばれた」

考えられるのは、上田鉄平の近くに犯人グループの一人がいたということだろう。いすゞエルフのサイドバンパーに携帯電話をくくり付けた時には、犯人グループはおそらく上田鉄平の勤務状態、日常生活のすべてを把握していたに違いない。

「それで相手は何て言ってきた?」

「八王子インターで話したいことがあるって……」

「何て答えた」

「わかったとしか答えようがないでしょう」

上田鉄平のいい加減な答えに、伊勢崎も黙っていられなかったのだろう。

「いつまでもふざけた返事をしていないで、少しはまともに答えたらどうなのよ。そんな話を本気にしたとでも言う気なの」

「聞かれたことに対してはこれでもきちんと答えています。相手が八王子インターで会いたいと言うから、わかったと答えただけです」

両足の痛みは鎮痛剤でコントロールされているのか、上田鉄平は木で鼻をくったような対応だ。

上田鉄平がすべてを正直に話していないのは明白だ。何かを懸命に隠そうとしているのが感じられる。それが何なのか……。神保原にも苛立ちが蓄積していく。

「八王子停留所に着くまでに、相手からの連絡はあったのか、正直に答えろ。回収した電話から通話記録なんてすぐにわかるんだ」

神保原が強い口調で迫る。

「一回だけ鳴ったよ、八王子ＪＣＴあたりで。八王子インターを降りたところで待っているって」

「八王子停留所の事故について聞かせろ。何であんな強引な走行をしたんだ」

「追い越し車線と中央分離帯との間を通過できると思ったんだ」

ついに神保原が怒りだした。

「デタラメ言うな、このヤロー。中央道を塞いだ車は非常灯を点滅させていたし、追突した車のラジエーターから真っ白な蒸気が噴き出して、状況は十分わかっていたはずだ。それなのに逆走する車に突っ込んでいきやがって、逆走車の運転手の命でも奪う気だったのか」

神保原の声は廊下にまで響くような怒鳴り声だった。しかし、上田鉄平は神保原をあざ笑うかのように応じた。

「ああ、そうなんだ。私には危険運転致死傷罪の容疑がかけられているんだ。わかりました。ここからは聴取には応じられません。どうしてもと言うのなら、オヤジを呼んでください」

あまりにも小馬鹿にした態度に、神保原が耳元で囁く。

「もう一度その両足をへし折ってやろうか。今度は複雑骨折ではなく、粉砕骨折だ」

「それは脅迫ですよ、刑事さん」

「あんた、オヤジさんとの折り合いが悪いのと違うのか。まだ親離れしていないというか、自分が窮地に立たされたら、助けてください、パパなのかよ」神保原が挑発する。

「ヘッドライトで十分状況は確認できたと思うが、通れると思って加速したと言いたいわけだ」

神保原が確認を求める。

「そうです」

「当然、逆走する車が見えたと思うが、ブレーキを踏んだ形跡もない。何故だ」

「停留所と第一車線の合流点あたりからノロノロと逆走してくる車は確認できたけど、加速すれば、警察車両の横を通り抜けてしまえると思ったんだ」

「目の前であんな大きな事故が起きている。逆走車も確認している。他の後続車は後方で停車して、警察に通報している。お前はそうしたことには関心はないんだな」

「危険運転致死傷罪の容疑がかかっている以上、ここで話すべきことはありません」

「日野市三叉路の事故の時は、現場に残って事情聴取に応じているのに、今回とはずいぶんと対応の仕方が違うな。いずれははっきりさせてもらう。今日はこれくらいで引き揚げるが、これですんだとは思うなよ」

神保原は伊勢崎に目で合図し、病室から出ることにした。

八王子停留所逆走事故の実況見分調書はまだ完成していない。しかし、午前十一時までにはもう一時間もない。神保原と伊勢崎は青梅警察署に戻った。

上田鉄平からの聴取内容は竹中本部長に報告された。その内容も実況見分調書に書き加えられた。

午前十一時からの発表は、民放各社が実況で伝えるようで、青梅警察署前には中継用の大型バスが何台も駐車している。会見場は署員が柔道、剣道などの鍛錬《たんれん》に使用する体育館が当てられた。会見場にはすでにテレビカメラがセットされ、新聞各社のカメラマンも場所取りをしていた。

前列に会議用の机が二つ並び、椅子が六脚あった。しかし、着席したのは左端から青梅警察署の小菅署長、磯田刑事、竹中本部長の三人だった。記者会見は五分遅れで始まった。

竹中本部長が八王子停留所逆走事故の経緯について簡単な説明をした。

「事故の詳細については、山本幸太警部補が特別に加わり、今回の実況見分を進め、山本警部補が実況見分の陣頭指揮を執っている」

会場からどよめきが起きた。自分の娘が誘拐され、犯人グループは交渉役に母親の紀子を要求した。犯人グループの要求に従って中央道を走行、そして逆走を命じられた。紀子はそれを実行した。八王子方面に向かっていた上田鉄平が運転するいすゞエルフと正面衝突し、山本紀子は重傷を負った。

「実況見分は現在終了し、詳細は山本警部補が分析中だが、現段階での結果を磯田刑事から報告してもらう」

磯田刑事が立ち上がり、二枚ほどのA４用紙を持ち、立ち上がった。

「捜査上の問題もあり、詳細を明らかにできないこともあるので、その点は予めご了承ください」

こう前置きして磯田が実況見分の概略を説明し始めた。

「昨日午後十一時五十五分、犯人グループからメールが山本幸太警部補所有の携帯電話に入りました」

　捜査本部は犯人からのトバシ携帯が山本側に渡った経過はいっさい説明せずに、犯人グループからメールでの連絡があった事実を明かした。

「そのメールは美奈代の母親が一人で国立府中インターから入って、八王子方面に向かえというものでした」

　山本紀子が運転するノートは中央道上野原出口を出ると大きくUターンして、犯人グループの要求で、中央道に入り再び府中方面に向かった。

「途中で八王子停留所に入るように、犯人グループからの要求が紀子所有の携帯電話にありました」

　その要求に紀子は応じた。

「今日の午前三時過ぎ、停留所から第一走行車線に入り、そこから相模湖方面に向かって逆走するように犯人グループからの指示があり、山本紀子は逆走して、トラックと正面衝突し、重傷を負って病院に搬送されましたが、命に別状はありません」

　記者たちが苛立っているのが、体育館の後ろで成り行きを見守っている神保原にも伝わってくる。中央道を逆走すれば、どんな大事故になるかくらいは誰にでもわかる。

「山本紀子が躊躇いながらも、犯人グループからの要求に応じたのは、逆走しなければ美奈代の命を奪うと、犯人グループから脅迫を受けていたからです」

磯田は二枚目の用紙をめくった。

「山本紀子運転のノートと正面衝突したのはいすゞエルフ、運転していたのはN運輸の上田鉄平で、八王子営業所へ戻る最中でした。ノートを尾行していた警察車両は、山本の逆走を防ぐために中央道を塞ぐように真横に止められました。そこに一般の後続車両が突っ込み、警察車両は大破し、その事故現場から一刻も離れたい一心で上田鉄平は加速し、逆走してきたノートと正面衝突して、二台の車が大破する事故が起きた、これが現在までの状況です」

捜査本部は、上田鉄平にもトバシ携帯が犯人グループから渡っている事実を伏せた。公表すれば、山本一家と上田鉄平の関係を聞いてくるだろうし、二組の関係の取材に動きだすだろう。

磯田が着席すると、「記者会見はこれで終了させてもらいます」と竹中本部長が記者からの質問を受けずに退席しようとした。

記者から質問に答えてほしいと怒声が飛ぶ。

「山本幸太さんが何故この非常事態に実況見分の責任者を務めているのか、何か特別な理由があるのか、それくらい答えてくださいよ」

磯田が立ち上がった。野太い声で言い放った。

「質問は多々あると思いますが、もう少し時間をください。ここからはオフレコとして聞いてください」

磯田に記者の視線が集中する。退席しようとした竹中本部長が後ろを振り返る。

「オフレコである点はくれぐれもよろしくお願いします。小学二年生の命がかかっているのは、皆さんも承知していると思う。いいですね」

会場から記者が答えた。

「記者クラブ幹事社、△△放送の倉持です。これから聞くことはオフレコということで、所属各社に徹底させます。お聞かせください」

「数時間のうちに事件は解決方向に向かって大きく動き出します。犯人グループの電話がどこから発信されていたのか、発信地をほぼ特定できました」

磯田のコメントは数時間後に、犯人を逮捕すると宣言したにも等しいものだった。

15　個人情報

記者会見は午前十一時三十分には終わっていた。会見場から捜査本部が置かれている三階に戻る竹中本部長の周囲を記者たちが取り囲む。しかし、竹中本部長は口を真一文字に閉じたまま、捜査本部に入ってしまった。

記者会見の模様は、昼のニュース、ワイドショーにそのまま放送された。犯人グループは当然それらの番組を見ているだろう。

記者会見を終え、捜査本部に戻るのと同時だった。山本紀子が所持していたトバシ携帯に犯人グループからのメールが入った。

〈三時間以内に再度記者会見を開いて、上田鉄平の血液型を公表しろ〉

メールを読んだ竹中本部長が、センブリ茶をジョッキで飲みほしたような顔つきに変わった。

「こいつら、頭がおかしいのと違うか」

誰に言うでもなく、竹中本部長は部屋中に響き渡る声で怒鳴り散らした。

しかし、犯人グループは綿密に計画を練り上げて美奈代を誘拐している。正常な意識の持ち主だろう。犯人グループの動機が不明だから、メールの内容が不可解に思えるだけなのだ。

　磯田が何か言いたそうに、神保原に視線を送ってくる。神保原は竹中本部長と二人で小声で話している磯田に歩み寄った。

「そういうわけだ。上田鉄平の血液型と、なんでそんなものを犯人グループが知りたがっているのか。上田から徹底的に聞き出してみてくれ」

「わかりました」

　神保原はすぐさま伊勢崎とともに、上田鉄平が入院している八王子駅に近いG病院に急行した。青梅インターに入った直後、磯田から携帯電話に連絡が入った。

「例の訳のわからんメールだが、犯人グループは同様のものをマスコミ各社に送信したようで、その問い合わせが殺到している。G病院にもマスコミが集まっていると思うから気をつけてくれ」

「了解しました」

　神保原が答えた。

「ホントに何を考えているのかさっぱりわかりませんね」

　ハンドルを握りながら伊勢崎が言った。

　わからない。見当もつかない。でも、上田鉄平にはあのメールの真意はわかるのだろう。素直に聴取に応じてくれれば、事件解決の糸口が見つかるかもしれないが、果たして上田がどう出るか……。

上田鉄平が重傷を負い、入院している事実を、犯人グループは当然認識している。それでも無理な要求を捜査本部に送信してきた。その上、マスコミにまで同様のメールを送りつけた。

案の定、G病院前というより、G病院の周囲全体をマスコミが張り込んでいて、患者の出入りにも差し支えるような状況だった。

すでに神保原や伊勢崎の二人は捜査本部の刑事だとマスコミに知られている。神保原はG病院の駐車場ではなく、八王子駅前地下の駐車場に止めさせた。そこから歩いて二分程度でG病院に着く。

病院の玄関にはマスコミの立ち入りを禁止するという張り紙と、急患の搬入にも支障をきたす恐れがあるので、取材を自粛するように要請文がドアの前に貼られていた。神保原たちは正面玄関裏手にある夜間通用口から病院内に入った。

病院側の許可を取りつけている時間的余裕などない。神保原たちは五階にある個室に直接入った。わずか二時間ほど前に上田鉄平から聴取したばかりだ。いきなり入ってきた神保原と伊勢崎に、上田鉄平はあからさまに顔を歪めた。

「まだ何かあるんですか」

上田鉄平はリモコンで観ていたテレビのスイッチを切った。

「テレビを観ていたのなら話は早いわ。あなたの血液型を教えて」伊勢崎が聞いた。

「あの事故と、俺の血液型とどう関係するんですか」

「それはあなたがいちばんよくわかっているのと違うのかしら」

伊勢崎はあくまでも下手に出た。

「俺がどう誘拐事件と関係しているのか知らないけどさ、何で俺がそんな誘拐犯の理不尽な要求に応えなければならないの。意味がさっぱりわからないよ」

「血液型を答えるくらいで、何故そんなに抵抗するのかしら。二年生の女の子の命がかかっているのはわかっているでしょう」

「でも俺にだって人権っていうもんがあるでしょう」

こらえきれずに神保原が怒鳴った。

「お前の人権なんかより、二年生の生命の方が大切だっていうことくらいわからないのかよ。お前、あったま悪いなあ」

神保原の挑発に、上田鉄平は視線を天井に向けた。嘲《あざけ》るような笑みを浮かべながら答えた。

「そんなこと、青梅警察署の田舎刑事に言われたくないけど、俺は」

父親の上田弁護士が検事時代に、家で所轄の刑事を軽んじる言葉を吐いていたのだろう。

「田舎も都会もないのよ。聞いたことに答えてくれない」伊勢崎が迫る。

「知りたければ令状を取ってさ、正式に聴取するなり、病院から証拠として押収すればいいでしょう」

　上田鉄平は父親から容疑者の逮捕や証拠を押収する時の手続きを聞いているのだろう。煮ても焼いても食えそうにもないヤツのようだ。これが上田鉄平の本性なのだろう。最初の印象とは大違いだ。狡猾なところだけは一人前だ。握り拳を膝の上にでも打ち下ろしたくなる。

　上田鉄平をいくら相手にしていても埒《らち》があかない。二人は個室を出た。間に六人部屋三部屋を挟んでＩＣＵがあり、ＩＣＵとはガラスで仕切られたナースセンターがある。神保原、伊勢崎はナースセンターに入った。カルテがあるはずだ。

　部屋で五人の看護師がカルテの整理をしたり、ナースコールの対応にあたったりしていた。五十代と思われる看護師が言った。

「ＩＣＵの方は私が見ています。皆さんは病室の患者さんの様子を見て来てくれるかしら」

　彼女が看護師長のようだ。すべての看護師がナースセンターから出ていくと、看護師長は、自分が目を通していたカルテを机の上に置くと椅子から立ち上がり、神保原をじっと見つめた。

神保原と看護師長の視線が絡み合った。看護師長は右手で机の上を三度ほど叩いて、ナースセンターから直接ＩＣＵにつながるドアから入り、重傷患者の様子を診て回っている。

神保原はすぐに看護師長の机に走り寄った。彼女が目を通していたのは上田鉄平のカルテだった。

カルテはクリアファイルに挟みこまれていたが、その上には検査結果をパソコンで印字した数枚の票も挟みこまれていた。最初の票には上田鉄平の血液型が記載されていた。

上田鉄平の血液型はＢ型だった。

伊勢崎が票を読み取り、手帳に書き記した。二人はすぐにナースセンターから出た。看護師長も犯人グループが上田鉄平の血液型を公表するように要求しているのを、テレビニュースで知っているのかもしれない。

「看護師長はどうして私たちが血液型を聞こうとしているのがわかったのでしょうか」

神保原は首を横に振った。

しかし、その理由は青梅警察署に戻ると、すぐに理解できた。テレビニュースで犯人グループの要求を知った上田哲司が、捜査本部やＧ病院に連絡を入れ、個人情報を無断で公表するなと要求してきたのだ。

Ｇ病院の院長にも直接電話を入れたようで、院長からその旨が竹中本部長に伝えられていた。

磯田がすぐに駆け寄ってくる。

「院長にも、捜査本部長にもかなり激しい口調だったらしい。上田鉄平からすでに委任状を取り付け、自分が代理人だと主張している。Ｇ病院の院長には、公表すれば、医師の守秘義務違反で訴えると吠えまくったようだ」

磯田の話を聞き、ナースセンターからすべての看護師が姿を消した理由がわかった。美奈代の生命を思って血液型がわかるようにしてくれたのだろう。

「上田鉄平の血液型はＢ型です」

神保原がナースセンターでの様子を説明した。

「それにしても血液型くらいで、どうして上田弁護士は大騒ぎするのでしょうか」

「本部長に対してもケンカ腰だったらしい。調べるのなら令状を取れとか、血液型がわかったからといって、それを公表することは基本的人権に抵触するとか、息巻いていたようだ」

磯田の話を聞いていた伊勢崎が言った。

「典型的なハナクソ人権弁護士ですね」

「なんだ、そのハナクソ弁護士っていうのは？」磯田が聞いた。

「ハナクソと屁理屈はどこにでもくっ付くもので、ハナクソみたいな屁理屈をがなり立てて、人権を主張する弁護士のことです」

磯田も納得のいった表情を浮かべたが、すぐに緊張した面持ちに変わった。

「本部長はどうする気なんですか」神保原が聞いた。

犯人グループが公表を要求している時間が刻々と迫っている。

竹中本部長は署内のどこかに一人身を置いて、対応策を練っているのだろう。午後二時を回っていた。捜査本部に竹中本部長が目の落ち窪んだ顔で現れた。事件発生からほとんど寝ていないのだろう。貧血で今にも倒れそうだ。磯田が歩み寄り、神保原からの情報を伝える。

「今のところ、こちらからメールを送信し、血液検査に手間取っているからと、一時間待ってくれるように説得するしかないと思いますが、磯田さんはどう思われますか」

交渉で時間を稼ぐのは常套《じょうとう》手段だ。しかし、相手は人質に美奈代を連れ去っている。その上、命を奪うと脅迫してきているのだ。果たしてその方法が有効なのか、適切なのかどうか判断がつかないのだろう。

「相手が拒否した時にはどうされますか」磯田が詰め寄るように言った。

竹中本部長は唇を噛みしめたまま黙り込んでしまった。引き延ばし作戦が失敗すれば、最悪の事態が想定される。拒否された、それからどうしようではすまされないのだ。しかし、経験の浅い竹中本部長にはそれ以上の対応策は見つからないようだ。

「すでに血液型はB型と判明しているが、本人が公表を拒んでいると事実を告げて、その説得に時間がほしいと相手の反応を見極めたらどうでしょうか」

神保原が竹中本部長というよりも、磯田に話しかけた。竹中本部長には最初から任が重すぎたのだ。

「そんなことをして犯人グループを変に刺激し、万が一にも美奈代の身に何か起きれば、誰が責任を取るのか……」

——すべての責任は捜査本部長が取るというのが警察組織の誰もが知っている掟《おきて》だ。そんなこともわからないで、指揮を執ってきたのか。

意識的に蔑むような視線を竹中本部長に送った。何か言いたそうに竹中本部長は、水槽の金魚のように口をパクつかせた。

「犯人グループは数時間後、フェリーが苫小牧港に入港した段階で逮捕されるのは覚悟の上で、様々な要求をしてきている。誘拐の背景には、山本幸太への怨みだけではなく、上田鉄平がらみの何かがある。ここまで来たんだ。迷っていても仕方ないだろう。実情を伝えて、相手の出方をうかがうしかない。相手の反応を分析すれば、事件の背後に潜んでいるものを知る手がかりになりうる」

神保原は決断を迫った。

竹中本部長が無言のまま神保原を睨みつけている。

神保原は竹中本部長から視線をそらし、磯田に目配せした。神保原が竹中本部長をまったく相手にしていないのが、磯田にも伝わったのだろう。磯田が竹中本部長を落ち着かせるように言った。

「ここで犯人グループの要求に応じなかったとしても、それを理由に美奈代を殺すことはないでしょう。殺してしまえば、彼らは交渉材料を失うことになる」

「しかし、事件の背後に怨みが関係しているとすれば、腹いせに殺すことだってありうるでしょう」

「それならば誘拐した直後に、足手まといになる美奈代は殺しているでしょう。殺しても死体が発見されない限り、生きているように装って、交渉を続行することは可能です」

ベテランの磯田も神保原の方針に同意している。これ以上、逆らえなかったのだろう。竹中本部長は実情を犯人グループに説明し、記者会見で上田鉄平の血液型を発表できないと通告することに決定した。

午後二時半までは残り二十分。犯人グループに対するメールを考えるからと、竹中本部長が部屋を出て一人きりになろうとすると、捜査本部の警察官の制止を振り切るようにして、上田哲司が立っていた。

近くにいた刑事が上田哲司から用件を聞き、捜査本部長のところに走り寄って来た。

「捜査本部長に直接伝えたいことがあるそうです」

「私が相手をします。本部長はメールの文案を考えてください」

と、磯田は言ってから「君たちも一緒に来てくれ」と神保原、伊勢崎を誘った。

捜査本部から出ようとする竹中本部長に、上田弁護士が立ちはだかるようにして話しかける。

「鉄平の件で話がある」

上田弁護士を無視して、竹中本部長は署内にある小会議室に向かった。そこで文案を練るのだろう。

「話は私が聞きます」

磯田が上田弁護士の注意を引き付けた。

「私は捜査本部長と話をしたいのだ」

「捜査本部長は犯人グループの対応に専念します。どうかその点をご理解ください」

「君なんかと話ができるわけがないだろう」

上田哲司は、いまでも東京地検の検事でいるつもりなのだろうか。退官後は弁護士の一人でしかないのに、磯田に対してあまりに傲慢な口のききようだ。しかし、磯田はそうした検事の対応には慣れているのだろう。表情一つ変えることなくそれまでと同じ口調で答えた。

「ご無理を言って恐縮です」

捜査本部のドアから少し離れた場所に上田弁護士を呼んだ。磯田は丁寧な口調とは裏腹に、廊下の隅で立ち話を始めた。

「ここでお話を聞きます」

釈然としない思いが上田弁護士の表情から読み取れる。

「ご用件を承ります」

「上田鉄平の情報は、どんな要求があろうとも公開されては困る。本人の了解なしに公開した場合は法的措置を取る。伝えたいことはそれだけだ」

「わかりました」

磯田はあっさりと了承した。それ以上、上田弁護士と付き合うつもりはなかったのだろう。しかし、若い伊勢崎には上田弁護士の傲慢さが耐えられなかったようだ。

「一つお聞きしてもよろしいでしょうか。何故公表してはいけないのでしょうか。たかが血液型ですよ」

「世界中でテロリストによる誘拐事件が起きている。犯人の要求に応じて身代金など与えてはいけないというのが鉄則になっているのを君は知らないのか」

「犯人グループは身代金を要求しているわけではありません。血液型を公表しろと言っているにすぎません」

「個人情報保護法がある」

「そんな法律と子供の命、どちらが大事か、子供でもわかることです」

伊勢崎が声を荒らげた。

「失礼しました」

神保原は伊勢崎の腕を引っ張り、捜査本部の中に引き入れた。

「あのくそオヤジ、何を考えているのよ。検事だか弁護士だか知らないけど、ホントにむかつくハナクソ弁護士だわ」

伊勢崎は怒りのやり場がないのか、捜査本部の中に入っても文句を言い続けた。

「先輩はあんなヤツの話を聞いて何とも思わないのですか」

「上田弁護士の主張は正論だ」

「あれが正論なんですか」伊勢崎が今度は神保原にくってかかってくる。「美奈代の命より個人情報保護法を順守するのが正論だなんて、いくらなんでもおかしいでしょう」

「おかしくても正論は正論だ」

神保原は突き放すように答えた。

「非常時には正論ほど無力なものはないと思います」

「われわれは正論から外れたことは許されない。建前上はな」

伊勢崎とやり合っている余裕はない。美奈代を助けたいと思っているなら、何故血液型の公表を渋るのか、その理由を探ること。それが近道。だから磯田刑事も適当に上田弁護士を追い払ったのだ。

伊勢崎にはわだかまる思いがくすぶっているのだろう。不満そうな顔をしながら神保原の後をついてくる。

午後二時二十八分、竹中本部長がメモ用紙を持って捜査本部に戻ってきた。

「この文面で犯人グループにメールを入れてくれ」

メモを伊勢崎に渡した。

〈上田鉄平の血液型はB型と判明。しかし、公表を本人が拒絶している。説得にもう少し時間がほしい〉

伊勢崎は文章を素早く入力し、午後二時二十九分三十秒にメールを送信した。

「相手に届きました」

後は犯人グループからの返信を待つだけだ。しかし、五分経っても、十分経過しても、トバシ携帯には何の連絡も入らなかった。

「もう一度確認のメールを入れてみましょうか」

竹中本部長は不安になるのだろう。しきりに水を飲みこみながら、磯田に話しかける。磯田の方はまるで観音像のように立ったまま身動き一つしない。話しかける竹中本部長に首を横に振るだけだった。

「フェリーの苫小牧入港は何時になるんだ」

竹中本部長が捜査本部中に響きわたる声で聞いた。

「さらに四時間遅れて、午後七時入港だそうです」

本部から派遣されてきている刑事が即座に答えた。

「何もかもが犯人グループに都合よく動いて行きますね」

伊勢崎が呟く。

「犯人だって焦っているのと違うか。フェリーがなんだかんだいって、八時間も遅れるなんて想定外だろう。彼らだけが有利で、われわれが不利だと思うのは間違いだ」

神保原が答えた。

トバシ携帯が着信音を発した。磯田がすぐに携帯電話を取った。

〈二時間の猶予を与える。ただし上田鉄平の血液型と同時に二〇一二年二月十一日午前二時三十分から午前五時までの上田鉄平の行動を明らかにしろ〉

日野本町七丁目三叉路事故の起きた日だ。しかも事故に至るまでの上田鉄平の行動を公表するように要求してきた。

やはり日野本町三叉路事故に美奈代誘拐事件は関係している。

「山本幸太の実況見分調書や事情聴取で明らかになっているのは、二時間くらい成田空港近くのコンビニの駐車場で仮眠を取り、確かおにぎりを食べて日野に向かって、帰社寸前のところで例の事故に遭遇しているんですよね」

伊勢崎が確認を求めるように神保原に聞いてきた。

確かにその通りだが、上田鉄平の行動は、橘高一郎の業務上過失致死罪の裁判で、すべて明らかにされている。上田鉄平自身もコンビニの駐車場で仮眠を取っていたと法廷で証言している。それを何故今になって蒸し返しているのだろうか。

犯人グループは捜査本部に新たな要求を突きつけた事実をマスコミ各社にもメールで送信したようだ。新たな要求に対する対応について、記者クラブを通じてコメントを発表するようにマスコミは求めてきた。

竹中本部長と磯田が神保原のところに近づいてくる。二人とも緊張しているのがうかがえる。

「なんで上田鉄平のアリバイをこの期《ご》に及んで要求するのか理解しがたいが、血液型の件もある。少し締め上げてもかまわないから、上田鉄平からあの事故の前後の状況を聞き出してきてくれ」

磯田が言った。

「山本幸太に関しては、私と磯田さんとで、あの調書をめぐって何があったのかを聞き出してみる」

竹中本部長も、山本幸太作成の実況見分調書に誘拐事件を解決に導くカギが潜んでいるのは間違いないと確信を持ったのだろう。

上田哲司弁護士がわざわざ捜査本部まで乗り込んできているところをみると、鉄平も素直に質問に答えるとはとても思えない。しかし、犯人グループはコンビニ駐車場で仮眠を取っていたという上田鉄平の証言に疑問を抱いているのだろう。疑問どころか、事実と異なると思っているから、「行動を明らかにしろ」と要求してきているのだ。

「行きましょう」

伊勢崎が青梅警察署の裏手にある駐車場に走った。

八王子駅前にあるG病院前は、さらにマスコミ関係の車両、記者、カメラマンが増えていた。

上田鉄平も犯人グループから新たな要求が出されたのは、テレビやインターネットを通じて知っていた。

二人が個室に入ると、「もうそろそろ来る頃だろうと思ってました」と落ち着き払った様子で答えた。

ベッドの横に置かれたサイドボードの上には、昼食がすんだトレイが置かれていた。

「それなら手間が省けるわ。三叉路事故が起きる前のあなたの行動について聞かせてもらうわ」伊勢崎が手帳を広げながら聴取しようとした。

「もう七年も前の話ですよ。そんなのとっくに忘れてますよ」

「可能な限りでいいから思い出してよ」

どうせ思い出していても、父親から何も答えるな、くらいの助言は受けているのだろう。

「思い出せって言われても、忘れてしまったものはどうしようもない。三叉路事故の裁判で、私も検察側に呼ばれて証言をしている。裁判記録を見てもらえれば、あの日の勤務状況はすべてわかると思う」

やはり上田哲司から差し障《さわ》りのない返答の仕方を指南されている。

「わかった。ご丁寧に」

神保原はすぐに部屋を出ていこうとした。それが上田鉄平にも意外だったのだろう。

「もう帰るんですか……」

「協力に感謝する。それはそうと事件とは関係ないが、出された食事は全部食えよ。栄養士さんが回復のことを考えてメニューを考えてくれるんだから」

トレイの上にはサバの塩焼きと梅干しがそっくりそのまま箸もつけずに残されていた。

「サバの塩焼きも梅干しも、子供の頃から苦手なんだ」

「それにしては、例のコンビニでは確か梅干しのおにぎりを二つ食べてから日野に向かって走り出している。コンビニの駐車場に止まっていた朝は食べることができたんだ。よほどお腹が空いていたんだろうな」

神保原の言葉に上田鉄平の顔から血の気が引いて行くのがはっきりとわかった。

パトカーに乗ると、溜まっていた不満をぶちまけるように、伊勢崎が神保原に聞いてきた。

「ハナクソ弁護士のいうことを正論だというし、締め上げてもいいと磯田刑事が言っているのに、鉄平の聴取をあっさりと打ち切ってしまう。何故ですか」

「正論を唱えて、大切な家族の命を奪われたドジな刑事がいたんだよ。だから無力だというのは俺にもわかるさ」

神保原は別れた妻と一人娘が殺された経緯を、世間話でもするような調子で伊勢崎に話した。

「そんなことがあったのですか。大変失礼しました」

助手席に顔を向けて伊勢崎が頭を下げた。

「鉄平にしろ、ウソをつきまくっているのがわかれば、それでいい。あんなところで時間を潰している余裕は俺たちにはないからな。それより青梅署のマドンナがだよ、いつになく険しい顔で、何故食ってかかってきたんだ」

「実は……」

高校時代に親友を殺された経験があったことを伊勢崎が話した。

「それで刑事になろうと思いました」

「そうか。そんなことがあったのか」

少しの間だったが、重い沈黙が流れた。

「正と悪、その境がどんなふうになっているのか、俺にも実際のところわからん。その境の被膜に真実があるような気がする。だから刑事という仕事は、時には悪の世界に足を踏み込んでしまう瞬間があるのかもしれない。でもそれが許されるかどうか、刑事をもう少し続けていれば、いずれ結論がでるだろうと、俺はそんなふうに考えているんだ」

伊勢崎に神保原の真意が伝わったかどうかはわからない。

神保原は妻子の命を奪った黒幕をいつか必ず暴いてやるという思いは消失していない。法で罰することのできない巨悪であれば、私刑さえもいとわないと思っている。

伊勢崎に語って聞かせた言葉は、神保原の心の奥底に眠っている憤怒を鎮めるために、自分自身に言い聞かせるためでもあった。

16　乗船名簿

仙台港には児玉と桜岡が向かった。

乗船名簿と当日の乗船の様子を映した防犯カメラを徹底的にチェックすることだ。フェリーの船内は船会社の社員によって密かに捜索が行なわれ、美奈代らしき女子児童は乗船していないと報告を受けていた。

東北新幹線で仙台駅に向かい、そこからは宮城県警の協力を得てパトカーで仙台港に急行した。

すでに児玉らの用件は船会社に伝えてある。太平洋フェリーの仙台港営業所の大場貢所長が待機していてくれた。

「宮城県警からお話を承っています。何なりとお申し付けください。可能な限りご協力させていただきます」

五十代半ばといった年齢だろうか。誘拐事件の捜査と聞き、緊張しているのがわかる。「この部屋を使ってください」

所長室の二階の窓からは、どんよりと曇った空と鉛色の海が広がっている。

所長の机の上には、乗船名簿とその上にＤＶＤが一つ置かれ、その横にもう一つ同じものが用意されていた。

「これは？」児玉が大場所長に聞いた。

「現在、大幅な遅れを出して苫小牧港に向かって航行しているのは、〈いしかり〉です。通常は名古屋港を午後七時に出港し、乗客は船内で一泊し翌日の午後四時四十分に仙台港に接岸します。三時間ほど停泊し、やはり翌日の午前十一時に苫小牧港に到着する航行スケジュールになっています」

「名古屋から乗船すると二泊三日の船旅になるのか」

「その通りです」

「名古屋から乗船して苫小牧港まで行った客はいるのかね」

「おります。ただ、その方たちは物流関係の仕事をしている人たちというか、ほとんどがトラックの運転手たちです」

児玉は思わず桜岡と顔を見合わせた。桜岡も厄介なことになりそうだと表情を歪めている。

所長の机の上にあったのは、仙台港から乗船した乗客の名簿と、乗船タラップを通って〈いしかり〉に乗り込む乗客の姿を捉えた防犯カメラの映像だった。

もう一つは事情を聞き、大場所長が名古屋港から乗船した客の名簿と、その時の映像を名古屋本社から送信させたものだった。

「もう一つパソコンがあった方がよければ、すぐに用意させます」

「申し訳ないが用意してくれ」児玉が頼み込んだ。

もう一台、ノート型のパソコンが運ばれてきた。

大場所長のデスクトップのパソコンで、児玉が仙台港から乗船した乗客の映像を見ることにした。桜岡はセンターテーブルにノート型のパソコンを起動させ、名古屋港の映像をチェックすることにした。

「私はオフィスに待機していますので、何かご不明な点があれば、お声をかけて下さい」

所長室で二人きりになった。

DVDを挿入し、再生を開始した。仙台港も名古屋港もアングルは同じで、乗船タラップを船に向かって歩いていく乗客の正面の姿を捉えていた。

「わかりやすいな」児玉が安堵しながら桜岡に話しかける。

「しかしですよ、子供をトラックの運転席の後部に設けられているベッドか、荷台に隠されたら、この映像には映り込みませんよ」

長距離トラックの後部座席には仮眠用のベッドが設えられている。桜岡の指摘ももっともだ。しかし、今は美奈代と思われる乗客が、名古屋港、仙台港から乗り込んでいないか確認するのが最優先事項だ。

十分経過し、二十分たっても、児玉も桜岡も無言だ。映像には日付と時間が秒単位で刻まれ、映像が流れていく。二十九分が経過し、三十分になろうとしていた時だった。

「なんだ、こいつら」児玉が思わず声を上げた。

「どうかしました」桜岡はモニターを見たまま、児玉に聞いた。

「来てくれ」

桜岡が映像を一時止めて、所長の机に走り寄ってきた。

児玉は映像を二分ほど巻き戻し、再生した。

桜岡も映像を見て息を呑み込んだ。

「間違いねえだろう」

「間違いないですね」

防犯カメラが捉えていたのは、老夫婦らしき二人連れの乗客だった。東京駅丸の内北口改札近くのコインロッカー、そして十日町市千手郵便局近くのコンビニ、二つの防犯カメラに映っていた二人と同じだ。

「誰なんだ、こいつらは」

児玉、桜岡はそれぞれの映像をチェックした。二つとも乗船の様子を捉えた映像は一時間近くあった。結局、映像からは美奈代らしき女子児童は名古屋港、仙台港から乗船した乗客の中からは発見できなかった。

「老夫婦らしき客もこの二人しかいねえな」

児玉は呟きながら乗船名簿に目を通し始めた。

乗船名簿には名前、住所、年齢、性別、同行者名が記されていた。小熊幹夫六十二歳、典枝五十九歳、夫婦の住所は千葉県船橋市東町×××になっていた。

児玉はすぐに捜査本部に連絡を入れた。

「東京駅ロッカーの年老いた二人の名前、所在先が割れた。この二人は〈いしかり〉に仙台港から乗船し、苫小牧港に向かっている。すぐに自宅のガサ入れをしてくれ」

児玉からの一報は磯田によって、G病院を出て青梅警察署に戻ろうとしていた神保原にも伝えられた。

磯田からの連絡に、感電したような衝撃を神保原は受けた。

あのコンビニで買い物をした時に確か見た名前だ。間違いない。殺されたのは小熊雅美、CAだった。両親の名前は記載されていなかったが、上田鉄平が日野本町七丁目の三叉路で事故を起こした数時間前に仮眠を取っていたコンビニ駐車場、そのコンビニに目撃者を探しているという千葉県警のポスターが貼られていた。

神保原が磯田に言った。

「これから千葉県警に行って調べたいことがあります」

「千葉県警……」

神保原の言っていることが唐突に思えたのだろう。神保原はコンビニで見かけたポスターについて説明した。

「すぐに行ってみてくれ」

竹中本部長も了解した。


神保原は伊勢崎に千葉県警察本部に向かうように言った。

県警本部は千葉県庁の目の前にある。

県警本部にCA殺人事件が設置され、捜査員は減らされているが刑事たちは地道な捜査を今も続けていた。突然の訪問にもかかわらず、千葉県警の五十代半ばか、それ以上、定年が間近といった矢島捜査本部長が対応にあたってくれた。

神保原が美奈代誘拐事件の経緯を説明した。話を聞き終えると、矢島は二人を二階の会議室に案内した。すぐにファイルとDVDを持って会議室に戻ってきた。ファイルには、両親と殺された小熊雅美の写真が添付されていた。

両親の顔がはっきり確認できる写真を三枚引き抜いた。

「この写真をお借りできますか」

矢島は「どうぞ」と答えた。

「こちらは雅美の両親が成田駅前でビラを撒き、目撃情報の提供を訴えたローカルテレビ局制作のニュース番組です。両親の映像はこちらの方が確認しやすいでしょう」

千葉県警のパソコンを借りて、DVDを再生して見た。科学警察研究所に回し、分析を依頼するまでもなく、十日町市のコンビニや東京駅コインロッカー前の防犯カメラに映り込んでいた年老いた男女だとわかる。

小熊雅美の両親、小熊幹夫、典枝が〈いしかり〉に乗船しているのは間違いない。神保原は写真と映像で確信した。

雅美は一人娘で、日本の航空会社には就職できなかったが、アメリカの航空会社のCAに採用された。成田とダラス線、あるいはニューヨーク線に勤務することが多く、勤務が終わった後、成田空港から船橋の自宅に戻るのがつらい時もあり、成田空港近くの小さなアパートを借り、そこから空港に出勤し、休日には船橋の自宅に戻るというような生活を送っていたようだ。

惨劇はそのアパートで起きた。

「目撃者もなく、流しの犯行とは考えにくい。被害者が一人暮らしだということをわかっていた上で、あの部屋に侵入したと思われる。犯人はアパート周辺に今も住んでいるのではないかと思う」

矢島の話では、殺人現場となったアパート周辺は、夜になると人通りも少なくなる地区だという。

部屋は荒らされた様子もなく、犯人は最初から性的暴行目的で侵入したと思われる。しかも計画的な犯行と推測されるのは、ドアにはキズ一つなく、慣れた手さばきで開けられたと見られるが、それでいて犯人のものと思われる指紋は付着していない。

「ドア、室内から検出された指紋はすべて特定できている。彼らにはすべてアリバイが成立している」

犯人は用意周到にドアを開ける準備をし、指紋が付かないように手袋をしていたと考えられる。侵入したものの、小熊雅美に気づかれ、騒がれそうになったのか、犯人は雅美を絞殺してその場から逃亡した。

「犯行は二〇一二年二月十一日から遺体が両親によって発見された二月十二日までの間と発表しているが、司法解剖の結果、胃の残留物の消化状態から十一日午前三時から午前九時までの犯行と断定している」

千葉県警はアパート周辺をローラー作戦で、不審人物を徹底的に洗い出したが、結局犯人逮捕までには至らなかった。

「周辺アパートに住み、事件の前後に転出した者も調べ上げたが、犯人らしき者は浮上してこなかった」

捜査は完全に行きづまっていた。

「犯人の遺留物は何もなかったのでしょうか」

「いや、犯人を特定する証拠は見つかっている」

意外な返事が矢島から戻ってきた。

雅美は熟睡しているところを襲われた。侵入者に気づき、声を上げようとして首を絞められたのか、抵抗したと見られる痕跡が爪に残されていた。着衣は乱れていたが性的暴行を受けた様子はなかった。

「抵抗した時に犯人の皮膚の一部と血液が、被害者の爪の間に微量だが残されていた」

爪に残されていた皮膚片と血液から、ＤＮＡと血液型は判明している。ＤＮＡから犯人を割り出そうとしたが、前科のある者からは該当者は見つからなかった。爪に残されていた犯人の血液型はＢ型だった。

神保原は青梅警察署に大至急戻ることにした。

捜査本部は小熊幹夫、典枝の二人の逮捕状を取った。二人が美奈代誘拐に深く関与しているのは間違いない。しかも苫小牧港に向かうフェリーに乗船していることも乗船名簿から明らかだ。

犯人グループは日野本町七丁目三叉路交通事故の上田鉄平の行動を公表しろと要求してきた。しかも午前二時三十分から午前五時までの二時間半と具体的な時間を指定している。この時間、上田鉄平の主張によれば午前二時半に成田空港のP運送倉庫を離れ、空港近くのコンビニ駐車場で午前三時頃から仮眠を取っていたと証言している。

それは橘高一郎が過失致死罪で裁かれた法廷でも証言している。小熊夫婦が裁判を傍聴したかどうかはわからないが、裁判記録を読めばわかることだ。しかし、小熊夫婦なのか、あるいは犯人グループ全員なのか、それはわからないが、上田鉄平の法廷での証言に納得していないのだろう。

小熊夫婦は、三叉路事故のあった日にCAをしている一人娘の雅美を何者かによって殺されている。犯人は逮捕に至っていない。千葉県警は現在も捜査を継続している。

小熊雅美殺人事件に上田鉄平が関与している形跡はまったくない。捜査線上にも上田鉄平は浮上していない。確かに上田鉄平が仮眠を取っていたコンビニ駐車場と、小熊雅美が殺されていたアパートとは徒歩で二十分くらいの距離で、車なら五分とはかからない。

もし小熊夫婦が上田鉄平を疑ってみたとしても、仮眠を取っていたとする上田鉄平には言いがかりでしかない。それとも雅美殺害に上田鉄平が関与している証拠を小熊夫婦は握っているのだろうか。

上田哲司、鉄平親子が血液型の公表にあれほど抵抗したのも、雅美殺人事件と関係があるからなのかもしれない。

捜査本部に帰ると、竹中本部長、磯田の二人も山本幸太から事情聴取を終えて戻っていた。

竹中本部長は神保原の顔を見るなり、「収穫は」と聞いた。神保原は千葉県警からの情報を伝えた。

「そちらはどうでしたか」神保原が聞き返した。

「警察の大失態が世間にさらされることになりそうだ」

竹中本部長は捜査本部の最前列に置かれた椅子に崩れ落ちるように座り込み、両肘を机に立て、頭をかきむしった。

「どうしたんですか」神保原は磯田に視線を向けた。

「この期に及んで山本幸太が辞表を提出してきた」

「えっ、どうしてですか」

「一身上の都合とか言っているが、誘拐の背景に三叉路事故の杜撰な実況見分があったことがマスコミにもそろそろ知られ、その追及が始まっているのを感じたんだろう」

だからといってこんなタイミングで辞表を出すなんて、警察官としては問題だ。同僚の娘をなんとしても取り戻そうと懸命の捜査を続けている。母親の紀子だって、犯人グループの要求を受け入れて、中央道を逆走までしている。命は取り留めたものの重傷を負っている。何で辞表を書かなければならないのか、意味不明だ。

山本幸太作成の実況見分調書と上田鉄平の二時間半の行動、この二つがどこかで絡みあっているのだろう。いくら考えてもどこに接点があるのかわからない。

「二時間半の上田鉄平の行動については、何と言っているのでしょうか」神保原が最も気になる点を聞いた。

「基本的には事故と直接関係することではないので、上田鉄平が主張する通り、仮眠を取っていたかどうか、その事実を確かめることもなく、本人の言う通りに記載したようだ」

磯田の声にもため息が混じる。

「裏付け捜査は何もしなかったのでしょうか」

「当時所属していたP運送の成田空港倉庫を離れた時間を確認している。コンビニも駐車場に入った時間を確認するところまではしていないが、出発直前に食べた朝食のおにぎりの領収書から出発時間を確認していた。それは裁判で証言しているし、領収書も証拠として提出されている」

「つまり二時間以上は駐車場で仮眠を取り、居眠り運転や朦朧とした状態で運転していたわけではない。事故の原因は橘高一郎側にあるとする検察側の主張に沿った証言をP運送関係者もしているし、証拠もあるというわけか」

神保原は磯田の話を聞き、一人呟くように言った。思わずため息が漏れる。神保原自身が、実況見分を任されたとしても、飲酒運転でもない限り、事故の三時間半前の状況など山本幸太と同じくらいにしか調べはしない。

居眠り運転の形跡が事故現場に残されていれば別だが、実際に仮眠を取っていたかどうかまで調べはしない。成田空港P運送倉庫から出発して、成田山新勝寺近くのコンビニ駐車場にいすゞエルフは止められていたが、上田鉄平が車内で本当に仮眠を取っていたかまでは捜査せずに、三叉路事故の実況見分調書は記されていたことがはっきりした。

しかし、その程度では叱責されるミスとはいえない。三叉路事故の決定的な欠陥は、いすゞエルフが橘高一郎の運転するトヨタライトエースバンに二度追突しているにもかかわらず、その点を完全に見落として記載されていることだ。

もう一点、死亡した柳原和義と美香の二人が乗っていた軽乗用車アルトは、そのブレーキ痕から推測すると、ライトエースバンと衝突する二・二九秒から二・四五秒くらい前に重大な危険を察知し、ブレーキを思い切り踏んだと思われる。橘高一郎がウインカーを出さずに急に右折したとする実況見分調書とブレーキ痕とが整合しないのだ。

磯田はこの二点についても問い質《ただ》したようだ。

「七年も昔のことで、思い出せと言われても無理だという返事だったよ」

記憶にないと言われてしまえば、緊急時の今はそれ以上の追及は無理だ。

橘高一郎、そして死亡した柳原美香の恋人だった三船俊介の行方は懸命な捜査にもかかわらず、つかめていない。唯一わかったのは、美奈代誘拐には小熊雅美の両親、小熊幹夫、典枝が深く関与しているということだ。

小熊夫婦が何故美奈代の誘拐に関与しているのか。動機は不明だが、気になるのは雅美が殺害された時間帯と、犯人グループが要求している上田鉄平の行動を明らかにせよと迫っている二時間半が重なることだ。

捜査本部には犯人グループから上田鉄平の血液型を公表しろと要求があった。雅美の爪に残されていた犯人のものと思われる皮膚片、血液から犯人の血液はB型であることが判明している。

「犯人グループは小熊雅美殺しの犯人を上田鉄平だと思っているのではないでしょうか」

伊勢崎が思っていることを口にした。誰もが想像していることだが憶測でしかない。たとえそうだとしても、上田鉄平は当時も今も捜査線上には上がっていない。そして、小熊夫婦と日野本町七丁目三叉路の事故被害者とどのような関係があるのか、まったく見えてこない。

もう何年も前に、ソリを引っ張りながら、冬の北極海を歩いて横断した冒険家の本を読んだことがある。ホワイトアウトの中を歩く恐怖について書かれていた。白夜でほとんど日の沈まない日が続く。視界に広がるのは一面氷と雪とで覆われた真白な世界だ。陰影が何もないところを歩いていると、距離感がまったくつかめなくなるらしい。捜査は進展しているはずだが、いくら進んでも視界には何も見えてこない。神保原はホワイトアウトの中を歩いているような錯覚に陥った。

そのホワイトアウトに墨汁をぶちまけたようなニュースがマスコミに流れた。犯人グループは警察に突きつけている要求をマスコミにも流していた。上田鉄平の同僚の証言として、血液型はB型である事実を公表したのだ。

さらに小熊夫婦に逮捕状が出されたのを知ると、小熊雅美を殺害した犯人が未解決になっていることを嗅ぎつけ、犯人の血液型がB型である事実を報道した。

犯人グループが犯行時間帯の上田鉄平の行動を明らかにせよと要求していることも合わせて報道すれば、新聞の読者やテレビの視聴者は、小熊雅美殺しに上田鉄平が関与していると思うのは当然だった。

17　DNA

新たなメールが送信されてきた。

〈上田鉄平の血液型、二〇一二年二月十一日午前二時三十分から午前五時までの行動、そしてDNAデータを公表しろ。一つでも欠けていれば美奈代の命も失われると思え〉

犯人グループはこれまでの要求に加えてさらにDNAの公表を迫ってきた。

このメッセージもマスコミに送信され、上田鉄平が入院している八王子市のG病院、そしてその病院からも徒歩で五分とはかからない八王子駅前のタワーマンションにマスコミが集中した。

マスコミだけではなく、世間の目は美奈代がいつ解放されるのか、何故犯人グループは上田鉄平に三つの情報開示を迫っているのかに集中した。誰もが思うのは、小熊雅美殺しの犯人は上田鉄平ではないのかということだ。

「上田父子は針のむしろですね」

伊勢崎が話しかけてくる。

しかし、誘拐事件の捜査に父子ともに非協力的で、疑惑の目を向けられても仕方ない。

間もなく〈いしかり〉は苫小牧港に入港する。すでに小熊夫婦逮捕に向けて、中町刑事が北海道に飛んでいる。当然苫小牧港にもマスコミが集まってきているだろう。

小熊夫婦が逮捕されれば、事件全容の解明に向けて大きな進展が見られる。しかし、気になるのは美奈代が無事に解放されるかどうかだ。〈いしかり〉の苫小牧港入港時間が迫ってくる。犯行グループも最後の攻防をしかけてきているのだ。

上田鉄平は彼らの要求に対して何一つとして答えてはいない。身柄を拘束しても小熊夫婦は黙秘するだろう。事件はさらに長期化することも考えられる。竹中本部長の舵取りもさらに困難なものになる。事件に深く関わっていると思われる橘高、三船の行方は依然不明のままで、何も新たな情報はつかめていないのだ。

捜査本部には刑事たちの疲労と苛立ちが充満し、誰もが鉛でも背負っているかのように重い足取りで出入りを繰り返している。

神保原の携帯電話が鳴った。携帯電話の呼び出し音が鳴っただけで刺々しい視線を向けてくる。

小田切からだった。逆走事故で山本紀子が重傷を負い、T大学医学部附属八王子病院の個室に入院した後も、小田切が個室に詰めている。

「ご相談があります」

病室からかけているのだろう、小田切は声を殺して話しかけてきた。

「どうしたんだ？」

「山本紀子が命を救ってくれた神保原刑事と、直接お話ししたいと言っています」

「話って」

「事件と関係するかどうかわかりませんが、亭主の女性問題で神保原刑事と話がしたいと言っているので、こちらに来ていただけるでしょうか」

「すぐに行く」

伊勢崎に運転させ、T大学医学部附属八王子病院に急行した。

山本紀子は三階外科病棟の個室に入院し、部屋の前に八王子警察署の警察官が警備にあたっていた。神保原は控えめにドアをノックした。すぐに小田切が出てきて、伊勢崎に視線を向けた。

「申し訳ありませんが、本人の希望なので、神保原刑事だけ部屋に入ってくれますか」

「私が入るとまずいことでもあるのですか」

伊勢崎が不満を小田切にぶつけた。

仕方ない、本人が希望しているのだから。夫の女性問題など誰にも聞かれたくない話だ。

神保原は強引に部屋に入ろうとする伊勢崎を制止して、小田切と二人で個室に入った。

「紀子さん、神保原刑事が来てくれました」

小田切がベッドに横たわる紀子の耳元で話しかけた。紀子は重そうに目を開けた。首をかすかに小さく縦に振って会釈した。

「お世話になります」

紀子の瞳から大粒の涙があふれ出した。小田切がベッド横に置かれているサイドボードからティッシュペーパーを取り出して涙を拭った。事故以後、小田切が家族に代わって紀子のケアにあたっている。

「夫のことでまだお話ししていないことがあります」

「詳しく神保原刑事にあの話を説明してやってください」

小田切はすべて話を聞いている様子だ。

やっと聞き取れるような声で紀子が話し始めた。

「夫とはもう何年もセックスはありません」

セックスレスの夫婦などそれほど珍しいわけではない。神保原は黙って紀子の話に耳を傾けた。

紀子は悲しいのか、口惜しいのか、涙を流し、喉を波打たせた。

「美奈代さんを連れ戻すためです。すべてを神保原刑事に聞いてもらいましょう。必ず助け出します、お嬢さんを」

小田切が包帯を巻かれた紀子の手を両手で包み込んだ。事件発生以降、小田切は紀子にずっとついてきた。最初は当然煩《わずら》わしく思われただろうが、美奈代救出のためにうとまれようが全力を尽くしてきた小田切の思いが紀子に届いたのだろう。

「夫には愛人がいました」

「今もその女性と関係があるのでしょうか」

神保原は外に声が漏れないように耳元で尋ねた。

紀子が首を横に振った。

山本幸太に愛人がいたのは七年以上前のことだった。痛みに耐えて話をする紀子に代わって小田切がすでに聞き出している事実を神保原に伝えた。それによると、山本幸太と愛人女性との関係は、三、四年ほど続いたようだ。

当時、山本幸太は小金井警察署交通課に勤務していた。スピード違反で検挙した女性に反則切符を切らずに見逃した。その後で見逃した女性と山本幸太は肉体関係を持ち、関係を続けた。それが同僚の警察官に知られ、内部告発された。

「主人の身辺調査をしたのが上田検事なんです」

「検事が……、ですか」神保原が聞き返した。

警察官の不祥事は警視庁内に設置されている「警察の中の警察」と呼ばれている監察の任務だ。送検でもされない限り、検事が捜査にあたることはない。しかし、今はそれを問いつめている場合ではない。

「そうです」山本紀子ははっきりと答えた。

神保原は紀子の答えに違和感を覚えたが、質問を続けた。

「それはいつのことですか」

神保原の声に思わず力が入る。

「三叉路事故の起きた頃です」

山本幸太の落ち込みぶりから、紀子は夫が懲戒免職処分になることを覚悟した。離婚も真剣に考えたようだ。しかし、紀子は離婚を思い止《とど》まった。

「あの時に離婚していればこんなことにはならなかったと思います……」

悔恨なのか、小田切がいくら涙を拭っても止まらない。

山本幸太は免職どころか戒告処分も受けていない。いったい何があったというのか。

「私にも詳しいことはわかりませんが、あの事故の後、主人は何ごともなかったかのように仕事を今日まで続けてきました」

その理由を山本幸太自身、妻には語らなかった。しかし、その後、愛人との関係を問い詰めた紀子に、その女性と完全に手を切ることを条件に不問にしてもらったと説明したようだ。

「でも、三叉路事故は三人もの人の命が失われ、裁判にもなっています。夫も法廷に立って証言をしています。気になって新聞を読み、夫にわからないように裁判を傍聴したこともあります。電気店の経営者とトラック運転手の主張が対立し、夫はトラックに有利な実況見分調書を書いていました。トラック運転手の父親が、夫の不正行為を調査した上田検事だと知り、あの時に夫と上田検事の間で取引があったのではないかと、ずっと疑念を抱いてきました」

美奈代の誘拐事件の後、「三叉路ゲームスタート」という犯行グループからのメッセージを夫が受け取った瞬間、その疑念が確信に変わった。

「だからあなたは、『日野の三叉路かも』と思わず口にしてしまったというわけか」

神保原が確認を求めた。

それを質そうと小田切が何度も確かめたが、紀子は口を閉ざしたままだった。事実を明らかにすることは、夫の身の破滅を意味していた。それに美奈代が戻ってくるという確証もなかった。

しかし、犯人グループが突きつける要求は、紀子には三叉路事故の処理をめぐって何があったのか、明らかにしろと迫るものばかりのように思えた。中央道の逆走で死亡すれば、美奈代は解放してもらえると思って、逆走したがそれも無駄だった。このままでは本当に美奈代は殺されてしまうと思い、事実を最初に小田切に打ち明けたようだ。

「ご主人の愛人だけど、今、どこで何をしているかわかりますか」

「以前は豊田駅近くのアパートに住んでいたと聞きましたが……」

愛人の名前は大月百合子、現在どこに住んでいるかは不明だった。


神保原に事実を明かしている山本紀子の姿に、小田切は、心に堆積した鬱屈した思いが、夏の日向に放り出した氷のかけらのように溶解していく気分だった。

これまでも男女間のトラブルで事件が発生すると、小田切はしばしば女性の聴取を任された。しかし、それが苦痛で仕方なかった。何故苦痛に感じ、嫌悪感を覚えるのか、最初は自分でもその理由がわからなかった。

DVで家庭から逃避する女性は多い。中には子供を連れて保護シェルターのような施設に逃げる母親もいる。警察署がそうしたケースを扱う機会は少ない。不倫が夫に知られ暴力事件に発展し、傷害事件として警察で取調べが行われる。顔に青あざを作り、小田切の前でひどい暴力を受けたと泣き叫びながら、訴える被害女性。

夫がキャバクラに通って生活費をいれない、浮気をした、愛人をつくったなどと夫の悪口を小田切に吐きかけるように訴え、自分が不倫に走った理由を説明する女性。

その男と結婚したのはあなたでしょう、不満があるなら離婚すればいいのよ、いつまでもぐずぐずしているから、こんな傷害事件を起こすの、あなただって新しい男がいるのだから、同罪でしょう。被害者面しないでよと内心では、目の前の女性に唾を吐きかけたくなる心境なのだ。

聴取を進めながら、小田切は時々聴取を中断してトイレに駆け込み、嘔吐した。

小田切は父子家庭で育った。

両親が離婚したのは小学校五年生の夏休みが終わる頃だった。仲のいい両親に見えた。

父親は大手自動車メーカーの下請け工場で働く工員だった。毎日決まった時間に出勤し、残業がない時には夜七時には帰宅していた。酒も飲まずタバコも吸わないで、テレビドラマや映画を観るのを楽しみにしていた。現在は福生市で年金暮らしをしている。

夏休み直前、母親は学校から戻る小田切と弟の敏夫を待っていた。

「ママは君たちにお話があるんだ」

小田切はお使いでも頼まれるのかと思った。

「これからママはしばらくお出かけするから、あとをよろしくね。あまりいいママではなかったね。ママなんていなかったと思っていいよ」

そんな言葉を残して家を出ていき、二度と戻ってこなかった。母親の本心はわからないが、出ていく時の母親は寂しそうではなかった。大きめのキャリーケースを引く後姿からは、これから旅行にでもいくような華やいだ雰囲気が漂っていた。

父親は愚直という言葉がそのまま当てはまるような性格で、その後は再婚するわけでもなく、二人の子供を育てた。学生時代にはもちろんアルバイトをして家計の一部を助けたが、小田切も弟も大学を卒業させてもらった。

大学を卒業し、警視庁に採用されたと報告すると、

「公務員でくいっぱぐれのない固いいい仕事だ」

と、喜んだ。

その言葉を聞いて小田切は素直には喜べなかった。

母が父を嫌ったのは、愚直としか言いようのない生き方そのものではなかったのか。

高校生の時、渋谷で母親と再会したことがあった。

道玄坂で立ちすくむ小田切に相手も気づき、立ち止まる。七年ぶりに会った母親は四十代半ば、見間違えるほど派手な化粧をしていた。そして女性としての色香に満ちていた。そんな母親を小田切はそれまで一度も見たことがなかった。

「映画を観てきたんだ」屈託のない声で母親が言った。

一緒にいた男は少し離れた場所に立ち、小田切たちを眺めていた。その男に小田切が視線を向けると、悪びれた様子もなく母親が言った。

「今の旦那」

「そう」何の感情もこもらない声で小田切は答えた。

「トシちゃん、元気？」

「もうあんたに関係ないから」

尖った声で答えた。

「そうだね、もう母親ではないものね」

今後、どこかで出会っても、母親に声をかけることは二度とないと、小田切は思った。別れる前に一つだけ聞いておきたいことがあった。

「どうして離婚したの」

「いい人よ、パパは。でも、今の旦那は私を女として扱ってくれるのよ」

小田切には母親の言っている意味がわからなかった。怪訝な顔をしている小田切に向かって言った。

「そのうち洋子にもわかるって……、きっとパパとママは出会ってはいけなかったのよ」

どういう意味よと聞こうとした時、母親は男のところに駆け寄った。後ろを振り向こうともしなかった。

小田切に聴取が任される女性は、それが被害者であっても加害者であっても、どこかが母親と重なって見えた。それが聴取の妨げになっていたのだ。

しかし、美奈代誘拐事件発生から山本紀子につき、逆走で重傷を負った彼女の介護に付き添っているうちに、小田切の心の中で何かが変わろうとしていた。

神保原は紀子の聴取を終えると、小田切が聞き出した情報として、その内容を磯田に伝えてきた。磯田の決断は早かった。

「大月百合子は仙台から戻った児玉刑事に頼むことにする」

さらに磯田は竹中本部長を動かし、監察官室に連絡を入れさせた。

竹中本部長から直々の電話でもあり、すぐに調査結果が出た。

「山本幸太を身辺調査をしたという書類も記録も何もありません。監察官室としては、山本元警察官が調べられたという事実は存在しないとお答えするしかありません。念のために申し上げると、二〇一二年を起点に、前後五年間、十年間の記録に目を通しましたが、山本幸太の記録どころか、名前さえ出てきませんでした」

逢坂は内心ホッとしていた。事件の全面解決にはまだほど遠いが、部下の小田切が山本紀子から聞き出した事実は捜査を大きく進展させるものだった。一瞬気を許したその隙に、山本紀子は部屋にこもり、犯人グループの要求に応じてユーチューブを立ち上げてしまった。その失態に捜査から外してほしいと言い出した。

小田切はこれまでに傷害事件を担当したことはあるが、殺人事件はない。まして誘拐事件を担当することなど生涯に一度あるかどうかの事件だ。実際、逢坂も誘拐事件を担当するのは、美奈代誘拐事件が初めてだった。

辞表を書いて刑事を辞めたいと言った時には、どう対応したらいいのか逢坂も悩んだ。

「辞めたいのなら、それでもかまわないが、事件が解決するまでは自分に与えられた職務を遂行しろ」

小田切にはそう伝えただけだった。その後、山本紀子から何を言われようとも、四六時中離れようとはしなかった。

犯人グループから中央道下り線を走れという要求が来た時、出発する間際に小田切が山本紀子にそっと話しかけていた。

「私たちはいつもあなたの近くにいて、命がけであなたと、そして美奈代さんをお守りします。どうかそのことを忘れないでください」

山本紀子にも心に期するものがあったのだろう。深々と頭を下げ「ありがとうございます」と小田切にひとこと言ってからマンションを出ていった。

中央道上り線八王子停留所に山本紀子が車を停車した時、神保原刑事から、上田鉄平の車がどこを走行しているか調べろと連絡が入った時、いち早く上田鉄平が八王子停留所付近を走行中だと突き止めた。

その直後、神保原は自分の身を挺して、山本紀子と上田鉄平のトラックが正面衝突するのを妨害した。神保原刑事の取った行動を知った瞬間、小田切の心の中で何かが変わったようだ。逢坂にはそう思えた。それが山本紀子から夫の愛人について事実を引き出すことにつながったのだろう。

最初は山本紀子にうとまれていた小田切だったが、最終的には紀子と信頼関係を築いた。

それにしても理解しがたいのは山本幸太だ。突然辞表を提出した。愛人問題について聴取するが、素直にすべてを明かすとは到底思えない。妻が一命を取り留めたとはいえ、全治二ヶ月の重傷にもかかわらず、T大学医学部八王子附属病院に妻を見舞ったのはたった一度だけだ。マンションの外にはマスコミが張り込んでいる。外出しにくい状況があるにしても、その後は犯人からの連絡に備えると府中のマンションに閉じこもったままだ。

山本紀子が愛人問題を小田切に打ち明けたことはまだ知らない。逢坂は話したいことがあると伝え、犯人からの連絡に備えて固定電話を置いたセンターテーブルを挟んで向き合うように座った。

「お話って何でしょうか」

「七年前のことだ」

「実況見分調書についてはすべてお話をしています」

「いや、その件ではない。当時、君が抱え込んでいた愛人についてだ」

山本幸太はすれ違いざまに冷水を浴びせかけられたような顔つきに変わった。

「内部告発を受けて監察が密かに調査したようだが、愛人の大月百合子は今どうしているのか、知っていたら教えてくれ」

名前まで突きつければ、山本幸太も事実を明かすだろうと思った。

「問題になって以来会ってはいません。今どうしているかは知りません」

「そうか。では、彼女と付き合うまでの経緯を聞かせてくれ」

山本幸太が管内をパトロールしていると、制限速度を超えて国道二〇号線を立川方面に向かう軽乗用車を発見、停止を求めて反則切符を切ろうとした。運転していたのが、大月百合子で、母親が突然のケガで自宅近くの総合病院に搬送されたと救急隊から連絡をもらい、病院に駆けつけるところだった。

事情が事情だったので、厳重注意だけでスピード違反で検挙はしなかった。後日、大月百合子は菓子折を持って、小金井署を訪ねてきた。

「年老いた母親が廊下で転び足を骨折し、頭も激しく打っていましたが、幸いにも脳《のう》震盪《しんとう》ですみました」

　大月百合子からお礼がしたいと誘われて、食事をしたことがきっかけで男女の仲になったという説明だった。スピード違反で検挙した時、パトカーに同乗していた同僚とは折り合いが悪く、その警察官に大月の見逃しと、愛人関係を暴露され、監察の内偵捜査を受けたようだ。

「何をしている女性だったのかね」

「中野の洋品店に勤務していると聞いていました」

「別れる時にもめなかったのか」

「このままでは警察官を辞めなければならなくなると正直に説明したら、納得してくれました」

「手切れ金はいくら払ったんだ」

「監察も彼女から事情聴取をしており、大ごとになっているのは彼女にもわかっていたので、そうしたものはいっさい払わずに別れています」

「大月にしてみたら、踏んだり蹴ったりだな。よくそれで別れられたものだ」

　逢坂は呆れ果てたように言った。

「一言で言ってしまえば愛人ということになるのでしょうが、私にとってはそれ以上の女性でした」

「はぁ」

山本の言葉に逢坂からはため息交じりの声が出た。

「お前、女にもてるって自慢でもしたいのか、俺に」

逢坂の聴取に山本は苛立ち、返答にも怒りがこもる。

「そんなふうに取らないでください。妻だけではどうにもならない仕事上のストレスというかプレッシャー、彼女と一緒にいる時だけは、そうしたものから解放されて……」

逢坂は最後まで山本の話を聞く気にはなれなかった。思わず怒鳴り声を上げた。

「ソープランドのネエチャンより、いいサービスをして、癒してくれたとでも言いたいのか。そうなのか。ふざけるのもいいかげんにしろ。ストレスだかプレッシャーだか知らないが、それに耐えられなければ、警察手帳を返せばいいんだよ。お前のおかげでどれだけの警察官が迷惑をこうむっていると思っているんだ」

逢坂の怒声にひるむかと思ったが、山本は逆に睨み返すような視線で逢坂を見つめた。

「なんだ、文句でもあるのか」

「警察に迷惑をかけてしまったと反省はしています。でも、おわかりいただけませんか、逢坂刑事のように、警察官のすべてが強い人間ではないのが」

「俺が強い人間だって、バカも休み休み言うもんだ。強くっても弱くっても、手を切れば血が流れるし、心を刺されれば涙が出るんだよ」

「その傷みを彼女といると忘れることができたんです」

「いいかげんなことを言うな。そんな傷は女房でも愛人でも、誰も癒してはくれない。傷は自分で癒すもんなんだよ。警察官は皆それに耐えて懸命に生きているんだ」

逢坂は山本の横っ面を張り飛ばしたい衝動にかられた。

母親の紀子は娘を救うために命を賭けたというのに、父親は見苦しい自己弁護を並べ立てている。

いつまでも山本のくだらない話に付き合っていられない。

「これから重要なことを聞くから、性根を据えて答えてくれ」

山本幸太が身構えるように、ソファから一瞬腰を浮かし座りなおした。

「愛人問題を調べられている時、三叉路事故を君が担当するわけだが、上田鉄平が上田検事の息子だといつ気づいたんだ」

「上田鉄平が、父親が東京地検の検事だと明かしたわけでもないし、明かしたところで事故の事実関係が変わるわけでもありません」

「もう一度聞くぞ。上田鉄平が上田哲司の息子だと知ったのはいつなんだ」

「そんなの正確に覚えていませんよ。しばらくして裁判になり、その時に上田検事の息子だと知ったんだろうと思います」

山本幸太はすでに辞表を提出し、民間人だという意識があるのか、逢坂への対応はそれまでのものとは打って変わって傲慢なものになっている。

「そうかね。では、上田検事と事故について何かを話したなんていうことはなかったのかね」

「そんなこと、あるわけないでしょう」

「上田鉄平のいすゞエルフとトヨタライトエースバンは、写真、衝突した時のトラックからの落下物、トラックとライトエースバンの破損状況から二度衝突したのは明白なのに、何故こんな杜撰な調書を作成したんだ」

逢坂の疑問には怒りが含まれている。

「わかりません。その時は必死に実況見分をしたつもりです。未熟だったとしか答えようがありません」

誘拐事件発生後、山本幸太と上田哲司が直接に会ったり、電話で口裏を合わせたりする時間的な余裕はなかったはずだ。しかし、紀子の父親が上田哲司のマンションを訪れている。山本幸太からの伝言が上田哲司に伝わった可能性は十分に考えられる。

上田鉄平の無謀な運転が引き起こした可能性が極めて高いのに、三叉路事故の実況見分調書はそれを隠蔽する結果につながった。判決を見ても明らかだ。上田哲司と山本幸太との間で何らかの「取引」があったことを想起させるが、二人がその事実を素直に認めるとは思えなかった。

仙台から戻ると同時に、児玉と桜岡の二人は大月百合子の行方を追った。山本幸太と愛人関係にあった七年前、大月は豊田駅近くのアパートに母親と二人暮らしをしていた。山本の件で事情を聴かれた後もしばらくはそのアパートで生活していたが、三年後に母親が他界した。その直後に大月百合子は豊田から府中市本町に転居している。

「山本幸太の住んでいる府中駅から一駅しか離れていませんね」

桜岡がカーナビを見ながら言った。大月は京王線と南武線が交差する分倍河原駅近くのマンションで暮らしている。地理的には府中駅と分倍河原駅の中間に位置する。

豊田駅近くのアパートとは違い築四年のまだ新しい賃貸マンションだった。エントランスに設置されているインターホンで大月の部屋を呼んだが応答はない。

マンションの管理事務所がエントランスにあった。桜岡が警察手帳を提示すると、管理人室から慌てて飛び出してきた。

「どういったご用件でしょうか。私でお答えできることなのでしょうか。場合によっては管理会社にお尋ねになられた方がいいかと……」

管理人はやっかいなことに巻き込まれたくないと思っているのだろう。

「いや、管理会社に聞くまでもない。ここに住んでいる大月百合子さんに会いたいんだ。今お留守のようだが、何時ごろ戻られるかわかったら教えてほしいのだが」

桜岡が聞いた。

「ああ、大月さんですか。いつも出勤は夕方なんです」

大月は水商売の仕事についているのかもしれない。

「でも、十日ほど前、しばらく海外に行ってくるので、留守にしますといって出ていかれましたよ。もうそろそろ帰国されるのではないでしょうか」

大月百合子も姿をやはり消していた。

18　攻　防

橋高一郎の名前は浮上していないが、黒幕の一人だとマスコミにも知れわたっていた。冤罪で服役した可能性もあると書いたメディアも出てきた。山本幸太本人はかなり早い時期に、誘拐の背景には三叉路事故の実況見分調書があると気づいただろう。そしてそれが世間にも知られてしまった。

山本幸太への風当たりは強くなるばかりだ。しかも妻の紀子は、娘を救出するために、犯人グループの要求通り、中央道を逆走し、重傷を負った。夫である山本幸太に批判が集中するのは当然のなりゆきだ。

紀子の方はそんな夫に愛想を尽かしたのか、七年前に発覚した愛人問題を捜査本部の小田切に明かした。この事実がマスコミに知られれば、非難の集中砲火を浴びることになる。

美奈代を救出するためにアクションを起こす必要性を自分でも感じたのだろう。府中のマンション前で張り込んでいるマスコミの取材に応じた。

「娘の美奈代の誘拐が、私が責任者として作成した実況見分調書に端を発しているのなら、その責めは私が負うべきものなので、どうか娘の美奈代を私どもに返してください。娘には何の罪もありません」

テレビカメラに向かって頭を下げる山本幸太が映し出される。どのチャンネルもアングルが違うだけで、山本の映像をそのまま流しているといった報道ぶりだ。

「こんなことをしたって、いずれ化けの皮がはがされてしまうのに、ホントに愚かな男だわ」

伊勢崎が吐き捨てる。

山本幸太は記者の質問にも答えている。代表質問なのか、マンション前の映像に記者の声だけが流れる。

「犯人は最後通告とも思える要求を警察に要求しています。もしかしたら事故の加害者だったかもしれない上田鉄平さんの事故当日明け方二時間三十分のアリバイと、血液型、そしてＤＮＡの公表を求めています。これについてはどうお考えですか」

「これはご本人しかわからないことです。上田さんにお願いするしか私には術がありません。どうか私ども娘の命を救うために、不本意でしょうが犯人の求めに応じていただけるように心からお願いしたいと思います」

「何を勝手なことを言ってるのよ。あなたが愛人なんかをつくって弱みを握られるから、ハナクソみたいな上田哲司につけ込まれて、でたらめな実況見分調書を作成しなければならない羽目になったのと違うの」

伊勢崎がテレビのニュース映像に向かって不満をぶつける。

同じ不満を覚えた記者もいるのだろう。突然、代表者とは違う記者の音声が流れる。

「あなたが客観的な実況見分調書を作成しなかったことがすべての発端ではないのか。その点についてどう思っているのか、聞かせてくれませんか」

質問には明らかに非難の意思が込められている。

「確かに重大な見落としをしています。しかし、実況見分調書はたまたま私がその日の責任者だったということで、当時の交通課課長、小金井署の署長にも責任がないわけではありません」

山本幸太は手のひらを返したように、責任は自分だけが負うべきものではないと、平然と言ってのけた。辞表を提出したのは、責任を当時の課長、署長にかぶせるためだったようだ。

「どう思いますか、こいつのクソのような言い訳を」

伊勢崎が聞いてきた。

「いけしゃあしゃあとあんなことを言えるのは、もしかしたら山本幸太は上田哲司にいいように利用されただけなのかもしれない」神保原が答えた。

しかし、山本幸太の愛人問題を監察が調べた形跡は、何故か警視庁内には残されていなかった。それも気にかかる。

愛人問題揉《も》み消しを取引材料に使われ、上田鉄平に有利な実況見分調書を作成するように、何らかの形で上田哲司から山本幸太に圧力がかかった可能性は考えられる。しかし、上田鉄平が小熊雅美殺人に関与しているかもしれないなどと、山本幸太は想像もしていなかった違いない。

その事実を知っていれば、愛人問題で警察を追われることになっても、上田哲司のいいなりにはならなかっただろう。その怨みが記者の取材に応じるといった行動に結びついたのかもしれない。

山本幸太がいくらマスコミに訴えようが、上田父子の対応は変わらない。それを見越していたのだろう。竹中本部長は、令状を取り付けて、N運輸の八王子営業所の家宅捜索に入った。直接の容疑は、中央道での危険運転致死傷罪だった。

神保原は自分の運転する車を道路とほぼ直角になるようにして中央道に停車させた。逆走車が来るのを認識した上で、上田鉄平は運転するいすゞエルフを加速させている。この行為が危険運転に該当すると判断して、家宅捜索と同時に大破したいすゞエルフを証拠品として差し押さえた。ベテランの磯田が竹中本部長をおそらく裏で操ってさせたものだろう。

磯田は犯人グループが上田鉄平のDNA公表を要求する前に、密かに鑑識課を動かしていた。いすゞエルフの吸い殻入れから、上田鉄平の吸ったタバコを押収し、DN

A鑑定に回していたのだ。

家宅捜索の令状を取り付けたことによって、N運輸、そしていすゞエルフから押収した証拠はすべて合法なものになる。その中にはいすゞエルフの灰皿入れに残っていたタバコの吸い殻も当然含まれている。

犯人グループからのメールが届いた。〈いしかり〉の苫小牧入港直前だ。

メッセージはなく美奈代の笑っている写真が添付されていただけだ。写真には撮影時刻午後四時と記載され、〈いしかり〉に乗船していると思われる小熊夫婦から送信されてきている。しかし、船内には美奈代らしき女子児童の姿は見られない。おそらく美奈代を監禁している犯人グループから小熊に送信し、そこから転送されてきたものだろう。いったいどこに監禁されているのか。

犯人の要求に応えてほしいという上田父子に宛てた山本幸太のメッセージに、マスコミはタワーマンションで暮らす上田哲司に取材に応じるように求めた。上田鉄平はG病院に入院中でマスコミの取材を受けることはできない。その分、父親の方に取材が殺到している。

しかし、上田哲司はマスコミの要求にはいっさい応じないで、タワーマンションから一歩も外出していない。

苫小牧港で〈いしかり〉の入港を待ち受ける中町刑事から捜査本部に連絡が入った。

午後七時、船影がはっきり確認できる距離にきているようだ。中町は〈いしかり〉が接岸するのと同時に乗船し、逮捕状を執行、すべての乗客が下船した後、小熊夫婦を連行する予定になっていた。しかし、接岸までにはまだ時間がかかりそうだ。

下船してからパトカーに乗り込むまでの映像を撮ろうと、おそらくマスコミ各社が苫小牧港に押し寄せているだろう。大きな混乱が予想される。

捜査本部では、これまでになく磯田がいらついていた。捕獲され檻《おり》の中に閉じ込められたトラのように同じところを行ったり来たりしている。電話のベルが鳴る度に、足を止めてどこからの電話かを気にしていた。

「磯田刑事、かなり苛立っていますね」伊勢崎がそっと神保原に囁く。

〈いしかり〉が接岸するまでには上田鉄平の逮捕状を取り付けたいと必死なのだ。

「千葉県警からです」

電話を取った捜査員が磯田につなぐ。受話器を受け取り、磯田がひと際大きな声で聞き返した。

「一致したか」

後は「了解」と二度ほど答えて受話器を切った。

磯田が竹中本部長のところに歩み寄る。

「一致し、逮捕状が出ました」

小熊雅美の爪の間に残されていた犯人の皮膚片と、押収したタバコの吸い殻に残された唾液から検出したＤＮＡとが完全に一致したのだ。

「神保原、伊勢崎、君たちは上田鉄平の逮捕に向かってくれ。私と竹中本部長は、上田鉄平に小熊雅美殺人の容疑で逮捕状が出たとマスコミに流す」

〈いしかり〉入港前に上田鉄平に逮捕状が出たというニュースが流れる。上田鉄平の逮捕は時間の問題だ。

美奈代は、橘高、三船、柳原妙子、そして大月百合子、この四人の誰かに委ねられていると思われる。上田鉄平に小熊雅美殺人の容疑で逮捕状が出された。彼らのこれまでの要求に応えられるだけの情報を捜査本部が握っていると、犯人グループには伝わる。〈いしかり〉が入港し、小熊夫婦の逮捕と同時に美奈代の命が奪われるという最悪な事態は回避できるだろう。楽観的と言われればそれまでだが、捜査本部の中には安堵感が広がっていた。

捜査本部から神保原、伊勢崎が八王子市内のＧ病院に向かった。逮捕といっても、重傷を負って入院中の上田鉄平の身柄を拘束するわけにはいかない。証拠隠滅の恐れというか、父親の上田哲司弁護士と口裏合わせをする可能性が大きい。上田哲司弁護士や外界との連絡を閉ざす必要性がある。

逮捕状を取り付けたというニュースは、神保原らがＧ病院に着いた頃にはすでにテレビの臨時ニュースとしてテロップで流れていた。

病室に入ると、逮捕状が出たことを知らない上田鉄平は嘲りの笑みで二人を迎えた。

「ホントにヒマなんですね。田舎の刑事は」

伊勢崎が上田鉄平の笑みに、やはり嘲笑《ちょうしょう》を浮かべながら聞いた。

「元気なようで何よりですね。それだけ減らず口を叩けるのなら、安心して捜査本部までお連れできますね」

「動けるわけがないだろう、両足を骨折しているのに。聴取なら、調子のいい時にここで受けてやるよ」

神保原が胸のポケットから逮捕状を取り出した。

「上田鉄平、小熊雅美殺害の容疑で逮捕する」

逮捕状をベッドに横たわる上田鉄平の目の前に突きつけた。

「重傷を負っている人間を逮捕していいのかよ」

声が小刻みに震えている。貧血で倒れる寸前のように白磁のような顔に変わった。

「逮捕してもいいから逮捕状が出ているんだよ」

撥ねつけるように神保原が答えた。

「オヤジに連絡させてくれ」

「今の時刻は」神保原が聞いた。

「午後十時二十五分です」伊勢崎が時計を見ながら正確な時刻を告げた。

「上田鉄平を逮捕。今から外部との連絡はできない。面会も正式な手続きを経て、認められた場合のみ可能になる」

容疑者が入院中の場合、逮捕状を執行し、保釈手続きが取られるか、あるいは拘置停止になる。その場合でも証拠隠滅の恐れがある時は、面会、外部との連絡は当然制限される。上田鉄平の周囲にはそれまでと異なり複数の警察官が警備にあたり、上田は厳しく自由が制限されることになる。

二人は病室を出た。八王子警察署の警察官が病室の前、廊下に配置され、すでに警備にあたっていた。

G病院を出た瞬間、各社の記者が二人の周囲に集まってくる。矢継ぎ早に質問をあびせかけてくるが、それにはいっさい答えずに捜査本部に戻ることにした。

上田鉄平逮捕のニュースは各テレビ局の午後十一時のトップニュースとして報道された。

「〈いしかり〉の船内で上田鉄平逮捕のニュースを小熊夫婦は見ているでしょうか。見ているといいですね」

伊勢崎が運転しながら言った。

「きっと見ている。この一瞬のために誘拐事件まで実行したんだから」

美奈代が無事に救出されることを願うばかりだが、神保原は必ず美奈代は何事もなく解放されるような気がした。様々な要求を突きつけてきたが、少なくとも小熊夫婦は最初から逮捕されるのを念頭に置いて犯行を重ねている。小熊夫婦だけではなく、美奈代誘拐事件に関与した犯人グループは、真実を明らかにするのが目的で、復讐を果たすために美奈代を誘拐したのではないような気がしてきたのだ。

小熊雅美殺しの犯人は、上田鉄平だと判明した。犯行グループは目的の一つを達成したことになる。

橘高、三船、柳原妙子らの目的は、三叉路事故の真実を明らかにし、隠蔽しようとした山本幸太、そして上田哲司の正体を世間に知らしめることのような気がするのだ。

「大月百合子は捨てられた怨みを晴らすために、誘拐事件に関与したのでしょうか」

伊勢崎が疑問を口にした。しかし、それだけで何年もの刑期が科せられる誘拐犯グループに加わったようには、神保原には思えなかった。それ以上の動機が大月百合子にはあるように思えた。

苫小牧港に〈いしかり〉が接岸したのは午後九時三十分を過ぎていた。中町たちは、乗客が降りるタラップからではなく、乗員専用のタラップから船内に乗り込んだ。

小熊夫婦は〈いしかり〉の一等客室に乗り込んでいた。船長の話では、小熊夫婦はほとんど部屋から出てこなかったそうだ。他の乗船客はニュースで美奈代誘拐事件の進展は知っていても、〈いしかり〉に小熊夫婦が乗り込んでいた事実はまったく気づかなかったようだ。

中町が小熊夫婦の部屋に行くと、ドアは開け放たれ、逮捕されることを予期していたのだろう。キャリーバッグ二つがソファの横に置かれ、二人はソファに座りながらテレビニュースを見ていた。

中町は開かれたドアを控えめにノックした。二人が中町の方を振り向いた。

「小熊幹夫、典枝、未成年者略取及び誘拐罪の容疑で逮捕します」

中町は逮捕状を示した。二人はソファから立ち上がり、中町やその他の捜査員に深々と頭を下げた。

「この度はご迷惑をおかけして本当に申し訳ありません」

小熊幹夫が中町に謝罪した。あまりにもあっけない逮捕の瞬間だった。

二人は手錠をはめられると思って両手を差し出したが、逃亡の恐れはまったくない。中町は手錠は必要ないと判断した。

ドアの近くには〈いしかり〉の船長もいた。中町が目を向けると、「すべての乗客が下船するまであと一時間半くらいかかります」と答えた。

「お二人が安全に下船できる状況になるまで、この部屋をお使いください。本日は天候悪化のために入港が大幅に遅れ大変ご迷惑をおかけしました。またのご利用を〈いしかり〉の乗務員一同、心よりお待ちしています」

船長は小熊夫婦に頭を下げた。ニュースを見て真実を知っているのだろう。

中町は二人にソファに座るように勧めた。

テレビには苫小牧港を下船した乗客の姿が映し出され、ライブ中継で映像が流れていた。乗客にインタビューするテレビ局もあったが、小熊夫婦が乗船していたことを知るものはいなかった。

二人はニュースを食い入るように見つめている。

「長かったわね、雅美。でも、ついに真犯人を突き止め、今日逮捕されましたからね」

小熊典枝は胸のペンダントを右手で握りしめた。その右手に夫がやはり右手を重ねた。

怪訝《けげん》な表情を浮かべる中町に典枝が言った。

「娘が初めてのフライトでニューヨークへ行った時、五番街のティファニーで記念に買って私にプレゼントしてくれたものです」

典枝は涙ぐみながら答えた。

接岸した埠頭からタラップが苫小牧港ターミナルまで続いている。しかし、ターミナルから出れば報道陣、それに乗客で混乱するのは必至だ。船長の計らいで乗員専用のタラップから下船し、埠頭で待機している警察車両に直接二人を乗せることにしてある。

「港から苫小牧署に向かい、明日の始発便で東京に戻りたいと思います」

「お騒がせして申し訳ありません」

典枝がハンカチで涙を拭きながらまた頭を下げた。

「お嬢さんのことは長い間口惜しい思いをさせてしまい、心苦しく思っています。娘を思う気持ちは美奈代さんの母親も同じです。どこにいるのかここで教えていただけるでしょうか」

典枝は涙を流しながら無言で中町を見つめた。何かを言おうとした典枝を制して、小熊幹夫が代わりに言った。

「美奈代さんのお母さんにお伝えください。美奈代さんは大切にお預かりしていますと。きつい言葉をメールで伝えましたが、元気にしています」

中町がそばにいる捜査員に目で合図を送った。捜査員はすぐに一等客室を出た。竹中本部長に美奈代の無事を連絡させた。

すべての乗客が下船し、二人は中町に連行されながら、船を降りた。埠頭に駐車してある警察車両に別々に乗せ、そのまま苫小牧警察署に向かった。

苫小牧港からマスコミの車両がずっとつけてくる。どの航空会社で羽田に戻るかは秘密にしてあるが、マスコミ各社も明日のフライトに乗り込んでくるだろう。機内で撮影されるのは覚悟してもらうしかない。

中町らが小熊夫婦を連行して青梅警察署に戻ったのは六月十日午前十時三十分頃だった。


小熊雅美殺しの犯人は上田鉄平だった。小熊夫婦は苫小牧港で逮捕され、青梅警察署に移送された。しかし、小熊夫婦が簡単に美奈代の居場所を教えるとは思えない。

「上田鉄平に怨みを抱く人間たちが美奈代誘拐に関わっているのはわかりますが、どうやって結びついたのか見当もつきませんね」

捜査員が慌ただしく動き回る捜査本部で、伊勢崎は自販機から買った冷たい缶コーヒーで喉を潤しながら言った。

小熊夫婦は逮捕されるのを覚悟で、〈いしかり〉に乗船し、そこからメールで脅迫、最終的には上田鉄平を逮捕に追い込んでいった。小熊夫婦の目的は達成された。

残っているのは、三叉路事故実況見分調書に関係して、上田哲司と山本幸太の二人が何をしたのかという点だ。それが明らかになれば、美奈代は解放されるだろう。小熊幹夫は船内で、美奈代は無事でいると、中町に語ったようだ。

上田哲司は、息子の鉄平の血液型、ＤＮＡを明らかにすれば、法的処置も辞さないと息巻いていた。おそらく犯人グループからのメールを見た時、犯人グループの意図はその時点で理解していただろう。

上田鉄平もその真実を知っているはずだ。しかし、逮捕はしたものの入院中だ。退院し、聴取が可能になったとしても七年前に何があったのか、簡単に自供するとは思えない。残った犯人グループは、三叉路事故の真実が明らかになるまでは、美奈代を監禁し、山本幸太を脅迫し続けるだろう。

上田哲司と山本幸太との間で、何らかの取引があったことは十分に想像できる。橘高一郎や三船俊介らの怒りはそこに原因があるのだろう。しかし、山本幸太は、三叉路事故の実況見分調書は見落としであり、意図的なものではないとマスコミに明らかにしている。それに実況見分調書は一人で作成できるものではなく、当時の小金井警察署交通課の課長も当然目を通している。辞表を提出した瞬間、山本幸太は自分一人が責任を負うものではなく、警察組織全体の問題だと言い始めたのだ。

山本幸太は同時に、上田父子に犯人の要求に応え、美奈代の解放に協力してほしいと訴えていた。

山本幸太の無責任ぶりにも批判の声はあったが、犯人グループの要求にいっさい応じようとしない上田父子に非難は集中した。上田鉄平が小熊雅美殺人容疑で逮捕されると、上田哲司に対する非難のボルテージはさらに上昇した。

捜査本部の机の上に両足を投げ出すようにして座り、神保原は天井を見つめながら考えた。

上田哲司は何らかの手段を用いて山本幸太のスキャンダルを知り、揉み消しに協力した。その代償として上田鉄平の事故に手心を加えるように依頼したのではないだろうか。橘高一郎を加害者に仕立て、上田鉄平を被害者にしなければならない事情が、上田哲司にはあったのだろう。

上田哲司弁護士の自宅には児玉と桜岡が向かい、再度協力を求めた。しかし、上田哲司は、児玉、桜岡と会おうともせずに、ドアさえ開けようともしなかったようだ。

「息子の殺人事件については、本人に面会し、詳細を聞くまでは何とも言えない。三叉路事故の件に関しては、すでに答えているので、これ以上任意の事情聴取には応じるつもりはない」

インターホン越しにこう答えたきり、スイッチを切ってしまった。

山本幸太に至っては、警察を辞職し、警察官という束縛が解かれたせいか、マスコミとも頻繁に接触するようになった。

上田鉄平に有利になるように実況見分調書を作成するのと引き替えに、山本と大月百合子の女性スキャンダルがなかったように、上田から監察に働きかけてもらったのではないかと、逢坂も執拗《しつよう》に追及した。しかし、山本幸太は平然と答えた。

「私一人で事故の実況見分をしたわけでもなく、最終的には課長も目を通しています。私一人でそんなことができるわけもないし、東京地検の検事が監察に圧力をかけるなんてありえません」

確かにその通りなのだ。しかし、警察組織は実際にはそのように動いていないのも現実だ。実況見分調書など、大事故であったとしても、現場責任者が上げてきた実況見分調書にサインする程度で、精査する余裕など課長にはないのだ。

「上田などという名前はいくらでもあります。上田鉄平という名前を免許証で確認しました。だからといってすぐに上田検事の息子だなんてわかるわけがないでしょう。手心を加えようがない」

逢坂にこう言い放っている。

しかし、この言葉は額面通りには受け取れない。何故なら、山本幸太は小金井警察署勤務時代に、未成年だった上田鉄平を速度違反で検挙しているのだ。

19 対決

苫小牧港で小熊夫婦が逮捕された翌日、青梅警察署周辺はマスコミの取材陣で埋め尽くされていた。上田哲司が住む八王子のタワーマンション、そして山本幸太が暮らす府中駅前のマンションにも取材陣が殺到している。

その日の午後、上田哲司は霞が関にある弁護士会館に向かった。マスコミの取材はエスカレートするばかりで、弁護士業務にも支障をきたしていた。上田鉄平の責任を橘高一郎になすりつける代償として、山本幸太の女性スキャンダルを揉み消したといわんばかりの報道が、夕立の後、側溝から溢れ出る汚水のように流れている。

息子の鉄平は小熊雅美殺人の容疑で逮捕された。委任状を取りつけてはあるが、このままでは弁護活動ができるような状況でもなく、今後のことも友人の弁護士に依頼しておく必要がある。

軽く遅めの昼食をすませてから自宅マンションを出た。すぐに取材陣が集まってくる。それを振り切ってJR八王子駅に急いだ。刑事が尾行してくる可能性が高い。しかし、弁護士会館に行くのだ。尾行するのなら付いてくればいい。

弁護士会館に着いたのは午後四時過ぎだった。日本弁護士会連合会の人権とマスコミ報道部会の担当弁護士に、マスコミの過剰な取材は人権上問題があると訴えた。

「できることなら、日弁連の人権部会に諮《はか》り、声明を出してほしい」

上田哲司は担当の弁護士に要請した。

担当の弁護士からは、

「後日改めて正式に聴取させていただき、その上で対応策を考えたいと思います」

と型通りの回答をもらった。

上田は最初から日弁連の対応に期待していたわけではない。弁護士会館を訪れたのは、それが目的ではない。東京地検の検事でやはり弁護士に転じた三笠弁護士に今後の相談をするためだ。

三笠弁護士の事務所は文京区本郷にあるが、事務所を直接訪れれば、マスコミの取材対象になりかねない。三笠弁護士も午後五時三十分頃には弁護士会館での仕事を終えるので、そこから車で三笠弁護士事務所に行く予定になっていた。

三笠弁護士と地下にあるレストラン・メトロで待ち合わせをした。用件はすでに伝えてある。そこでコーヒーを飲み、地下駐車場に止めてある三笠弁護士の車で本郷まで移動することになっている。

「弁護士会館から本郷の事務所まで車に同乗させてほしい」

元検事の三笠弁護士なら、それだけで上田の意図していることが十分に伝わる。

レストランを出て駐車場に行くと、「念のために後ろで伏せていろ」と三笠弁護士が言った。

地上に出る寸前に、上田は床に伏せるようにして姿を隠した。地上に出ると、三笠弁護士は歩道を慎重に渡り、道路に出ると一気に加速した。五、六百メートル走ったところで、「もう大丈夫だろう」と言った。

身体を起こすと雨が降り出していた。本郷の三笠事務所に着いた頃はとうとう本降りになっていた。事務所の弁護士は三笠一人で、あとは事務員を一人置いているだけだ。三笠が戻ると、入れ替わりに年配の女性事務員が帰っていった。

三笠弁護士は上田とほぼ同年齢で、二人で難事件を抱えたこともあり、気心の知れた信頼できる弁護士だ。

事務員の椅子を引き抜いてきて、三笠弁護士の机の前に置き、そこに座った。

「鉄平君の件なんだろう」

「そうだ。弁護を頼めるか」

「そのつもりだ。で、認否はどうする気なんだ」

「争わないつもりだ」

三笠に鉄平が小熊雅美殺しの犯人だと告げたも同然だ。三笠は何も言わずに唇を噛んだ。いくら元検事が弁護人についたとしても、法廷では厳しい闘いが予想される。

上田は美奈代の誘拐事件が発生してからの経緯を三笠に説明した。それを三笠は黙って聞き、メモすべき点を自分で書き留めていた。

すべての説明を終えると、三笠が言った。

「鉄平君の委任状を取りつけるために、G病院に行く。できる限りの弁護はする」

そう言ってから、まじまじと上田の顔を見つめるというより、鋭い視線を向けながら聞いた。

「お前の方はどうなんだ」

三笠も、山本幸太との間で取引があったと思っているのだろう。

「今の段階では何も言えないが、お前の手を煩わせるようなことはないから安心してくれ」

こう言って椅子から立ち上がり、本郷からタクシーで新宿駅に向かった。

新宿駅に着いたのは午後九時を少し過ぎた頃だった。上田は高尾方面行きの電車を三本ほど見送り二十一時十五分発の通勤快速高尾行きの最後尾から二つ目の車両に乗車した。

中央線の通勤快速は思いのほか混雑していた。三鷹、国分寺でかなりの乗客が降りたものの、それでも空いている座席はない。ドアの窓を通して、外の風景を見ていたが、雨脚が強くなったのか、時折映る派手なネオンサインも雨にかすんでいた。

立川駅に着くと、ポツリポツリと空席ができたが、立川からの乗客が乗ってくる前に空席はすべて埋まっていた。日野、豊田、そして三つ目が八王子駅だ。上田哲司はドアに寄りかかりながら、八王子まで立っていくしかないと思った。しかし、最後尾の車両には空席があった。

府中の山本幸太のマンションには相変わらず逢坂がつめたままだ。小田切はT大学附属八王子病院に入院中の山本紀子の病室に付きっきりだ。捜査員を増やしたいところだが、これ以上の増員は無理だ。

山本幸太に高幡不動に住む義父の内藤満から連絡が入った。

「紀子の見舞いに行きたいので、君にこちらの方の家を見ていてほしいのだが……」

紀子の母親秋子にはすでに認知症の症状が出ている。それに事件発生以後、長男の光喜の世話を義父に頼みっぱなしだった。

「光喜も会いたがっているし……」

内藤満との会話は逢坂が耳に当てているヘッドホンですべて聞かれている。

「わかりました。私も光喜の顔を見たいし、捜査本部の了解が得られれば、高幡不動に行くようにします」

電話を切ると、山本幸太が逢坂に尋ねた。

「捜査本部に聞いてもらってもいいでしょうか」

逢坂は頷くと、マンションの外に出て、捜査本部に確認の電話を入れた。捜査本部の了承はすぐに得られたが、出発は三十分後にするようにとの指示だった。

府中警察署から刑事を急遽派遣し、山本幸太を尾行させるのだ。辞表を提出したとはいえ、元交通課の警部補で、三十分の時間が何を意味するのか、本人にも十分わかっている。

「わかりました。ありがとうございます」

深々と逢坂に頭を下げ、それから出かける準備を始めた。すぐにでも出たいのだろうが、靴を磨いたり、着替えなどをしたりしている。そんなことでもしていなければ、三十分という時間がとてつもなく長く感じられるのだろう。

結局、必要のない身支度に四十分ほどついやしてから、逢坂に告げた。

「夕方までには戻ってきます」

山本は府中のマンションから京王線を使って、義父の家がある高幡不動に向かった。

府中警察署からは若い刑事が山本幸太の尾行についた。若い刑事は山本幸太が内藤宅に、午前十一時四十五分に入るのを確認した。その二十分後、内藤満が玄関で、山本幸太、そして光喜に送られながら外出するのを見届けた。若い刑事はそれから一歩たりとも現場から離れず、玄関の人の出入りを監視した。

府中警察署の若手刑事に山本幸太を尾行させると聞いた時から、児玉は嫌な予感がしていた。逢坂もそれは同じだっただろう。逢坂はさかんに捜査本部から経験のある刑事を山本の尾行につかせるように、竹中本部長に要請していた。それを一蹴していたのは他ならぬ竹中本部長なのだ。

高幡不動の内藤満の家を府中警察署の刑事に気づかれないように山本幸太は抜け出していたのだ。交通課とはいえ、山本は警察の捜査手法は十分に知り尽くしている。若手刑事を出し抜くことなど容易い。

娘の紀子の見舞いから内藤満が帰宅したのは午後六時過ぎだった。張り込んでいた府中警察署の刑事は一時間ごとに捜査本部へ連絡を入れていた。

内藤満の帰宅報告を聞いた二十分後、若手刑事は捜査本部に連絡を入れてきて、山本幸太の在宅を確認すべきではないかと打診してきた。

「もう少し待ってみろ」

そう指示を出したのは竹中本部長だった。

午後七時、竹中本部長の指示を無視して、内藤宅に踏み込めと指示を出したのは、若手刑事の直属の上司にあたる逢坂だった。

若手刑事が内藤宅に強引に上がり込むと、山本幸太の姿はなかった。

「雨が降って来たので、勝手口の方から近道をして駅に向かいました。すぐに府中に戻るでしょう」

内藤満は若手刑事にそう答えた。しかし、山本幸太は自宅には戻らなかった。

府中警察署の駆け出し刑事の判断の方が、捜査本部長の決断より正しかったのだ。

無能でも、上司の命令に従うのが警察組織だ。逢坂刑事も後に問題にされることを覚悟で、若手刑事に命令を下したのだろう。美奈代の命がかかっているのだ。いてもたってもいられなかったに違いない。

それに内藤満は、帰宅と同時に入れ替わりに山本幸太が出ていったと証言しているようだが、それだって事実かどうかわからない。何か異変が起きていると考えるのが自然だ。多少強引なことをしてでも、内藤満を締め上げるしかない。

磯田が児玉に目で合図を送ってきた。黙って頷いた。磯田が竹中本部長に近寄り、耳元で何かを囁いている。磯田と話し込んでいる竹中本部長が突然児玉の方に視線を向けてくる。

二人の話が終わると、磯田が駆け寄ってくる。

「内藤の家に行ってくれ」

それだけで十分だった。桜岡の運転で高幡不動に向かわせた。

内藤宅の前に車を止めるのと当時に、児玉はインターホンも押さずに、内藤の家のドアを開け、家に上がり込んだ。

「いきなりなんですか。こんな夜中に」

「そんな悠長なことは言ってられねえんだ。山本はどこへ行ったんだ」

児玉の気迫に押されたのか内藤満が答える。

「自宅に戻りました」

内藤満と山本幸太との間で打ち合わせができているのだろう。反射的に返事が戻ってくる。

「その話がホントなら、俺がわざわざここまで来はしねえぞ」

「買い物でもしているのでは」

「お前さんのバカっ話に付き合っている余裕なんかねえのがまだわからねえのか。どこに行ったんだ」

家中に響き渡る声で児玉は怒鳴った。

「ですから自宅に戻ったと」

石ころでも投げ返すように内藤も声を荒らげる。

「ふざけるな。警察を甘く見るなよ。あんた、孫が殺されてもかまわねえのか。それでいいなら、何も言わなくてもいい。緊迫した事態になっているのがわからねえのなら仕方ねえ。好きにしたらいい」

家に上がり込んできた桜岡の顔を見るなり言った。

「戻るぞ。孫が殺されてもこのジイサンはかまわねえんだとさ」

「そんなことは言っていません」

「俺にはそう言っているようにしか思えねえんだよ」

児玉は桜岡に玄関に戻るように促した。

「上田弁護士から紀子の亭主に連絡があったんです」

意外だった。

「何て言ってきたんだ」

「犯人から会いたいと上田弁護士のところに連絡が入ったそうです」

それが内藤満経由で山本幸太に伝えられた。

「警察に知られないように、二人と会いたいと言ってきたそうです」

「それで娘の見舞いに行くからと、山本をここに呼び出したっていうわけか」

内藤満が頷く。

上田哲司も弁護士会に行った後、行方がわからなくなっている。二人がどこかで合流している可能性は十分にある。

「上田と山本はどこで会っているんだ」

内藤満は首を横に振った。

わからねえですむ話かよ、勝手なことをして、孫の命がかかっているというのに。市役所に勤務し、定年を迎えたんだろう。やっていることは美奈代の救出をさらに困難にしている。それくらいの判断はつかねえのか。

児玉は罵倒したくなるのを懸命にこらえた。

「山本はどうやって、上田と連絡を取っているんだ」

「私の携帯電話番号を上田弁護士に伝えました」

上田哲司は、山本とどこかで合流し、犯人グループと会うつもりなのだろう。

児玉は内藤家の固定電話の着信履歴を見た。発信元不明の電話が一件だけあった。おそらく上田がかけてきた電話だろう。

「上田弁護士から連絡があった段階で警察に通報していれば、美奈代は今頃救出されていたかもしれねえのによ」

捨て台詞を残して児玉は捜査本部に戻った。

八王子タワーマンションを張り込んでいた捜査員から、上田哲司が戻ったと連絡が竹中本部長に入ったのは午後十時だった。それから五分も経過していなかった。今度は高尾警察署から捜査本部に連絡が入った。山本幸太と思われる男性が、中央線の終点駅高尾で、意識不明の状態で発見されたという一報だった。第一発見者は高尾の駅員だ。

東京からの通勤快速電車が高尾駅に到着した。電車はそのまま回送になる。駅員が泥酔した客だと思い、肩をさすると男はゆっくりと座席に横になるように崩れ落ちた。駅員は死んでいると思ったようだが、男は呼吸もしているし、寝息をたてていた。すぐに他の駅員に担架を運ばせ、昏睡状態の乗客を車内から降ろした。救急車が要請され、男はI大学八王子医療センターに搬送された。所持していた免許証から男は山本幸太とわかった。

I大学八王子医療センターによれば山本幸太の容体は意識不明の重体だった。

「あのヤロー、どこで何をしていたんだ」

竹中本部長も怒りや苛立ちを隠している余裕はなかった。


神保原、伊勢崎の二人が八王子のタワーマンションに急行した。場合によっては任意で捜査本部に同行してもらわなければならないが、上田哲司は当然拒否するだろう。受付は二十四時間常駐し、警察手帳を提示するとエントランスのドアを開けた。エレベーターで三十九階に上がり、上田の部屋の前でインターホンを押した。

「誰ですか、こんな夜中に」

「青梅警察署の神保原です」

「明日にしてくれませんか」

「緊急に聞きたいことができたんです」

神保原は丁重に聴取に応じるように説得を試みた。ドアが開いた。

「入りなさい」

リビングに通された。上田は入浴をしたばかりなのか、ナイトガウンを羽織っているが、バスタオルで髪を拭いていた。

「緊急って、何のことだね」

ソファに腰を下ろし、二人にも座るように勧めた。

「犯人グループから連絡があったようですね」

腰を降ろしながら神保原が聞いた。

「ああ、私と山本さん、二人だけで会いたいと言ってきたが、その後の連絡は何もない」

「今日は午後からどちらに行かれたのですか」

「そんなことをいちいち何故君たちに答えなければならないのかね」

煩わしそうに、バスタオルを床に放り投げた。

隣に座る伊勢崎の膝に置いた手が怒りなのか、わなわなと震えている。上田から見えないように、伊勢崎の足の爪先を踏みつけ、冷静になるように促した。

「山本幸太が高尾駅に着いた電車の中で、意識不明の状態で発見されました」

「エッ、何だって」

「山本が何者かによって殺害されそうになりました」

「それで、彼は助かりそうなのか」

ソファから身を乗りだしてきて上田が尋ねる。

「五分五分だそうです。今、懸命の救急治療が行なわれている最中です。もう一度おうかがいします。今日はどちらにお出かけになったのでしょうか」

「今日は弁護士会館に行って、日弁連の人権とマスコミ報道部会の弁護士に実情を訴え、その後、友人の事務所に立ち寄り、愚息の弁護を依頼して帰宅した」

弁護士会館から本郷にある友人の事務所、そこからのルート、時間を尋ねると上田弁護士は裁判長の質問に答えるように、正確にメモも見ないで返答した。

「そうすると八王子駅に着いたのは何時くらいになるのでしょうか」

「午後十時少し前ではなかったかな。調べてもらえばわかるよ。新宿を確か九時十五分の通勤快速に乗ったから」

上田の話ではその前の電車に乗ることも可能だったが、途中三鷹駅で追い越されるのがわかり、一本遅らせて通勤快速に乗車したようだ。

高尾駅から救急車の要請があった時間を考え合わせると、山本幸太と同じ通勤快速に乗っていた可能性が大きい。

「どのあたりの車両に乗られていたのでしょうか」

「後ろから二両目だったか、三両目だったと思う。本郷からタクシーで新宿駅南口につけてもらい、階段を下りたあたりの車両だった」

「山本幸太は最後尾の車両で昏睡状態で発見されましたが、上田弁護士は車内で山本幸太を見かけなかったでしょうか」

「あのぎゅうぎゅう詰めの電車の中で、隣り合わせになれば別だが、どこに誰がいるかなんてわかるはずがない」

「そうですか。ところで犯人グループから、どのようにして会いたいと連絡があったのでしょうか」

神保原は最後に最も聞きたいことを質した。

「事務所の郵便受けに、『警察のいないところで山本と一緒に会いたい』と記したメモが入っていたんだよ。事務員がその紙片を読んで、私に連絡をくれた。それで一度尋ねてこられた紀子さんの父親の携帯電話に連絡を入れたんだ」

事情を知り、上田からのメッセージを伝えるためには、山本幸太自身を高幡不動の内藤宅に呼び出すしかない。紀子の見舞いや光喜を理由に山本幸太は内藤宅にやってきた。

「連絡は内藤さんの携帯電話で取り合う約束になっていた。それで電話を入れたら、本人が出たので、メモの件を伝えただけだ」

犯人グループからのメモの内容を告げた後、山本幸太が犯人グループと接触したかどうかはまったくわからないという。

聴取を続ける神保原の携帯電話が鳴った。神保原は電話を伊勢崎に渡し、対応するように言った。

伊勢崎がソファから立ち上がり、玄関から出た。しかし、すぐに戻ってきて、神保原の耳元で囁いた。

「山本はなんとか一命は取り留めそうな様子だそうです。血液検査の結果、極度の低血糖症で、左腕に注射痕があったそうです。高尾警察署は殺人未遂と断定して、捜査本部を立ち上げたそうです」

上田哲司が探るような目で、神保原をじっと見つめている。二人の視線が絡み合う。

神保原は二、三度頷き、言った。

「山本幸太は九分九厘だめなようですね。意識不明の重体ですが、原因がまだわからないようです」

伊勢崎が目をカッと見開き、目の前に雷が落ちたような顔をしている。

捜査本部からの連絡を上田に漏らしたことに驚いているのか、あるいは捜査本部からの報告とはまったく違う情報を流したことに慌てているのか。

　——このくらいの芝居ができないと、上田哲司のような古狸は揺さぶりがかけられない。面食らってなんかいないで、伊勢崎も芝居の一つでも演じて見せろ。

　神保原の思いが通じたのか、伊勢崎はため息をつき、深い呼吸をしてから言った。

「まったく不幸な一家だな、娘は誘拐されるし、母親は瀕死の重傷を負うし、父親は死にそうなんだから……。救いようがありませんね」

「そんなに山本さんの容体は悪いのかね」

　上田哲司が心配そうに聞いてくる。

「今後、犯人グループから接触してきたら、必ず捜査本部に連絡をいただけますか。美奈代さんを無事に救出するためです」

「わかりました」

　上田哲司が答えた。

　捜査本部に戻ると、竹中本部長がマスコミに追い回されていた。高尾駅からI大学医療センターに搬送されたのが、山本幸太とわかり、八王子警察署詰めの記者から一斉にニュースが流れ、テレビの最終ニュースですでに報道されたようだ。

20 破滅

新千歳空港から青梅署に移送されてきた小熊幹夫、典枝夫婦は、素直に取調べに応じてはいるものの、事件の核心に触れる話になると黙秘した。二人は東京駅のコインロッカー、十日町市千手郵便局近くのコンビニの防犯カメラに映っている。誘拐事件への関与は明らかだ。

二人の聴取にあたったのは、苫小牧港で二人を逮捕した中町刑事だ。太平洋フェリー〈いしかり〉が苫小牧港に接岸した時には逮捕されることは覚悟している。二人は当然入念な打ち合わせをしていると思われる。

中町は最初に夫の幹夫から聴取した。幹夫はCAをしていた娘の雅美が殺された時の怒りを一気に語った。一人娘を奪われた父親の喪失感が聴取している中町刑事にも伝わってくる。幹夫はいかに人生のすべてをなげうって、目撃者捜しに生きてきたか、その思いを中町に訴えた。しかし、中町が聞きたいのは小熊夫婦がどのようにして山本美奈代誘拐事件にかかわるようになったかだ。

犯行があった時間帯に、二人は自分たちで作ったビラをもち、道行く人や通りがかった車を止めて、事件当夜不審者を見なかったかを必死で尋ねた。

「千葉県警の刑事さんから、アパート周辺を犯行の時間帯にいつも決まって通りがかる人や走行する車があるはずだと聞いて、その時間帯を狙って目撃者を捜しました。司法解剖の結果も聞き、正確な犯行時間もわかっていました」

　それだけではない。二人は成田空港駅、成田駅でもビラをまき、捜査への協力と情報提供を訴えた。しかし、有力な手がかりはまったく得られなかった。

　最初の頃は、ローカルのテレビ局が取材し、放映してくれた。しかし、時の経過とともに関心は薄れていった。

「長い間、お二人を苦しみのどん底に突き落としたまま、犯人逮捕を今日まで遅らせてしまったことを一警察官として心よりおわびします」

　中町は幹夫に頭を下げた。

「警察に言いたいことはたくさんありますが、上田鉄平を逮捕していただきました。私たち夫婦は心から感謝しています。雅美もこれで納得してくれるでしょう」

　幹夫は安堵の表情を見せた。六十二歳でまだ一線で活躍してもおかしくない年齢だが、幹夫は雅美が殺された年の暮れには、それまで働いていた会社を早期退職した。

「犯人を捜すためにはそうするしかなかったんです」

　雅美の遺品を整理していると、小さな手帳が出てきた。それにはフライトスケジュールが記されていた。それだけではなく、その日に起きた出来事を記しているページもあった。夫婦はその手帳を丹念に読み込んだ。

「成田空港にはキャビンアテンダントの写真を撮ろうと、到着ロビーで待ち構えているアマチュアカメラマンがたくさんいます」

手帳には帰国するたびに、雅美の姿を撮影していたカメラマンがいたことが記されていた。

〈拒否することもできないし、無視するしかない。いつものあのカメラマン、オタクを通り過ぎてちょっとストーカーぎみだわ〉

夫婦はこの記述を見つけると、成田署の捜査員に告げた。しかし、捜査員が成田空港に赴き、アマチュアカメラマンを捜している様子はなかった。夫婦は手帳から雅美が成田空港に降り立った日付と時刻を割り出した。

「雅美が乗務したフライトが到着した時間帯に、成田空港の到着ロビーに行けば、そのカメラマンに会えると思ったのです」

夫婦は何度も成田空港に出向いた。そして、ついにそのカメラマンを見つけ出した。

「成田署は最初から私どもの言っていることを本気で聞いてはくれませんでした。だからそのカメラマンがわかった時は、犯人かどうか私たちが確かめるしかないと思っていました」

夫婦は雅美のスナップ写真を提示して、見覚えがあるかどうかを確認した。カメラマンはすぐに雅美の所属している航空会社の名前をあげた。

「きれいな方でしたよね。私は何度も撮影させていただきました」

カメラマンは雅美を撮影していた事実を素直に語った。

「お気の毒に事件に巻き込まれて……」

カメラマンは写真専門学校の生徒で、アルバイトで資金をためて都内から成田空港に通ってきていた。

娘を殺した犯人ではないかと鬼気迫る顔で聞く小熊夫婦に、カメラマンはうろたえた。しかし、ストーカーのように勘違いされるが、成田空港付近のホテルに泊まる余裕などなく、終電前の電車で都内の自宅アパートにいつも戻っていると夫婦に説明した。

小熊夫婦はカメラマンを犯人扱いにしてしまったことを謝罪した。カメラマンは小熊夫婦に同情し、犯人が一日も早く逮捕されることを祈っていると、二人を励ましてくれた。

夫婦は到着ロビーのベンチに腰かけながらカメラマンとしばらく話し込んだ。他にキャビンアテンダントを撮影しているカメラマンはいないのか、それを聞き出そうとした。そのカメラマンはいつも一人で空港にやってきて、他のカメラマンとの交流はなかった。

「ただ雅美の親だと知って、事件と関係があるかどうかわからないが、雅美の写真を買いたいと言ってきた男がいたことを教えてくれました」

カメラマンが雅美を撮影し、都内に戻ろうとすると、その男から話しかけられた。

「さっき君が撮影していたキャビンアテンダント、ホントに美人だね。一枚一万円出すからさ、売ってくれない」

カメラマンとその男との会話はそれだけだった。

「写真学校では、撮影技術だけではなく、カメラマンとしてのモラル、肖像権についても授業で教えていたそうです。それでカメラマンはその男の申し出を断ったそうです」

カメラマンはその後も男を何度も到着ロビーで見かけた。最初は空港職員と思ったようだが、男は到着ロビーの片隅にある宅配会社のカウンターに出入りしていた。

その情報を聞き、カメラマンが成田空港に撮影に訪れる時は、必ず夫婦も成田空港に駆けつけた。カメラマンも小熊夫婦が必死に犯人逮捕につながる情報を求めているというニュース報道を見て、協力を約束してくれた。

「もちろん毎日ではありませんが、私たち夫婦も成田空港に通いました」

しかし、カメラマンに雅美の写真を売ってくれと頼んできた男は見つけることができなかった。カメラマンはやがて写真学校を卒業し、成田空港に来ることもなくなった。

「お嬢さんの写真を買おうとしたのが、逮捕された上田鉄平だったのでしょうか」

「その通りです」

幹夫によれば、その男が出入りしていた宅配会社のカウンターを訪ね、ようやく上田鉄平の名前を割り出すことができたという。しかし、夫婦は成田警察署にいっさいこの情報は提供していない。

「相手にしてもらえるとは思えなかったから」と幹夫は答えている。

幹夫はそこから先は完全黙秘した。上田鉄平の名前を本当に宅配会社が明らかにしたかどうかは確かではない。名前がわかったところで、雅美の殺人と関係があるかどうかも不確かだ。

「いつどこで美奈代ちゃん誘拐グループに加わったのか、そして美奈代ちゃんは今どこにいるのか、それを答えてください。娘を奪われた親の気持ちはあなた方お二人がよくわかっているはずだ」

中町は全面自供を求めたが、幹夫は口を固く閉ざしたまま何も語ろうとはしなかった。

妻の典枝の聴取も中町が担当した。

成田空港でカメラマンと出会うまでの経緯は、典枝の話もまったく同じだった。

「誘拐された美奈代ちゃんのお母さんは中央道を逆走してまでも、娘を助け出そうとしました。今も重傷を負ってベッドの上で、娘が一刻も早く解放されるのを待っています。どうか美奈代ちゃんの居場所を教えて下さい」

中町は母親の情に訴えかけた。

やはり典枝も沈黙した。

「あなた方は余生のすべてを犯人探しにかけてこられた。娘を奪われた母親の気持ちはあなたにだってわかるはずだ」

伏し目がちで、証言をするにも机の上を見たままで中町と目を合わそうともしなかった典枝が顔を上げた。初めて二人の視線が絡み合う。

「もう少し時間をいただければ、お嬢さんは元気な姿でお母さんのところに帰ってきます。私が確信を持って言えるのはここまでです。人の命が奪われるということはありません」

しかし、そう言っても誘拐グループは、山本紀子に中央道での逆走を指示し、上田鉄平にその車に正面衝突するように命じた。山本紀子と上田鉄平の命を奪うつもりではなかったのか。

「二人の命を奪うつもりで、逆走させたのではないのですか」

中町は強い口調で自白を求めた。

典枝は沈黙した。

「答えてくれないのですか。あなた方のやっていることは、上田鉄平の犯した罪と変わりはないのですよ。それがおわかりにならないのですか」

「あそこまで行く前に山本幸太がすべてを明かしてくれると思っていたのです。上田鉄平も自首すると信じていました」

こう言ったきり、あとは何を聞いても典枝は「黙秘します」と答えるだけで、机の一点を見つめるばかりだった。

二台の車が正面衝突する前に事態は大きく進展すると思っていたのだろう。逆走は想定外の出来事だったようだ。

山本幸太は高尾駅に近いＩ大学八王子医療センターに入院したままだ。一時は生命が危ぶまれたが、意識を回復した。昏睡状態に陥った原因は、インスリンが注射されたためだ。健康な体にインスリンが強制的に注入され、低血糖状態に陥り、山本幸太は意識を失ったのだ。

救命救急医の判断が早く、山本幸太は生命の危機を脱していた。入院中の山本幸太を聴取したのは、本庁のベテラン刑事磯田だった。

山本幸太は意識を回復し、ＩＣＵから個室に移されていた。ドアの前には高尾警察署の警察官が警備にあたっていた。病院側の医師によると、あと二日ほど入院していて急激な血糖値の変化が見られなければ退院可能という説明だった。

磯田が部屋に入ると、山本はベッドから起きあがろうとした。それを制して磯田が言った。

「そのままでいい。だが、今回は本当の話を聞かせてくれよ」

山本は寝たままで「申し訳ございませんでした」と謝罪した。

「奥さんがすべてを話してくれた」

この一言でもはや隠し立てをする必要がないことを山本は悟ったはずだ。その上、自分自身も口封じのために殺されそうになったのだ。

「誰にやられた」

磯田は山本にインスリンの注射をした犯人にほぼ見当はついていた。

「上田弁護士です」

上田弁護士は内藤満に密かに連絡をとった。内藤から呼び出された山本は、長男の光喜と会うという名目で府中のマンションを出た。尾行されているのはわかっていた。府中署の刑事の目を欺いて内藤の家を抜け出し、高幡不動駅から多摩モノレールで立川に出た。

「上田弁護士からは、警察の目もあるので中央線の電車の中で話がしたいと、連絡がありました」

指定された通勤快速電車の最後尾車両に立川から乗った。しかし、その車両には上田弁護士はいなかった。山本は八王子駅から上田弁護士が乗り込んでくるのではと思った。通勤快速電車は立川駅から各駅に停車していく。次の日野駅で席が空き、そのシートに座った。立川から二つ目の豊田駅を発車すると、後ろから二両目の車両に乗っていたのか、上田弁護士が山本幸太の隣に突然腰かけた。

「私は彼の顔を見たとたん、殺してやりたいと思いました。上田鉄平を速度違反で捕まえたこともあり、三叉路事故のいすゞエルフの運転手はすぐに上田検事の息子だとわかりました」

実況見分は山本が指揮を執った。

「事故の原因についてはどう考えたんだ」磯田が怒りを含んだ声で問い質した。

山本は目を閉じ、唇をかみしめた。

「すべてが遅すぎる。しかし、警察官の誇り、父親としての責務を思うなら、ここですべてを語ってくれ」

「まさか上田鉄平が殺人を犯していたなんて、ついこの間まで気がつかなかったんです」

「もう一度同じ質問を繰り返す。事故の原因についてどう判断したんだ」

「事故はいすゞエルフが前を走るトヨタライトエースバンを強引に追い越そうとして起きたものです」

上田鉄平は事故現場の先にある交差点の信号が赤になる前に通り過ぎようと加速した。信号に気をとられトヨタライトエースバンが右折するためにウィンカーを出していたのに気づかなかった。気づいた時にはトヨタライトエースバンに追突していた。

「いすゞエルフが二度にわたってトヨタライトエースバンに追突していたのは承知しているんだな」

「はい」

山本幸太が書き記した三叉路事故の実況見分調書は、意識的に事実が隠蔽されていた。山本は交通違反をした大月百合子に反則切符を切らなかった。それだけではなく大月百合子と不適切な関係を持っていた。そのスキャンダルを上田哲司に握られていた。

「上田哲司から圧力があったのか」

「実況見分調書に手心を加えてくれだとか、息子の過失を見逃してくれなどという言葉は何もありませんでした」

当然といえば当然だ。検事だった上田が自分の息子に有利になるように実況見分調書を書き換えろと言うはずがない。

「上田哲司はどうやってお前のスキャンダルを嗅ぎつけたんだ」

東京地検の検事が一警官の不倫に首を突っ込んでくるとは考えにくい。しかし、妻の紀子は、夫は上田哲司から事実関係を調査されたと、神保原に伝えている。

「すべては同僚の密告から始まったのです」

大月百合子のスピード違反に山本幸太は反則切符を切らずに見逃した。この現場を同乗していた小泉優も当然目撃している。速度違反を犯しているからといって、すべてのケースに反則切符を切るわけではない。

「大月の事情が事情なので、私は厳重注意だけに留めました」

その程度で警視庁監察室が調査に動き出すとは到底思えない。

「小泉は交通課に配属され、私の下で交通課の警察官としての第一歩を踏み出したばかりでした。彼に対する教育の仕方がまずかったのか、注意の方法が不適切だったのか、私は彼から怨まれていたようです」

大月が菓子折りをもって小金井署にやってきた。それは小泉も、同じ署内の警察官も知っている。

「どうして突きとめたのかわかりませんが、小泉に大月百合子との関係を知られてしまいました」

大月と食事をしているところでも偶然に目撃されてしまったのだろう。勤務シフトは山本幸太と小泉は一緒だ。自由になる時間は二人とも同じだ。結局、小泉に二人の関係を知られてしまった。

「ラブホテルに入るところを写真に撮られてしまいました」

その写真と相手の女性の素性を詳しく書いた手紙が監察室に送られた。

「私と大月百合子の出会うきっかけを知っているのは小泉しかいません」

実際、山本幸太は監察室の一ノ瀬泰監察官から聴取も受けている。たとえ小泉が内部告発の手紙を監察室に書き送ったとしても、懲戒免職という事態にまで発展するケースではない。ましてやそれが上田検事の耳に入るとは思えない。

「そのくらいと言ってはなんだが、その不倫スキャンダルがどうして上田の耳に入ったんだ」

当時、現職警察官の不祥事が相次いでいた。窃盗、買春、酒気帯び運転がマスコミに報道されていた。

「窃盗で逮捕された警察官を起訴した上田検事が、綱紀粛正《こうきしゅくせい》を強く求めるというコメントをマスコミに発表していたからだと思います。小泉は監察室レベルで不倫が内々に処理されてしまうのを恐れたのか、ラブホテルに入る写真を上田検事にも送りつけていました」

それでも上田検事が監察室の調査に口出ししてくるのは不自然だ。しかし、山本幸太は上田検事に呼び出され、東京地検に出向いていた。大月百合子との関係を厳しく追及され、罵倒された。

「そこでラブホテルに入る写真を上田検事から見せられました」

正確な事実関係も上田哲司は把握していた。山本は小泉が告発者であることを確信した。大月百合子と不倫関係を持つに至った経緯を正直に証言するしかなかった。

「聴取が終わった段階で上田検事から私の家族構成を聞かれました」

山本幸太は妻と二人の子供がいると答えた。

「二度と妻子を泣かすようなことはしないかと聞かれたので、同じ過ちは繰り返しませんと返事しました」

「それで」

山本幸太の返事に納得したのか、「今回は水に流すように監察室に伝える。女房に安心するように言っておけ」と上田から言われた。

その言葉に山本幸太は直立不動の姿勢から頭を深々と下げた。

「家族は誰にとっても大切なものだ。わかるな」上田検事が言った。「君も承知の通り愚息に手を焼いている」

上田検事が山本幸太に話した内容はこの程度だった。しかし、懲戒免職を逃れた山本幸太にとっては、上田鉄平が事故の責任を負わないようにしてくれと、密かに頼まれたように思えたのだ。その結果、重大な事故の責任は上田鉄平にではなく、まったく責任のない橘高一郎に背負わされることになったのだ。

「誘拐事件の背後に、三叉路事故の被害者たちがいることにいつ気づいたんだ」

「新横浜駅で『三叉路ゲームスタート』と書かれたメモを見た時です」

「上田鉄平が小熊雅美殺しの犯人だと知っていたのか」

「信じていただけないかもしれませんが、本当に私は何も知りませんでした。何としても警察に残りたい一心で、上田検事に過剰な忖度をして、結局、警察に対する信頼を損ね、職も家族も、何もかも失う羽目になってしまいました」

山本幸太に待ち受けているのは冷徹な法の裁きと、厳しい社会の批判だ。しかし、すべて身から出た錆《さび》だ。潔く受け止めるのが彼に残された唯一の償《つぐな》いの道だ。

「今から思うと、一つだけ気になることを言っていたのを記憶しています」

「気になること」磯田が聞き返した。

三叉路の事故車両はすべて山本幸太が、破損部分から車内の様子まで詳細に確認している。

「トラックの中にゴム手袋があると思うが、それは君の方で内々に処分しておいてくれ」

上田検事に山本幸太は依頼された。

「おかしいとは思わなかったのか」磯田が問い詰めた。

「妙な依頼だとは思いましたが、変な質問をして機嫌を損ね、懲戒免職にでもされたら困ると思い、わかりましたと答えてしまいました。小熊雅美殺人の犯人として、鉄平が逮捕されたのを知り、あのゴム手袋は犯行時に使用されたものだったのではないかと、今ではそう考えています」

聴取をした限りでは、山本幸太は雅美殺人についてはまったく知らなかったのだろう。愛人問題のもみ消しの背後には、三叉路事故の真相隠しだけではなく、殺人事件が隠蔽されていたことを、美奈代を誘拐され、山本は初めて知ったのだ。

山本は上田検事にいいように利用されていた。


T大学医学部附属八王子病院に入院中の山本紀子の病室に、小田切は付きっきりだ。面会時間は過ぎていた。ドアが静かにノックされた。ドアを開けると、三十代前半の女性に手を引かれて、美奈代が立っていた。女性は「大月百合子です」と小田切に名乗った。

驚きのあまり小田切は声も出せなかった。美奈代が母親の枕元に走り寄った。

小田切は捜査本部に緊急連絡を入れた。

「大月百合子が誘拐されていた美奈代を突然連れてきて、紀子さんの病室で今会っています」

竹中本部長は八王子警察署に依頼し、大月百合子が逃亡しないように山本紀子の部屋を警察官で固めてもらうように手配した。しかし、小田切の目の前の大月は逃げる気配はまったくない。

小田切を驚かせたのは、美奈代が大月百合子になついていたことだ。二人の様子を見ていると、かなり前から交流があったように思える。美奈代は大月百合子を「ラムのお姉さん」と呼んでいた。

大月百合子は府中市本町に住んでいた。しかし、事件発生の十日前から姿を消していた。いったいどこで美奈代と暮らしていたのだろうか。

美奈代はベッドに横たわる母親に走り寄っていった。紀子は包帯だらけの腕で美奈代を抱きしめ、涙を流しながら喜んだ。

美奈代は男の子と見間違えるような格好をしている。

「その節は大変ご迷惑をおかけしました」

大月百合子は紀子に謝罪した。

「こちらこそ主人がご迷惑をおかけしたというのに、あなたには失礼でひどい言葉を投げつけたと反省しています。どうか許して下さい」

二人には面識があるようだ。

「いいえ、こちらこそ。ご心配をおかけするようなことばかりして、許してはいただけないと思いますが、心より謝罪します」

山本紀子は首を横に振り、「申し訳ない気持ちでいっぱいです」と泣きながら答えた。

事情がわからずに、美奈代は泣いている二人の顔を交互に見比べている。

「美奈代ちゃん、今日からはお母さんと一緒だよ」大月が涙を拭いながら美奈代に言った。

「またテレビゲームしようよ、ラムのお姉さん」

「ラム」は大月百合子が飼っているヨークシャーテリアの名前らしい。

大月の話によれば、いずれ離婚するからと聞かされ、関係を続けてきた。少しでも会える時間を作りたいと、母親の死を契機に山本の住むマンション近くに引っ越してきたのだ。

大月は自宅マンション近くの多摩川河川敷にラムを連れてよく散歩に出かけたようだ。そこには美奈代を連れて、山本幸太も車でよく遊びに来ていた。

多摩川河川敷でラムを散歩させていた大月百合子に、美奈代は次第になついていった。いずれ誘拐の詳細は明らかにされるだろうが、青梅鉄道公園からは大月百合子が美奈代を連れ出した可能性が高い。なつき具合をみれば、大月が一言声をかければ、美奈代は走って大月のところに向かっただろう。

山本幸太と大月百合子の関係が明らかになると、紀子は大月の職場を訪ね、夫と別れるように強く迫っていた。夫の職業を伝え、このままでは懲戒免職になると大月を激しくなじった。それが七年前だった。

「美奈代、どこにいたの」母親が聞いた。

美奈代に聞いたというより、大月に聞きたかったのだろう。

「青梅鉄道公園の近くのアパートに二人で一緒にいました」

大月百合子の本町のマンションは捜査本部の刑事が訪ね、不在を確認している。住民票は移転されていない。

「ラムは一日一回訪ねて来てくれるペットシッターに任せて、九州の実家にすでに帰った友人のホステスが住んでいたアパートを、契約期限切れまでという条件で借りました」

青梅鉄道公園近くのアパートにも捜査班が目撃者探しに回っている。大月百合子とも会っているはずだし、美奈代も目撃されていたかもしれない。しかし、あらかじめ準備していたのだろう。美奈代は男の子の格好をしていた。アパートを訪ねた捜査員は二人を見過ごしてしまったのかもしれない。

間もなく複数のパトカーのサイレンの音が接近してきた。捜査本部の緊急車両が病院に駆けつけてきたのだろう。

「美奈代のこと、ありがとうございました。夫のこと、許していただけないと思いますが、あなたにはつらい思いだけをさせてしまいました。本当にごめんなさい」

山本紀子が大月百合子に謝罪した。

「それよりもこんな形にしてしまい、おわびしなければならないのは私の方です。どうか許して下さい」

「夫があなたと会っているのを知った時、本当は私が離婚の決断をすべきでした。夫はあなたに救いを求めていたと思います」

大月は俯いたままだ。

「二人目の子供が生まれた直後から、私たち夫婦の関係はギクシャクしていたんです。世間体を考えたり、子供のためになんて思っていたから、結局、グズグズと決断を先延ばしにしてしまった。決断すべき時に決断しなかったことで、最後はあなたも、そして夫も苦しめるだけの結果になってしまった」

大月が顔を上げた。

「幸太さんは奥様を愛していたと思います。私への愛は一パーセントだけだって言われたことも……」

「あなたにそんなひどいことを……。でも夫は百合子さんを頼りきっていたと思います。私は育児と家事で精一杯、夫の職場での話に付き合っているだけの余裕なんてなかった。私からは、そんなものは受け付けないというオーラが出ていると夫にひどく怒られたことがありました」

次第にサイレンの音が大きくなり、そして止んだ。

「私もこれを機会に再出発できます。どうかお体を大切に」

大月が深々と頭を下げた。

すぐに病室のドアが叩かれ、ドアが開かれた。竹中本部長と小田切の直属の上司である逢坂がドアの前に立っていた。

竹中本部長は部屋に入るなり、手錠を取り出した。大月百合子に近づいていく。

小田切は思わず大月の前に出た。

「そんなものいりません」

小田切は鋭い視線を竹中本部長に向けながら言った。

大月はすべてを悟り、美奈代に視線を一度向け、「またラムと一緒に河原で遊んでやってね」と言って病室を出た。

小田切も病室を出た。

病室を離れエレベーターホールまで来ると、小田切はがまんしきれずに強い口調で竹中本部長に向かって言い放った。

「本部長は何を考えているんですか。あんな子供の前で。容疑者は自ら出頭してきたんですよ。何故手錠をかける必要があるんですか」

小田切は警察官になって初めて上司に反抗した。自分でも驚くほど怒り、それを捜査本部長に向けた。

小田切の横にいた大月が無言で頭を下げた。

エレベーターが一階に着くと、大月を逢坂と小田切が挟み込むようにして、パトカーに向かった。その後ろから竹中がとぼとぼとついてきた。大月は竹中の車ではなく、逢坂の車両に乗り込んだ。後部座席に大月を間にして逢坂と小田切が座った。パトカーが走り出すと、逢坂が言った。

「よくやった。あれでいい。君はいいデカになれるぞ」

小田切はその言葉に、何故だか自分でもわからないが涙を流していた。

山本紀子の動画アップを許してしまった。上司の逢坂も、本庁の磯田も小田切を叱責することはなかった。事件を一刻も早く解決しようと捜査に邁進していた。その二人の姿に、小田切は背中を鞭打たれたような気持だった。心が折れかかった。

しかし、これからも刑事でいたいと思った。刑事をやっていけると思った。

21 結集

小田切は大月百合子の聴取を任された。取調室の片隅に置かれた机にノートが広げられ、逢坂が大月の証言を記録してくれる。小田切が聴取につまった時は逢坂が手助けをしてくれる手はずになっている。

昨晩のエレベーターでのハプニングもあり、小田切なら大月も素直に聴取に応じるだろうという捜査本部の意向も働いたようだ。しかし、大月の聴取を小田切にさせるように進言したのは上司の逢坂だ。そのことを思うと小田切はより一層緊張した。取調室に二人で入る時、逢坂が言った。

「任せるから自由にやってみなさい。君ならできる」

「わかりました」

と答えたものの、自信はまったくなかった。

大月百合子は青梅警察署の留置場で一晩明かした。覚悟の自首であり、取調室に入ってきた大月は昨晩とは打って変わってふっ切れた表情をしている。どことなく晴れやかでもある。

「昨日はありがとうございました」

大月は小田切の顔を見ると、机に額が着くのではないかと思えるほど頭を下げた。美奈代の前で手錠をかけようとした竹中本部長を制止したことに感謝しているのだろう。

小田切は大月の名前、生年月日、本籍地、現住所を確認した。現在は府中市本町のマンションで一人暮らしをしていた。聴取を始めると、大月は表情をこわばらせた。それを察した小田切は、大月がかわいがっていた愛犬のラムについて尋ねた。

「ラムはどうしたのですか」

「事情を説明してラムを飼育してくれる飼い主が見つかるまで、ペットシッターさんから民間の保護施設に預けてもらうようにしてあります」

大月の自首は最初から計画されていたのだろう。

小田切は山本幸太との関係を聞き出した。大月百合子は豊田駅近くのアパートで母親と二人で暮らしていた。父親は百合子が小学校の時に他界し、母親の手一つで育てられた。

「母が突然のケガで、近くの病院に搬送されたという知らせが、当時働いていた中野の洋品店に入り、その時にスピード違反をして山本さんにつかまりました。それがきっかけでした」

山本幸太は事情を聞き、安全運転で病院に行くように助言し、反則切符は切らなかった。後日、大月は菓子折を持って山本幸太が所属していた小金井警察署を訪れた。

大月百合子に恋愛経験がなかったわけではない。しかし、育ててくれた年老いた母親を一人残して、結婚する気持ちにはなれなかった。中野の職場と豊田を往復するだけの日々が続いた。

「山本さんは、母親を大切にしてやって下さいと私を励ましてくれました。何度か食事を重ねているうちに私は彼が好きになってしまいました」

山本幸太は警察官を理由に、プライベートな情報は何ひとつとして大月には打ち明けなかった。

「いくら警察官でも独身か既婚者か、それくらいは言うでしょう」

大月は首を横に振った。

山本と会えたとしてもせいぜい二、三時間だけだった。

「警察官は規則と時間に縛られ、定年までこんな生活を送るんだ」

大月は山本からこう聞かされていた。母親が死んだあとは府中市本町に転居した。

「山本さんと一緒にいる時間を少しでも長くしたかった。付き合っていくうちに彼が既婚者だということは、それとなく感じていました」

多摩川の河原でラムを散歩させているところに、山本は美奈代を連れてくるようになり、子供がいることを知った。それでも大月は山本のことがあきらめられなかった。

いずれ離婚してくれるだろうと信じた。

　山本と大月の密かな関係は同僚からの密告で明らかにされ、内偵調査を受ける事態に発展した。

「中野の職場まで警察の方が来られ、私だけではなく働いていた洋品店の店主にまでいろいろなことを聞かれ、山本さんとの関係がわかってしまい、結局店を辞めざるをえませんでした」

　それだけではない。山本紀子も洋品店まで押しかけて来た。

「私が責められるのは当然ですが……」

　大月は山本紀子から、夫はこのままでは懲戒免職になり、一家は収入を失い路頭に迷うことになる、すべて大月の責任だと激しく非難された。結局、大月は山本幸太から身を引いた。

「紀子さんとは大きなトラブルにならなかったのでしょうか」

　小田切はいたわるような口調で尋ねた。

「ご本人からも懲戒免職になる可能性が高いと聞いていました。別れましょうと、私の方から言いました」

　大月は手切れ金のようなものは一切受け取っていない。別れた後、しばらくの間、大月は京王線聖蹟桜ケ丘駅近くのスーパーマーケットで働いた。その後、立川市のスナックで働いた。

大月百合子が山本幸太に恨みを抱いたのは想像に難くない。しかし、それがどうして美奈代の誘拐グループに加わるようになったのか、小田切には理解できなかった。

「交際途中で既婚者だということがわかったとはいえ、山本は独身と偽っていたわけではありません。あなたの勝手な思い込みもあったのではないでしょうか」

「河原で美奈代ちゃんを見た時、はっきり既婚者だとわかりました。それでも彼を信じたのは……」

大月は言葉を詰まらせた。何かを言いたい様子だが、苦しいのか何度も唾を呑みこむような仕草を繰り返した。小田切はじっと待ち続けた。

「山本さんに家庭があるとわかる前、一度妊娠したことがあります」

結婚が二人の間に具体的な話として持ち上がってきた。

山本の対応は「今はとても結婚できるような状態ではない」と消極的だった。母親が死亡し、親しい親戚もいなかった大月は出産を望んだ。

「結婚できるような状態になるまで、子供は私が育てます。だから子供を産ませてくださいとお願いしました」

しかし、すでに二人の子供のいる山本が出産を認めるわけがなかった。結局、大月は一人で産婦人科病院を訪ね、中絶手術を受けるしかなかった。

「必ず君と結婚する」

病院から戻った大月に山本が言った。

山本に家庭があると知ったのは、その直後だった。

山本が大月百合子は遊び相手だと言っているのを、二人の関係を密告した小泉から聞かされた。大月が誘拐グループに加わった背景には、男女関係のもつれだけではなかった。大月にとって不本意な中絶手術は、心の大きな痛手になっているのだろう。

「山本に怒りというか、怨みをいだくのはわかりました。でもそのことがどうして、美奈代ちゃんの誘拐へとつながるのでしょうか」

大月と誘拐グループがどうして結び付いたのか、その接点を聞き出そうとした。

二人が別れてから四年以上の歳月が流れた頃だった。その日は遅番で午後二時からの勤務で、午前中は時間の余裕があった。もうすぐ桜の開花宣言が東京でも出されそうだった。大月はラムを連れて多摩川の河川敷を散歩していた。

「河原でホームレスに会いました」

「ホームレスって？」

そのホームレスの正体は小田切には想像がついた。きっと橘高一郎だろう。

「まだ母が健在で、豊田のアパートに住んでいた頃、橘高電気店で家電製品を購入していました」

立川や八王子に出かければ、量販店があり安い製品が購入できる。

「橘高電気店で購入すると割高だというのはわかっていました。でも私自身、家電製品の取り扱い方に詳しくないし、母親もマニュアルを読んでも理解できないことが多い。そういった老人たちに親切にしてくれる電気屋さんがあるって、口コミで広がっていました。橘高電気店に電話をすると、すぐに橘高のオジサンが来てくれて、取り扱い方を丁寧に教えてくれたんです」

その橘高一郎が多摩川河川敷でホームレスをし、ベンチに腰かけ分厚い裁判資料を読んでいた。橘高の足元にラムが近づいていった。顔を上げた橘高と大月の視線が重なった。

「橘高のオジサンは汚れきったダウンのコートを着て、暖かい日差しを浴びながら、真剣に資料を読んでいました」

橘高は大月百合子だとわかったようで、資料をまとめてその場から立ち去ろうとした。あまりの変わり果てように大月は言葉を失った。

「交通事故に遭われ、奥さんを亡くされたのは知っていました」

大月は橘高に話しかけたが、返事はなかった。

「橘高のオジサンはいろんなことがあって人間不信に陥っていました」

それは大月も同じだった。大月はラムを抱きかかえながら、橘高の隣に座った。橘高は家電製品の使用方法をわかりやすく、母親や大月に説明してくれた。しかし、ホームレスに身をやつした橘高はまるで別人だった。それでも橘高はポツリポツリと断片的な話を語った。

最初のうちは何の話をしているのか、前後の脈絡がわからず大月には理解できなかった。耳をすまして聞いていると、橘高は日野本町七丁目三叉路の交通事故は、自分が原因ではないとしきりに訴えていた。

「事故の原因は、後方から追突してきたトラック運転手の前方不注意だと、橘高のオジサンは言っていました」

橘高は交通刑務所に収監されている間、交通事故に関する専門書を読みあさっていた。出所後、自分の無実を証明するために何度も事故現場に足を運び、トラックの運転手が居眠り運転をしていたのではないかと疑って、事故当時の運行状態を独自に調査していた。それだけではなく実況見分調書の矛盾点を、自分なりに調べ上げていた。

じっと話に聞き入る大月に、橘高は実況見分調書のコピーを手渡した。何回も読み直したのだろう。ページをめくった部分はすり減って文字がかすれていた。

「その実況見分調書を見て、私の手は震えました」

三叉路事故の実況見分調書を作成したのが山本幸太だということを、その時大月は知った。

震える手でコピーを握り締め、読み進める大月に、今度は橋高が目を見張った。

「ユリちゃん、どうかしたのか」

そう聞かれたが大月は何も答えずに実況見分調書を読み通した。

「三叉路事故について橋高のオジサンが調べたこと、全部聞かせてくれる」

橋高の話を真剣に聞いてくれるものは誰一人としていなかった。

「その頃から橋高一郎は美奈代誘拐事件を計画していたのかしら」

「いいえ、橋高のオジサンは経済的にも、精神的にも落ちるところまで落ちて、そんな余裕はありませんでした」

「では、いつから、誰と美奈代誘拐の計画は練られたのかしら」

小田切が誘拐事件の核心部分を聞こうとした時、一言も口を挟まずに聴取内容を記録していた逢坂の目の前の電話が鳴った。聴取を中断した。

いつも穏やかな逢坂の表情が次第に険しくなっていく。

「わかりました。私たちはこのまま聴取を続行します」

こう言って逢坂は電話を切った。小田切が視線を逢坂に送ると、立ち上がり大月の近くに寄ってくる。

「大月、すべてを証言してくれ。隠す必要はもう何もないはずだ」

逢坂の意外な言葉に、小田切が聞き返した。

「何かあったのですか」

「今、上田弁護士の自宅から捜査本部に電話が入った。橘高、三船、柳原妙子の三人が面会を求めて八王子のタワーマンションに現れたようだ」

三人は当然逮捕されるのを覚悟している。その前に上田哲司に確かめたいことでもあるのだろう。

小熊夫婦の苫小牧港での逮捕、そして大月百合子が美奈代を連れて母親の病室を訪れた。さらに誘拐事件に深くかかわったと思われる三人が上田哲司の自宅マンションを訪問した。すべてが彼らの計画通りに進んでいると、小田切は思った。

小学校二年生の女子児童が誘拐されるという重大事件だったが、死者を出さずに事件を解決に導くことができそうだ。

「わかりました」大月は逢坂に向かって深々と頭を下げた。

小田切は聴取を再会した。

「橘高の裁判記録を読み、事故を調査したのが、山本幸太だとわかり、それからあなたはどうされたのですか」

「すぐに状況がのみこめたわけではありません」

大月は何度も裁判記録を読み、橘高の証言と照らし合わせてみた。

「何故、こんなことになったのか、事故の調書に疑問を抱きました。上田鉄平という運転手はもちろん知りませんでしたが、上田哲司の名前は山本さんから聞いて知っていました」

「どのように」

「私たちの関係が知られてしまい、内定調査が入りました。それで上田検事からひどく怒られたそうですが、今後こうした事件は起こさないと誓ったら、不倫関係をもみ消してくれた。そんなことを山本さんはおっしゃっていました」

「裁判記録を読んだ時、どう思われましたか」

「混乱しました」

「というのは？」

「橋高のオジサンの説明を聞いていると、事故の原因は上田鉄平の側にあると私も思いました。でも、恩のある検事の子供だからと言って、事実を改竄するような警察官に山本さんは思えませんでした」

そんな大月に橋高は自分で調べた事故の様子を語って聞かせたようだ。実際の事故資料の写真も橋高は保管していた。

ホームレス生活をしていた橋高と大月は頻繁に会うようになり、その度に橋高は事故の矛盾点を大月に説明したようだ。

「橘高のオジサンの言うとおりだと私も思い、実はと山本幸太との関係を橘高のオジサンに説明しました」

橘高は全身の血が一瞬に凍りついたような顔をしたそうだ。

「唇も紫色になり、歯がカチカチなって震えていました」

大月と出会ったことで、山本幸太の事故の調書に手心が加えられたその動機が橘高にもはっきりと理解できたのだろう。

その後、橘高によって大月は、三船俊介、柳原妙子、そして殺された小熊雅美の両親とも会うことになる。気の遠くなるような道のりを彼らは歩き、真実に辿り着いた。誰か一人欠けていても、事実を暴きだすことはできなかっただろう。

小田切には信仰している宗教があるわけではない。しかし、大月の話を聞きながら、人知を超えた存在がこの世界にはあるような気がしてきた。そうでもなければ、こうした出会いが偶然に起きるとは思えない。

「大月さんは山本について、どう思っているのでしょうか」

「愛しているとは言いませんが、本心を言えば憎んでいるということもありません」

小田切には意外だった。捨てられ、身ごもった子供まで中絶に追い込まれているのだ。

山本に妻子がいるのは大月にもわかった。それとなく問い詰めてもいる。

「最初は私の母のケガに気をつかってくれて、それがきっかけで付き合うようになりました。付き合っている間、彼が奥さんを悪くいったことは一度もないのです。矛盾するかもしれませんが、そんなところが好きでした」

しかし、不倫関係がいつまでもつづくはずがない。現に部下の密告で山本は窮地に追い込まれた。

「私と奥さん、どちらが好きなのって聞いたことがあるんです。冗談で……。でも、あの人、急にまじめな顔をして、言葉を詰まらせてしまった」

「どう答えたんですか、彼は」

「妻には感謝しているって、九九パーセント尽くしてくれるんだって。それを聞いて、私は奥さんにはかなわないなと本気でそう思いました。それでも、悔しいし寂しいから、私は一パーセントの女なんだ、あなたにとってと言いました」

しばらく考え込んでしまい、山本は大月にこう答えたようだ。

「すまない。でも、その一パーセントがとても貴重で、どうしても君といる時間がほしくなるんだ」

大月は、妻とは違うタイプの女とのセックスを求めている男の欲望を満たすだけの女のように、小田切には思えた。

大月は小田切の考えていることを見透かしたかのように言った。

「セックスだけの関係だったのかもしれませんが、でもそれは私も同じで彼に文句は言えないの。母が死ぬまでは気を張って生きてきたけど、母が死んだあとポッカリと空いてしまった心の空洞を、一人ではどうすることもできなかった。それを彼が埋めてくれたのも事実。寂しさをどこかにぶら下げた人間同士が、惹き付け合って出会ってしまう。いいの悪いのっていう問題ではなくて、あの頃は出会ってしまったのだから仕方ないって、自分にそう言い聞かせていました」

淡々とした口調で大月は素直に聴取に応じた。

「橘高と出会ってからその考え方が変ったということかしら。橘高に罪をかぶせ、あなたは子供まで中絶させられている。憎しみがこみ上げてきて、彼らの復讐計画に加わった、そういうことかしら」

「そうとられても仕方ないと思いますが、すこし違うような気がします」

「えっ」

小田切には大月の気持が理解できない。

「私たちが出会ってしまったのは仕方ないし、不倫の関係になったのも、どうすることもできなかった。橘高のオジサンの事件は、それを考え直すいいきっかけになったと思っています。いつまでも山本さんとの関係を続けていれば、彼と彼の家族も苦しめる結果になるって、漠然と思っていたし、それは私自身にもいずれ跳ね返ってくる。

でも自分ではどうすることもできない。橘高のオジサンたちの計画に加われば、それなりの代償を払うことになる。それはわかっていました。でもそうする以外に、彼への思いを断ち切ることができないのではって……」

大月は今でも山本幸太を愛しているのだろうと、小田切には思えた。自分の思いを吐露して、肩の荷が下りたのか、大月は安堵の表情を浮かべた。

「少し休みましょう」

小田切が言った。

署内の自動販売機で購入した缶コーヒーを大月と二人で飲んだ。

「小田切さんのご両親はご健在なんですか」

大月が何気なく聞いてきた。

「健在……」

語尾を濁らせた。「健在だと思う」と答えそうになってしまったのだ。母親の消息は知らない。

「二人とも元気」と答えなおした。

母親とは渋谷道玄坂で会ったきりで、会いたいと思ったことはなかった。しかし、事件が解決したら訪ねてみようかなと、ふと母親の安否が気になった。

「出会ってはいけいない二人」なんていないと小田切は思う。出会いが誤りだなんてあるはずがない。出会いが早かったり遅かったり、少しでもずれていれば人は出会うことはない。皆出会うべくして出会っているのだ。

その後、思ったような人生でなければ、やり直せばいいのだ。その出会いが幸福に辿り着かないとわかれば、別れて別々の道を歩めばいい。その方法を誤るから、悲しい事件が起きるのだろう。山本夫婦も、そして小田切の両親もその方法を誤ったのだと思った。

目の前の大月も、そして山本紀子も必死に新たなスタートを切ろうとしている。

コーヒーを飲み終えて小田切が言った。

「さあ、始めましょうか」

「はい」小田切の言葉に大月が大きく頷いた。

上田哲司からの電話を取ったのは、神保原だった。

「三人が上田のマンションに現れた」

神保原は捜査本部に響き渡る声で怒鳴った。同時に磯田だけではなく伊勢崎も、そして児玉らも、竹中本部長の命令を待つこともなく青梅警察署の駐車場に走った。

「待て」

竹中本部長が大声を張り上げたが、その声に足を止めるものはいなかった。

橘高、三船、柳原妙子らから襲撃を受け、命が危ないという上田弁護士からの通報だった。上田哲司のマンションに磯田、神保原、伊勢崎、児玉、桜岡らが急行した。さらに本庁から派遣されてきていた刑事もその後を追った。

マンションを訪れた三人は美奈代誘拐事件の重要参考人ではあるが、逮捕状はまだ出ていなかった。上田弁護士はそうした事実は十分承知しているはずだが、突然訪れた三人に激しく動揺し、殺されると通報してきた。

神保原らが着いた時にはすでに八王子警察署から警察官が駆けつけていた。広いリビングのソファにくつろいだ雰囲気で三人は座っていた。

上田弁護士は磯田の顔を見ると怒鳴った。

「早くこいつらを逮捕しろ」

磯田は表情一つ変えずに答えた。

「そう言われても逮捕状が出ていないのに、逮捕はできませんね」

上田を小ばかにしたような口調で答えた。

三人が誘拐事件に関与しているのは明らかだ。しかし、決定的な証拠を捜査本部はつかんでいなかった。メールを送信してきたトバシ携帯が新幹線のゴミ箱に捨てられていた。その新幹線に柳原が乗車していたことくらいしか確認されていないのだ。これだけでは柳原さえも逮捕できない。

「今の状況では民事案件と思われます。警察が介入することは困難ですね」

これまでの上田弁護士の傲慢な態度に、磯田には腹に据えかねる思いがあるのだろう。慇懃《いんぎん》無礼を絵に描いたような対応に出た。

「住居不法侵入の現行犯で逮捕しろ」

夫と長女を同時に失った柳原妙子が言い返した。

「受付で私たちは名前を名乗り、エントランスのドアも、この部屋のドアも解錠したのは上田弁護士自身です。それがどうして不法侵入にあたるのですか。バカも休み休み言うものです」

上田弁護士は四面楚歌《しめんそか》、完全に孤立していた。

「息子さんが殺人容疑で逮捕され、山本幸太のでたらめな実況見分調書も明らかになってしまいました。犠牲者の三人がどんな思いで死んでいったのか。ここまで来たらあなたには逃げ場はありません。自らの悪事を明らかにされたらいかがですか」

柳原が、怒っている様子もなく冷徹な口調で上田弁護士に語りかけた。上田弁護士がこれから歩む過酷な道のりに同情しているようにも受け取れる。

「俺はあんたを絶対に許さない」

恋人の柳原美香を失った三船は、はらわたが煮えくりかえるような怒りを、必死に押し殺しているのだろう。

橘高はホームレスのような汚れきった服を着ているわけではない。上下ブルーの作業用のズボンと上着という格好だった。額、目、頬には幾重にも深い皺が刻みこまれていた。皮膚の色も赤銅《しゃくどう》色で、長い間戸外で生活してきたことをうかがわせる。

「俺は女房と二人で小さな電気店を経営していた。三叉路事故であんたの息子に女房を殺され、その上、山本幸太が作成した実況見分調書によって、濡れ衣を着せられた。すべて検事だったあんたが仕組んだことだ。少しでも恥を知るなら、時間をやる。そのベランダから飛び降りたらいい。楽になれるぞ」

三人が上田哲司のマンションを訪れたのは、三叉路事故以降、それぞれが抱えてきた思いを上田に直接ぶつけたかったからだろう。それでも上田はしらを切った。

「何をバカなことを言っている。何故私が飛び降り自殺をしなければならないのだ。冗談じゃない。とっととこいつらを連れて出て行ってくれ」

「三人は美奈代誘拐事件の重要参考人です。青梅署にこの後任意で来ていただきますが、この部屋から退去を求めるなら、ご自分の口で出ていくように彼らに言ってください。強引に連れ出す権限は警察にはありません」

神保原はソファに深々と座る三人に視線を向け言った。

「あなた方もここに用事があって来たんだろう。上田弁護士はこれ以上あなた方がこの部屋に留まることを望んでいないようだ。用件があるのならこの場ですませるようにしてくれ」

神保原は三人に時間の猶予を与えたのも同然だった。三人に神保原の真意が伝わったのだろう。橘高が身を乗り出した。足元に置いてあったボロボロのカバンのチャックを開けた。中にはやはりボロボロになったコピーの束がしまわれていた。コピーはすべて裁判記録のようだ。その裁判記録をどかしながら、中から垢だらけのハンカチを取り出して、センターテーブルの上に置いた。黒く汚れたハンカチは固く結ばれ、中に何かが入っているようだ。

以前はドライバーやスパナを握ってテレビや洗濯機を設置したり、パソコンの設定をしたりしていた手で、橘高は結び目を解いた。

出てきたのは骨だった。

「これは女房の喉仏の骨だ。このマンションから飛び降りるのが嫌なら、今ここで女房に謝ってくれ」

ハンカチの中にあった喉仏の骨は、すでに崩れて形をなしていなかった。それでも人骨を目の前に置かれ、上田は恐ろしいのか身を引いた。

どうしてカバンの中に喉仏の骨をしまっていたのか。神保原にも想像がつかない。怪訝な表情を浮かべている刑事たちを見て、柳原妙子が言った。

「私たちも事故が起きたばかりの頃は、橘高さんは見苦しい言い訳をしていると思いました。実況見分調書を読んだし、裁判でも事故の原因は橘高さんにあるという判決でした。彼は親戚からも総スカンで孤立していました。病院から退院した橘高さんは、わかってくれるのはお前だけだと、納骨前の骨壺から奥さまの喉仏の骨を取り出し、今までずっと肌身離さず持ち歩いてきたのです」

「女房に謝れ」

橘高は心の奥底から絞り出すような声で上田に謝罪を求めた。しかし、上田は無言のままだ。

「上田さん、あなたは自分の息子を連れて私の家にも来たし、橘高さんの奥さんの実家も訪ねましたね」柳原が確かめるように聞く。

「それがどうしたというのか。息子に責任はないとはいえ、犠牲者が出ていた。人情として線香を上げるくらいのことはすべきだからそうしただけだ」

上田が吐き捨てる。

「そうでしょうか。あなた方親子は、橘高さんが入院している間、犠牲者の家を訪ね、実況見分調書と同じ内容の説明をして回りました。当時検事だったあなたの話を私たちは疑うことなく信じてしまいました」

無罪を勝ち取ろうと説得する弁護士を無視して、裁判の途中で橘高は検察側の主張を全面的に認めてしまった。

「女房の実家にまで行き、でたらめな説明をしているのを拘置所で知り、裁判なんか一日も早く終わらせ、刑務所から出所したら自分の手で事実を明らかにし、陥《おとしい》れた連中に復讐してやるつもりだった」

橋高が上田に今にも飛びかかりそうな形相で言った。

橋高は交通刑務所で交通事故関係の専門書を読みあさった。マンションを売った金で、事故と同じ車種の中古車三台を購入し、事故を再現してみた。三回買替えたところで資金が尽きた。その結果、実況見分調書は橋高に事故の責任を負わせるために、二回追突している事実を隠蔽したと確信を持った。それを柳原や三船に手紙で知らせた。

交通刑務所から無罪を訴える手紙が三船に届いた。三船は交通刑務所に面会に行き、直接確かめた。それでも三船には、橋高は見苦しい言い訳をしているように思えた。

「出所後、全財産はたいて再現実験をし、橋高のオッサンがホームレスになり、上田鉄平の足取りを調べ、居眠り運転ではなかったか、いろいろ調べてその結果を俺たちに知らせてくれた。最初は相手にもしなかったが、あまりの執拗さに、俺と柳原さんでカネを出し合って交通事故鑑定人に再鑑定してもらったんだ。再鑑定書は専門用語できちんと書かれていたが、内容は橋高のオッサンが野宿しながら調べ上げた事実と何ら変わるところはなかった。なんでこんなひどいことをしたのか、それからは三人で少しずつ調べ上げていったんだ」

　捜査権など何もない三人が、真実に辿り着くまでにはどれほどの道のりだったのか。三人は実況見分調書の裏に隠されている秘密を探り出すために、一歩一歩気の遠くなるような道を歩いてきたのだろう。それにしてもと神保原は思う。どうやってキャビンアテンダントだった小熊雅美殺人にまで辿り着けたのか。

「殺された女房が俺を見守ってくれていたんだ」

　橘高は遺骨をハンカチに包み直した。

　橘高は上田鉄平の居眠り運転を疑った。成田空港近くのコンビニ駐車場で上田鉄平は仮眠をとっていたと主張した。それが事実なのかどうか、その時間帯に橘高はコンビニを訪ね、当時店員をしていた従業員を懸命に探した。しかし、身なりはホームレスでまともに相手にしてくれる人は少なかった。

「深夜、コンビニ周辺を歩き回っていると、ある夫婦に話しかけられた。それが小熊さん夫婦だった。俺と小熊さん夫婦を引き合わせてくれたのは、女房と殺された小熊さんの娘さんだと思う。俺はあの朝、右折するために徐行し、ウィンカーも出していた」

　上田哲司は黙りこくった。

「何かおっしゃったらどうですか」柳原が尖った声で言った。

「暴走族あがりのあんたの息子は小熊雅美を殺してしまった。それを電話で聞かされたんだ。すぐに戻ってこいとでも息子に言ったんだろう。慌てて営業所に戻ろうとして、あの三叉路で三人も死者を出す事故を起こしたんだ。そうだろう、正直に認めろ。連絡をもらった時、自首を勧めていれば、こんなことにはならなかったんだ」

三船も恋人を奪われた怒りは抑え難いのだろう。

「あんたは息子が犯した殺人が明らかになるのを恐れたんだ。検事なんかやってられなくなるからな。それで橘高のオッサンにテメーの倅《せがれ》の罪をなすり付けるように仕組んだんだ。そうすれば交通事故も、小熊雅美殺人もうやむやにできるからな。そのために大月さんが中絶までしている事実を知りながら、山本幸太を〈無罪放免〉にしたんだよ。この恥知らず検事が」

三船は目の前の上田にツバを吐きかけた。

「中央道で逆走してくる車に正面衝突するか、それがイヤだったら真実を明らかにしろって松本から戻るあんたの息子に電話してやったよ」

上田鉄平に渡ったトバシ携帯に連絡を入れていたのは三船だった。

「高速道路を逆走してくる車があれば、いくらなんでもトラックを止めるだろうと思った。でも、あんたの息子は三叉路事故のようにオヤジがまた助けてくれる、事故をもみ消してくれると思ったんだろう。速度を上げて突っ込んでいった。親子揃ってとんでもないロクデナシだ」

　言いたいことを言ったせいなのか、三人は晴れ晴れとした表情をしている。

「さあ、行きましょうか」柳原妙子が最初に立ち上がった。「この部屋にいると、なんだか気分が悪くなります」

「ホントにそうだ。俺は胃液が喉元までこみ上げてきている。さあ橘高のオッサン、遺骨をしまってやれよ」

　三船が遺骨をカバンにしまうように促した。

「長かったな、ごめんよ」

　橘高は遺骨をカバンに戻した。

「橘高さん、これで遺骨はお墓に戻してやれますね」

　柳原がいたわるように話しかけた。ボロボロのカバンの上に橘高の涙が落ちた。

「オッサン、泣くなよ。早く墓に戻してやらないと、奥さんはいつまでも成仏できないぞ。これからは一日も早く犠牲者を忘れてやらないと……」

　こう言う三船の目にも涙が光っていた。三船も柳原美香を愛していたのだろう。

「さあ、これからどちらに行けばよろしいのでしょうか」

　柳原が落ち着き払った声で、神保原に尋ねた。

　三人には逃亡する気などまったくなかった。

「さっさと出て行ってくれ」

上田が部屋にいるすべての人間に怒鳴り散らした。

「言われなくても出ていきますよ。いたくもない。では行きましょう」

柳原がドアに向かって歩き出した。

「今ここで聞いた話は、すべてマスコミに発表してくれよな。このクソ検事みたいなことは絶対にしないでくれよ」

三船が神保原の顔を見つめながら言った。

「ああ、心配するな」神保原が答えた。

三人はドアの前に立った。しかし、刑事たちは誰一人として部屋から動こうとはしなかった。

「少し待っていただけますか」

磯田が言った。

「君らも目障りだ。早く出ていきたまえ」

上田はハエでも追い払うかのように言った。

エピローグ――逮捕

「お前らが裁かれる法廷をすべて傍聴してやる。その日が来るのが今から楽しみだ」

上田哲司はドアの前に立つ橘高、三船、柳原妙子に向かって怒鳴った。

再び磯田に視線を向け言った。

「早く出て行け」

磯田はそれを無視して神保原に視線を送った。

神保原は上田に向かって告げた。

「そんなにでかい声を出さなくても聞こえているよ。そう簡単には出ていけない理由があるんだ、こっちには」

上田は携帯電話を取り出した。

「これから竹中捜査本部長に連絡をする。いいな」

上司に連絡をすれば刑事たちがおとなしくなるとでも思っているようだ。上田はそうした刑事を検事時代に多く見てきたのだろう。

「電話してもかまいませんが、事態は何も変わりませんよ」磯田が冷静になるように求めた。

「往生際の悪いハナクソ弁護士だ。少しは静かにしろよ」

神保原が軽蔑しきった様子で言った。

「何を、この無能刑事が。何がハナクソ弁護士だ」

侮蔑の言葉をあびせかけられたことなど、上田のこれまでの人生にはなかったのだろう。

「できの悪いハナタレ小僧のオヤジだから、ハナクソ弁護士だ。三叉路事故の後、ガキの就職もＮ運輸の会長に、運輸省に入った大学の同期を通じて頼んだらしいな。あんたはハナクソでももったいないくらいのクソ弁護士だ。何か問題でもあるか」

神保原はからかうように言った。

「あなたのところに山本の元同僚だった小泉優が不倫現場の写真を送りつけていたことも、すでに退職している一ノ瀬泰元監察官が山本幸太の記録を処分したこともわかっているのです」磯田が観念するように上田に迫った。

小泉は内部告発したことが署内に知れ渡り、いづらくなり退職に追い込まれた。その後、大手警備会社に採用され、現在は採用された新人の教育係として活躍していた。

「山本先輩の叱責は容赦ないものでした。私も若く未熟だったこともあると思いますが、あれだけ激しく部下をなじる人が、交通違反を見逃していた。しかもその女性と不倫までしていた。ラブホテルに入るのを偶然見かけ、それで写真を撮り、監察室と地検の上田検事に送りつけてやりました」

聴取にあたった捜査官にそう証言した。

一ノ瀬泰元監察官は、直接上田哲司から連絡を受けていた。

「将来のある優秀な警察官なので、記録を抹消してほしい」

こう依頼されて、一ノ瀬は深く考えず聴取記録を処分したと答えている。しかし、上田と一ノ瀬は大学の同期であることが判明している。現在、任意で取調べ中だが、場合によっては一ノ瀬の逮捕もありうる。

神保原は伊勢崎を促した。伊勢崎は胸のポケットから書類を取り出した。

「上田哲司、殺人未遂容疑で逮捕します」

伊勢崎は緊張していたが、部屋の誰にでも聞こえるような声を腹の底から張り上げた。逮捕状を突き付けられた上田はソファから立ち上がり、逮捕状をまじまじと見つめた。ドア付近で様子を見つめていた三人は何事が起きたのかわからずに、目の前に落雷があったような目で上田を見つめていた。

「殺人未遂だって、私が何をしたというのか」

「何をしたかはあんたがいちばんよくわかっているだろう」

神保原が答えた。

伊勢崎が手錠を取り出した。

「上田哲司、逮捕します」

伊勢崎が手錠をかけようとした。上田はその手をはらいのけた。周囲にいた児玉と桜岡が上田の体を押さえ込んだ。

「暴れるんじゃねぇよ。抵抗すれば公務執行妨害までおまけについてくるぜ」

児玉が警告した。

上田は床にねじ伏せられ、後ろ手に手錠をかけられた。それでも足をばたつかせて抵抗を試みた。

「何もしていないと言ってるのが、わからないのか」

上田の言葉を聞いて、橘高が近寄っていった。

「俺もそう言って無罪を訴えた。でも誰も俺の言うことを信じてくれなかった。あんたが全部そう仕組んだからだ。少しは俺の悔しさがわかったか」

橘高は伊勢崎に無言で頭を下げ、ドアの方に戻っていった。伊勢崎に感謝の気持ちを伝えたかったのだろう。

「何もしていない人間を、いくら無能な刑事だからと言って、逮捕はしねぇんだよ」

児玉が押さえ込まれている上田に向かって怒鳴り飛ばした。

上田は山本幸太が意識不明の重体のままだと信じ込んでいる。たとえ助かったとしても意識障害、記憶障害を起こしていると思っているのだろう。山本は意識を失うまでの様子を詳細に磯田に証言した。

床にねじ伏せられたままの上田に近寄り、磯田が言った。

「あんたが二十一時十五分発の通勤快速に乗るために、電車を三本見送ったことも新宿駅の防犯カメラでわかっているんだ。八王子駅に近づいた時、山本の隣にあんたが突然座ってきて、右腕に一瞬チクリとした感覚があった。確かめようとしたらあんたは八王子駅でさっさと降りて行ってしまった。その後すぐ意識がなくなったと山本は言っている」

「そんなでたらめを……」

「あんた、ホントにろくでもない弁護士だな」

神保原は呆れ切った様子で言った。

「山本が意識不明で高尾駅から救急搬送された翌日、あんたはスーツを八王子駅南口のクリーニング店に朝早く持ち込んだな」

神保原の尋問に上田は何も言い返してはこなかった。

「押収して鑑識課が調べたら、そのスーツからはインスリンが検出された」

上田哲司の逮捕状と同時に、家宅捜索の令状も取り付けてあった。上田を取り押さえた直後、ほかの捜査員はマンションの室内を捜索した。本庁から派遣されてきた刑事が磯田のところに歩み寄り、小声で耳打ちした。

「わかった」磯田が答えた。

「あんた、女房はどうしているんだ」神保原は事件とはまったく関係ない質問をした。

上田は無言だ。

「答えたくないのか。そうだよな、豪華な老人ホームに入れているようだが、会いに行くのは一年に、一度か二度くらいらしいな」

上田の妻、仲代は八王子市と隣接するあきる野市にある老人ホームで暮らしていた。

「あんたは弁護士会に行く前日に老人ホームを訪ねている。何か特別な理由でもあったのか」

「知らん」

「知らんということはないだろう。奥さんに急に会いたくなったのかね」

仲代は重度の糖尿病を患っていた。仲代は血糖値に合わせてペン型の注射器でインスリンを体内に注入していた。ペン型の注射器はダイヤルで量を調整できるようになっている。

「奥さんの部屋から注射器が一本なくなったそうだ」

上田の顔から血の気が引いていく。顔色は蝋《ろう》のように白くて、唇はチアノーゼを起こしたように紫色になっていた。

「スーツはクリーニングに出してしまえば、インスリンは検出できなくなる。だが注射器が一本なくなると、それは大ごとだからな」

　磯田に捜査員がビニールの袋にしまわれた注射器を渡した。

　神保原はそのビニール袋を磯田から受け取った。

「これだ、これだ、奥さんの部屋にもこれと同じ注射器があったよ」

　ビニール袋に納められたインスリンの注射器は量を調整するダイヤルが破損していた。上田は全量を山本に注入したかったのだろうが、すぐに気づかれて八王子駅で飛び降りたのだ。その時、注射器の針から流れ出たインスリンがスーツを汚した。

「それくらいでいいでしょう」

　磯田が連行するように促した。

　橘高、三船、柳原妙子の三人は事件の真相すべてを知ることになった。何故、青梅警察署に連行されなかったのか。その理由が三人に伝わったのだろう。三人は神保原や伊勢崎、その部屋にいたすべての刑事に深々と頭を下げた。

　桜岡が上田の体を起こした。

　柳原妙子が磯田に尋ねた。

「私たちが裁判にかけられるのは当然ですが、上田親子の法廷に立ち会うことはできるのでしょうか」

「裁判については今の段階では何も言えませんが、常識的には上田親子を裁く裁判員裁判の法廷で、皆さんは証人として証言することを求められるのではないでしょうか」

「あら、よかったわ。ハナタレ息子やハナクソ弁護士と法廷で再会できるなんて、今から楽しみですわ。それまでお互いに元気でいましょうね。橘高さん、元気出すんですよ、いいわね」

柳原が満面の笑みを浮かべて言った。

「ハナクソ弁護士も元気でいてくれよ」三船が笑いをかみ殺しながら言った。

上田と橘高、三船、柳原妙子は青梅警察署に連行された。


翌日、橘高、三船、柳原の三人は美奈代の未成年者略取及び誘拐罪で逮捕された。しかし、三人の表情は意外なほど明るかった。三人は大きな仕事をなしえたような満足感に浸っているのだろう。それは小熊夫婦も同じだった。

上田哲司の聴取は神保原と伊勢崎に任されることになった。

「逢坂さんの話では、大月百合子の聴取は小田切が頑張ってやっているそうだ。ハナクソ弁護士はお前がやってみろ」

「やらせてください」

伊勢崎は大きく深呼吸をしてから取調室に入った。すぐに上田哲司が取調室に連れてこられた。

机をはさんで伊勢崎の前に上田は座らされた。

「まず名前と生年月日、本籍地、現住所を答えていただきましょうか」

伊勢崎は形通りの尋問を始めた。

屈辱なのか、上田は激しく肩を震わせた。しかし、上田哲司の罪は重い。裁判員裁判が始まれば、傍聴券を求めて長蛇の列ができるだろう。

誘拐事件の真相が明らかになり、橘高一郎、三船俊介、柳原妙子、大月百合子、そして小熊夫婦にも強い関心が寄せられた。マスコミは彼らに同情する論調で報道した。美奈代にはいっさいの危害が加えられずに解放されたことも大きく影響しているのだろう。

彼らはそれぞれ役割分担を決めて美奈代誘拐を実行に移した。

大月はラムを連れて、美奈代の下校時間に合わせて毎日散歩した。その時にクラスの友達と一緒に学校近くの公園で遊んでいた美奈代と再会した。スナックで働いたのは、昼間自由になる時間を作るためだった。ラムとたわむれる美奈代は、青梅鉄道公園に連れていかれることに不満を漏らした。

青梅鉄道公園に行く日を聞き出し、誘拐準備に着手したのだ。計画実行に反対するものは誰もいなかった。

当日、大月は永山公園側から隣接する青梅鉄道公園に入り、チャンスをうかがっていた。ミニSLに乗らずに待っていた美奈代に声をかけると、彼女は走り寄ってきた。

「ラムがいるよ」

そう誘って美奈代を青梅鉄道公園から連れ出し、アパートに向かった。

その後の手紙の投函は橘高と小熊夫婦が引き受けた。

四トントラックへのトバシ携帯をくくりつけたり、ロッカーに保管する作業は三船と小熊夫婦が担当したのだ。

上田鉄平は留置可能と診断されると身柄を拘束され、病院から青梅警察署に移送された。

山本紀子は離婚を請求し、山本幸太も離婚届に印鑑を押した。

まだ入院中の山本紀子から小田切に連絡が入った。

「大月さんに伝えていただけるでしょうか。彼女が飼っていらしたラムは、保護施設に事情説明して、私の実家でお預かりしています。美奈代にもすごくなついています。お戻りになるまで、私どもでお預かりしますのでご安心下さいとお伝えください」

彼らの取調べは始まったばかりだ。

悲惨な事件だった。しかし、神保原は伊勢崎の取調べを横で聞きながら、長い梅雨が終わり、雲の切れ間から強烈な夏の陽ざしが差してきたような気分だった。

本作品は当文庫のための書き下ろしです。

本作品はフィクションであり、実在の個人・団体などとは一切関係がありません。

文芸社文庫

三叉路ゲーム

二〇二一年八月十五日　初版第一刷発行

著　者　麻野涼
発行者　瓜谷綱延
発行所　株式会社　文芸社
〒一六〇－〇〇二二
東京都新宿区新宿一－一〇－一
電話　〇三－五三六九－三〇六〇（代表）
〇三－五三六九－二二九九（販売）

印刷所　図書印刷株式会社
装幀者　三村淳

ISBN978-4-286-22708-5